O mundo perdido

Sir Arthur Conan Doyle

O mundo perdido

Relato das maravilhosas aventuras recentes
do professor George E. Challenger,
lorde John Roxton, professor Summerlee
e do sr. E. D. Malone da *Daily Gazette*

tradução e posfácio
Samir Machado de Machado

todavia

Terei alcançado meu plano modesto
Se trouxer um pouco de felicidade
Ao menino metade adulto
Ou ao adulto pela metade

Prefácio

O sr. E. D. Malone deseja declarar que tanto a ordem de restrição quanto o processo por difamação foram retirados sem reservas pelo professor G. E. Challenger, o qual, satisfeito que nenhuma crítica ou comentário neste livro foi feito com intenções ofensivas, garantiu que não irá se opor à sua publicação e circulação.

TERRA DE MAPLE WHITE
CAVERNAS NOS PENHASCOS
GÊISER DE CHALLENGER
SAÍDA
CLAREIRA DOS IGUANODONTES
PÂNTANO DOS PTERODÁCTILOS
PLANÍCIE DOS XAXINS
MANGUEZAL DAS JARARACAS
MAPLE WHITE MORREU AQUI
ALDEIA INDÍGENA
PÂNTANOS
CORREDEIRAS
RIO AMAZONAS

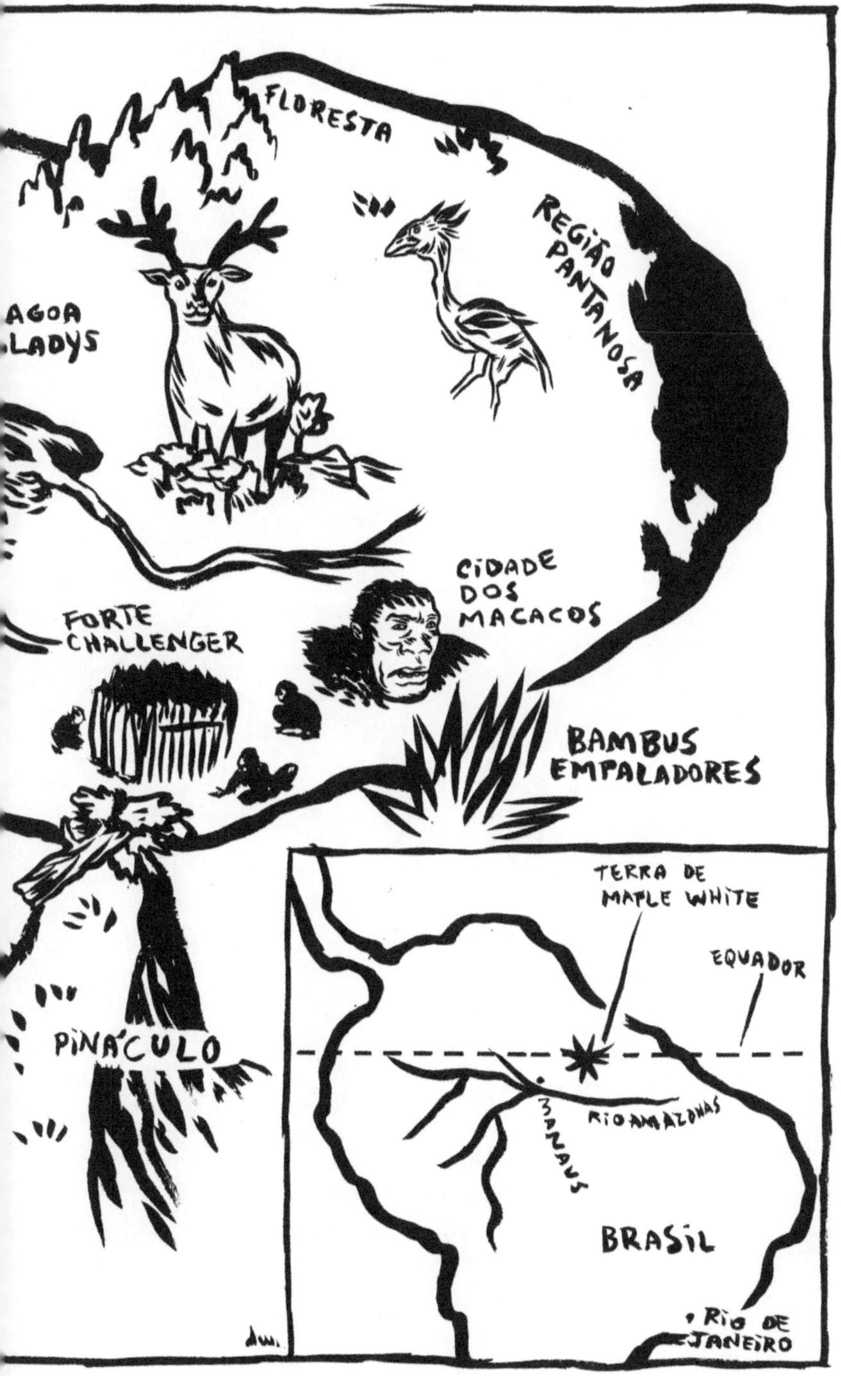

FLORESTA
REGIÃO PANTANOSA
AGOA
LADYS
CIDADE DOS MACACOS
FORTE CHALLENGER
BAMBUS EMPALADORES
PINÁCULO
TERRA DE MAPLE WHITE
EQUADOR
RIO AMAZONAS
MANAUS
BRASIL
RIO DE JANEIRO

I.
Estamos cercados de heroísmos

O pai dela, o sr. Hungerton, era a pessoa mais desavisada da face da Terra – empolado, pomposo e desleixado feito uma cacatua; perfeitamente bem-intencionado, mas totalmente centrado em suas próprias tolices. Se alguma coisa pudesse me afastar de Gladys, teria sido a ideia de um sogro como esse. Acho mesmo que, de coração, ele realmente pensava que eu voltava a Chestnuts três vezes por semana só pelo prazer da companhia dele, e especialmente para ouvir suas opiniões sobre bimetalismo,[1] assunto no qual ele estava bem longe de ser uma autoridade.

Por uma hora ou mais naquela noite, escutei seus arrulhos monótonos sobre dinheiro ruim expulsando dinheiro bom, o valor fixo da prata, a desvalorização da rúpia e os verdadeiros padrões do câmbio.

— Vamos supor – proclamou numa violência débil – que todas as dívidas do mundo sejam cobradas ao mesmo tempo, e se insista em pagamento imediato. Na nossa atual situação, o que ocorreria?

Respondi que, evidentemente, eu seria um homem arruinado, ao que ele saltou da cadeira e reprovou-me por minha habitual leviandade, que tornava impossível discutir qualquer assunto razoável em minha presença, e saltitou sala afora a fim de se vestir para um encontro maçônico.

Enfim eu estava sozinho com Gladys, e havia chegado o momento inevitável! Por toda aquela tarde, eu havia me sentido feito um soldado aguardando o sinal para virar bucha de canhão, alternando em minha mente a esperança de vitória e o medo da derrota.

Ela se sentou, com aquele perfil delicado e altivo emoldurado pela cortina vermelha. Como era bela! E, ao mesmo tempo, quão distante! Éramos amigos, bons amigos; mas nunca consegui ir além do mesmo tipo de camaradagem que eu poderia ter com algum colega jornalista da *Gazette* – perfeitamente sincera, perfeitamente gentil e perfeitamente assexuada. Meus instintos iam contra a ideia de que uma mulher pudesse ser sincera e ficar à vontade comigo; para um homem, isso não é elogioso. Onde a verdadeira atração sexual começa, a timidez e a desconfiança são suas companheiras, heranças de tempos antigos e perversos, quando amor e violência andavam de mãos dadas. A cabeça baixa, o olhar arisco, a voz vacilante, os estremecimentos – esses são os verdadeiros sinais da paixão, não o olhar direto e a resposta franca. Mesmo em minha curta vida, esse tanto eu havia aprendido – ou herdado daquela memória que nossa raça chama de instinto.

Gladys era repleta de todas as qualidades femininas. Alguns a achavam fria e insensível, mas pensar assim era um engano. A delicada pele cor de bronze, quase oriental em sua tez, o cabelo negro, os grandes olhos brilhantes, os lábios cheios, porém adoráveis – todos os estigmas da paixão estavam lá. Mas eu estava tristemente ciente de que, até então, nunca encontrara o segredo para dar o passo seguinte. Contudo, houvesse o que houvesse, essa noite eu precisava acabar com o suspense e levar o assunto adiante. Ela poderia até me rejeitar, mas era melhor ser repelido como amante do que aceito como irmão.

Até ali, meus pensamentos haviam me levado, e eu estava a ponto de quebrar aquele silêncio longo e desconfortável quando um par de críticos olhos castanhos me encarou, e a cabeça altiva balançou numa sorridente reprimenda.

— Tenho um pressentimento de que vai me pedir em namoro, Ned. Eu preferiria que não pedisse, porque as coisas estão bem melhores assim.

Puxei minha cadeira um pouco mais para perto dela.

— Ora, como você sabia que eu ia lhe fazer um pedido? - perguntei, com assombro genuíno.

— E as mulheres não sabem sempre? Ou você acha que qualquer mulher no mundo foi pega de surpresa alguma vez? Mas... ai, Ned, nossa amizade tem sido tão boa e divertida. Seria uma pena estragar isso! Você não percebe como é esplêndido que um rapaz e uma garota possam conversar de igual para igual, como nós temos conversado?

— Não sei, Gladys. Veja só, eu posso conversar cara a cara com... com o chefe de estação - nem sei por que logo ele me veio à cabeça, mas nós dois rimos. — Isso não é o bastante para mim. Eu quero poder te abraçar, deitar sua cabeça no meu peito e... ah, Gladys, eu queria poder...

Ela se levantou da cadeira assim que viu sinais da minha intenção de demonstrar meu desejo.

— Você estragou tudo, Ned. Tudo é tão mais bonito e natural até esse tipo de coisa aparecer! É uma pena! Por que você não consegue se controlar?

— Eu não inventei isso - aleguei. — É a natureza. É o amor.

— Bem, talvez se ambos amassem, fosse diferente. Eu nunca senti isso.

— Mas você deveria... logo você, com sua beleza, com sua alma! Ah, Gladys, você foi feita para o amor. Você deve amar.

— A pessoa precisa esperar até que aconteça.

— Mas por que você não pode me amar, Gladys? É a minha aparência, ou algo assim?

Ela cedeu um pouco. Esticou a mão num gesto gracioso e suave, empurrou minha cabeça para trás. Então encarou meu rosto erguido com um sorriso melancólico.

— Não, não é por isso - disse, enfim. — Você não é um garoto vaidoso por natureza, então posso dizer com segurança que não é por nada disso. É mais profundo.

— Meu caráter?

Ela assentiu, severa.

— O que posso fazer para corrigi-lo? Sente aí e me explique. Não, sério, não vou fazer nada, quero apenas que se sente.

Ela me olhou com uma desconfiança inquisitiva, que era muito maior na minha cabeça do que no coração dela. Como isso parece primitivo e bestial quando é posto no papel, preto no branco! E no final das contas, talvez fosse algo que somente eu sentisse. De todo modo, ela se sentou.

— Agora, diga o que há de errado comigo.

— Estou apaixonada por outra pessoa - ela disse.

Foi minha vez de me levantar da cadeira.

— Não é ninguém em particular - ela explicou, rindo da cara que fiz. — Só um ideal. Eu nunca conheci o tipo de homem a que me refiro.

— Fale-me dele. Como se parece?

— Ah, ele pode vir a se parecer muito com você.

— Que gentileza da sua parte dizer isso! Bem, e o que ele faz que eu não faço? É só dizer a palavra. Abstêmio, vegetariano, aeronauta, teosofista, super-homem.[2] Eu vou tentar, Gladys, se você puder ao menos me dar uma ideia do que lhe agrada.

Ela riu da minha personalidade elástica.

— Bem, em primeiro lugar, acho que meu homem ideal não falaria desse jeito - disse ela. — Ele seria um homem mais durão, austero, não tão ávido assim a se adaptar aos caprichos de uma garota bobinha. Mas, acima de tudo, ele deve ser um homem de ação, capaz de encarar a morte sem medo algum dentro de si, um homem de grandes feitos e experiências insólitas. Não seria nunca um homem que eu estaria amando, e sim as glórias que ele conquistou, pois elas se refletiriam em mim. Pense em Richard Burton![3] Quando leio a biografia que a esposa dele escreveu, consigo entender o amor dela! E Lady Stanley! Você já leu o maravilhoso capítulo final daquele livro sobre seu marido?[4] Esses são os tipos de homem que uma mulher poderia idolatrar com toda a alma, e, mesmo assim, sentir-se engrandecida, e não diminuída por esse amor, admirada pelo mundo inteiro como inspiradora de atos nobres.

Ela ficava tão bonita quando se entusiasmava que quase desci de novo o nível da conversa. Mas me segurei e tentei argumentar.

— Não podemos ser todos Stanleys e Burtons. Além disso, não temos a oportunidade... ao menos eu nunca tive. Se tivesse, a aproveitaria.

— Mas as oportunidades estão ao nosso redor. Criar as suas próprias é a marca do tipo de homem de que falo. Não dá para detê-lo. Eu nunca o encontrei, e, ainda assim, o conheço muito bem. Estamos cercados de heroísmos aguardando quem os concretize. Cabe aos homens realizá-los, e às mulheres resguardar seu amor como recompensa para homens assim. Olhe aquele francês que embarcou semana passada num balão. Estava se armando um vendaval; mas porque foi anunciado que ele iria, ele insistiu em partir. O vento o fez percorrer mais de dois mil e quinhentos quilômetros em vinte e quatro horas, e ele caiu no meio da Rússia.[5] É desse tipo de homem que falo. Pense na mulher que ele amou, e em como outras mulheres devem tê-la invejado! É isso que quero ser: invejada por causa do meu homem.

— Eu teria feito isso para agradá-la.

— Mas você não deveria fazer só para me agradar. Você deveria fazer porque não consegue se segurar, por ser natural em você, porque o homem em você anseia pela expressão do heroísmo. Agora, quando você escreveu sobre a explosão da mina de carvão em Wigan, mês passado, você não poderia ter descido lá e ajudado aquela gente, apesar da nuvem tóxica?

— Eu fiz isso.

— Você nunca me falou.

— Não havia nada do que me gabar.

— Eu não sabia - ela me olhou com um pouco mais de interesse. — Foi muita coragem sua.

— Eu tinha que fazer isso. Se você quer escrever algo bom, precisa estar onde as coisas acontecem.

— Que motivo prosaico! Tira todo o romantismo da coisa. Mas, ainda assim, qualquer que fosse seu motivo, fico feliz que tenha descido na mina - ela me deu a mão, mas com tamanha doçura e dignidade que eu só pude me inclinar e beijá-la. — Arrisco dizer que sou apenas uma mulher tola com os caprichos de uma garotinha. E mesmo assim é tão real para mim, tão parte do meu ser, que não consigo evitar me comportar assim. Se eu casar, quero me casar com um homem famoso!

— E por que não? - bradei. — São mulheres como você que instigam os homens. Me dê uma oportunidade e verá que eu a aproveitarei! Além disso, como você diz, os homens têm de *criar* suas próprias oportunidades, e não esperar que lhes sejam dadas. Veja o caso de Clive: apenas um escrivão, e conquistou a Índia![6] Meu Deus! Eu ainda vou deixar minha marca no mundo!

Ela riu do meu súbito fervor irlandês.

— Por que não? - ela disse. — Você tem tudo o que um homem deve ter: juventude, saúde, força, conhecimento, energia. Eu lamentei por você ter dito... Mas agora fico feliz, muito feliz, que tenha servido para despertar esses pensamentos em você!

— E se eu conseguir...

Sua querida mãozinha repousou como veludo sobre meus lábios.

— Nem mais uma palavra, cavalheiro! Você deveria estar na redação para o plantão noturno há meia hora; eu é que não tive coragem de lembrá-lo. Algum dia, talvez, quando você tiver conquistado seu lugar no mundo, falaremos disso de novo.

E foi assim que me vi, naquela noite enevoada de novembro, correndo atrás do bonde de Camberwell com o coração aceso no peito e com a determinação ansiosa de que não se passaria um dia a mais sem que eu encontrasse algum feito digno de minha donzela. Mas quem, neste vasto mundo, poderia imaginar a incrível forma que esses feitos estavam por tomar, ou os estranhos passos que me levariam a realizá-los?

No final das contas, este capítulo inicial parecerá ao leitor que nada tem a ver com minha narrativa. Contudo, não poderia haver narrativa sem ele, pois é somente quando um homem parte para o mundo com a ideia de que está cercado de heroísmo, e com um desejo bem vivo no coração de seguir o que quer que surja à sua vista, é que ele rompe, como eu fiz, com a vida cotidiana e entra nas maravilhosas e místicas terras do crepúsculo, onde residem as grandes aventuras e as grandes recompensas. Contemple-me então, ali, na redação da *Daily Gazette*, de cuja equipe eu era o membro mais insignificante, com a determinação cimentada de encontrar, se possível naquela mesma noite, uma jornada que fosse digna da minha Gladys! Teria sido inflexibilidade ou egoísmo que a fez pedir que eu arriscasse minha vida para cobrir a sua de glória? Pensamentos como esses podem surgir na maturidade, mas nunca para um rapaz de vinte e três anos, ardendo na febre do seu primeiro amor.

2.
Tente a sorte com o professor Challenger

Sempre gostei de McArdle, o velho editor-chefe, rabugento, recurvado e ruivo; e acho que ele até que gostava de mim. Claro, o chefe de verdade era Beaumont, mas ele vivia no ar rarefeito das alturas olímpicas de onde não perceberia nada menor que uma crise internacional ou uma dissidência no gabinete do primeiro-ministro. Às vezes o víamos passando, em sua solidão majestosa, rumo a seu santuário, com os olhos em vaga contemplação e a mente pairando sobre os Bálcãs ou o Golfo Pérsico.[7] Ele estava além e acima de nosso alcance. Mas McArdle era seu primeiro-tenente; era ele quem conhecíamos. O velho assentiu com um meneio quando entrei na sala e levantou os óculos sobre a testa calva.

— Bem, sr. Malone, pelo que ouvi, você tem se saído muito bem – ele disse com seu sotaque escocês gentil.

Agradeci o elogio.

— A explosão na mina foi excelente. Assim como o incêndio em Southwark. Você tem mão boa para descrições. Queria me ver para falar sobre o quê?

— Para pedir um favor.

Ele pareceu alarmado e seus olhos evitaram os meus.

— Ai, ai. Qual?

— Não acha, senhor, que talvez pudesse me enviar em alguma missão pelo jornal? Eu darei meu melhor para cumpri-la e trazer uma boa matéria.

— Que tipo de missão tem em mente, sr. Malone?

— Bem, senhor, qualquer coisa com aventura e perigo. Vou dar o meu melhor, vou mesmo. Quanto mais difícil for, melhor será para mim.

— Você me parece ansioso para perder a vida.

— Para justificar minha vida, senhor.

— Credo, sr. Malone, isso me parece muito... muito exaltado. E temo que os dias desse tipo de coisa já tenham passado. Os custos desse negócio de "missão especial" dificilmente justificam o resultado e, claro, nesses casos apenas um homem experiente, com um nome que gozasse da confiança pública, receberia uma incumbência dessas. Os grandes espaços em branco do mapa estão todos sendo preenchidos, e não há mais lugar para o romance em parte alguma. Mas, espere um pouco! - acrescentou, com um súbito sorriso no rosto. — Falar nos espaços em branco dos mapas me deu uma ideia. Que tal expor uma fraude, um Münchausen[8] moderno, e fazê-lo parecer ridículo? Você pode desmascará-lo como o mentiroso que ele é! Sim, meu caro, isso seria bom. O que lhe parece?

— Qualquer coisa, em qualquer lugar, tanto faz.

McArdle mergulhou em seus pensamentos por alguns minutos.

— Me pergunto se você conseguiria fazer amizade, ou pelo menos conversar com o sujeito - disse enfim. — Você parece ter uma espécie de talento para se relacionar com as pessoas; simpatia, suponho, magnetismo natural, vitalidade juvenil, algo assim. Até eu percebo isso.

— O senhor é muito gentil.

— Então por que não tenta a sorte com o professor Challenger, de Enmore Park?

Ouso dizer que fiquei um pouquinho preocupado.

— Challenger! - gritei. — Professor Challenger, o famoso zoologista! Não foi ele quem quebrou a cabeça de Blundell, do *Telegraph*?

O editor-chefe sorriu, taciturno.

— Você se incomoda? Não disse que estava atrás de uma aventura?

— Tudo em nome do trabalho, senhor – respondi.

— Exato. Não acredito que ele seja sempre tão violento assim. Acho que Blundell o pegou na hora errada, ou o abordou do modo errado. Você pode ter mais sorte, ou mais tato, ao lidar com ele. Há algo ali que combina com seu estilo, tenho certeza, e a *Gazette* pode tirar proveito disso.

— Eu realmente não sei nada sobre ele. Só lembro do seu nome ligado ao inquérito policial por agredir Blundell.

— Tenho algumas anotações para orientá-lo, sr. Malone. Estou de olho no professor há um tempinho já – ele pegou um papel da gaveta. — Aqui está um sumário do registro dele. Vou resumir: "Challenger, George Edward. Nascido em: Largs, Escócia, 1863. Educação: Colégio Largs, Universidade de Edimburgo. Assistente no Museu Britânico, 1892. Conservador do Departamento de Antropologia Comparada, 1893. Pediu demissão após desavenças com colegas. Recebeu a Medalha Crayston por Pesquisas Zoológicas. Membro da...", bem, de um monte de coisas, a maioria pequenas, "Sociedade Belga, Academia Americana de Ciências, La Plata etc. etc. Ex-presidente da Sociedade Paleontológica. Seção H da Associação Britânica", e por aí vai. "Publicações: *Algumas observações sobre uma série de crânios calmuques*,[9] *Esboços sobre a evolução de vertebrados*, e inúmeros artigos, incluindo "A inegável falácia do Weissmanismo",[10] que causou uma discussão acalorada no Congresso de Zoologia de Viena. Passatempos: caminhada, alpinismo. Endereço: Enmore Park, Kensington, W.". Aqui, leve isto. Por hoje, é o que tenho para você.

Guardei o papel no bolso.

— Um momento, senhor – eu disse, quando percebi que ele baixara a cabeça e eu encarava uma careca rosada. — Não está claro para mim por que vou entrevistar este cavalheiro. O que ele fez?

Ergueu o rosto outra vez.

— Foi para a América do Sul numa expedição solitária dois anos atrás. Voltou ano passado. Esteve na América do Sul, sem dúvida, mas se recusou a dizer exatamente onde. Começou a falar de suas aventuras de forma vaga, mas alguém se pôs a escarafunchar e ele se fechou feito ostra. Ou alguma coisa maravilhosa aconteceu, ou o homem é o rei da mentira, o que é a suposição mais plausível. Ele tinha algumas fotografias danificadas, que dizem serem falsas. Ficou tão irascível que ataca qualquer um que o questione, e joga repórteres escada abaixo. Na minha opinião, ele é apenas um megalomaníaco homicida com certa inclinação para a ciência. Este é o seu homem, sr. Malone. Agora, apresse-se e veja o que consegue fazer com isso. Você já é grandinho o bastante para se cuidar. De todo modo, estará seguro. A Lei de Responsabilidade do Empregador,[11] você sabe.

Um rosto vermelho e sorridente deu lugar outra vez à careca rosada, circundada por uma borda ruiva; a reunião estava encerrada.

Caminhei em direção ao clube Savage[12] mas, em vez de entrar, me inclinei sobre o parapeito do Terraço Adelphi e, por um bom tempo, olhei pensativo para o rio marrom e oleoso. Quase sempre consigo pensar com mais clareza e sanidade a céu aberto. Puxei a lista dos feitos do professor Challenger e a li sob a luz da lâmpada elétrica. Então tive o que só posso considerar uma inspiração. Pelo que me foi dito, eu tinha certeza de que nunca poderia esperar entrar em contato com esse professor rabugento se me apresentasse como jornalista. Mas aquelas recriminações, mencionadas duas vezes no seu esboço de biografia, só podiam significar que ele era fanático pela ciência. Não haveria ali uma margem pela qual ele poderia se tornar acessível? Resolvi tentar.

Entrei no clube. Passava um pouco das onze horas, e o salão estava consideravelmente cheio, embora a agitação de fato ainda não houvesse começado. Notei um homem alto, magro e anguloso sentado numa poltrona perto da lareira. Ele se virou quando puxei minha cadeira para perto dele. De todos, era justamente o homem certo para escolher - Tarp Henry, da equipe da *Nature*, uma criatura curtida, delgada e seca e, para quem o conhecesse, cheio de generosa humanidade. Fui direto ao assunto.

— O que você sabe sobre o professor Challenger?

— Challenger? - ele franziu as sobrancelhas em desaprovação científica. — Challenger é o homem que veio da América do Sul com uma história para boi dormir.

— Que história?

— Ah, uma bobagem completa sobre uns animais estranhos que ele teria descoberto. Creio que se retratou, depois. De qualquer modo, ele abafou o caso. Deu uma entrevista para a *Reuters* e causou tal comoção que ele viu que não poderia ir em frente. Era um negócio vergonhoso. Um ou dois sujeitos estavam inclinados a levá-lo a sério, mas ele logo os despachou.

— Como?

— Bem, com sua grosseria insuportável e seu comportamento impossível. Houve o caso do pobre velho Wadley, do Instituto Zoológico. Wadley mandou uma mensagem: "O presidente do Instituto Zoológico apresenta seus cumprimentos ao professor Challenger e consideraria um favor pessoal se concedesse a honra de comparecer a nossa próxima reunião". A resposta foi impublicável.

— Você não me contaria?

— Bem, uma versão amenizada seria algo como: "O professor Challenger apresenta seus cumprimentos ao presidente do Instituto Zoológico e consideraria um favor pessoal se ele fosse para o diabo que o carregue".

— Meu Deus!

— Sim, creio que foi o que o velho Wadley disse. Lembro dele se lamentando no encontro, dizendo: "Em cinquenta anos de experiência em relações científicas...". Deixou o velho sujeito bem arrasado.

— Mais alguma coisa sobre Challenger?

— Bem, você sabe, eu sou bacteriologista. Vivo dentro da lente de um microscópio. Mal posso dizer que de fato percebo qualquer coisa que veja a olho nu. Sou um pioneiro nas fronteiras do conhecido e me sinto um tanto deslocado quando saio de meu estúdio e entro em contato com vocês, criaturas grandes, brutas e corpulentas. Sou desligado demais para dar bola para escândalos e, ainda assim, em conversas científicas, *tenho* ouvido coisas sobre Challenger, pois ele é um desses homens que ninguém consegue ignorar. Ele é tão esperto quanto o pintam, uma bateria carregada de força e vitalidade, mas também caprichoso, ranzinza e brigão, além de inescrupuloso. Ele se deu ao trabalho de falsificar fotografias, no negócio da América do Sul.

— Você disse que ele é caprichoso. Qual é sua mania particular?

— Ele tem centenas, mas a mais recente se relaciona a Weissmann e à evolução. Ele provocou uma discussão acalorada em Viena, creio eu.

— Sabe dizer qual era o ponto de vista dele?

— No momento não, mas temos uma tradução da conferência. Ela está arquivada na redação. Você gostaria de aparecer por lá?

— É justamente o que quero. Tenho que entrevistar o sujeito e preciso de uma pista sobre ele. É incrivelmente gentil da sua parte me ajudar. Vou com você agora, se não for muito tarde.

Meia hora depois, eu estava sentado na redação do periódico com um imenso livro à minha frente, aberto no artigo "Weissmann versus Darwin",[13] com o subtítulo "Protesto acalorado em Viena. Vívidos debates". Como minha educação científica foi um tanto negligente, não fui capaz de acompanhar a argumentação inteira, mas era evidente que o professor inglês lidou com seu tema de modo bastante agressivo, irritando seus colegas continentais. "Protestos", "gritaria" e "apelos gerais ao presidente da mesa" foram três das primeiras citações que me chamaram a atenção. Em meu cérebro, para todos os efeitos, a maior parte do assunto bem poderia ter sido escrita em chinês.

— Gostaria que você traduzisse para mim - disse, patético, a meu colega.

— Mas já está traduzido.

— Então é melhor tentar minha sorte com o texto original.

— Certamente é aprofundado demais para um leigo.

— Se eu pudesse ao menos achar uma única frase que fosse boa, suculenta, que convergisse para alguma forma concreta de ideia humana, já me serviria. Ah, sim, essa aqui serve. Quase consigo compreendê-la vagamente. Vou copiar. Vai ser minha conexão com esse professor terrível.

— Algo mais que eu possa fazer?

— Bem, sim. Estou me propondo a escrever para ele. E se eu puder remeter a carta daqui, usando seu endereço, ela teria a aparência certa.

— E teríamos o sujeito vindo aqui, fazendo uma cena e quebrando a mobília.

— Não, não. Você vai ver a carta, nada controverso, garanto.

— Bem, aqui estão minha cadeira e minha mesa. Você encontra papel aqui. Eu gostaria de revisá-la antes que a envie.

Deu algum trabalho mas, modéstia à parte, quando terminada não ficou nada má. Eu a li em voz alta, para a crítica do bacteriologista, com certo orgulho de minha habilidade.

— "Caro professor Challenger" - dizia a minha carta -, "como humilde leitor da *Nature*, sempre tive o mais profundo interesse por suas especulações sobre as diferenças entre Darwin e Weissmann. Recentemente, tive a oportunidade de refrescar minha memória relendo..."

— Seu grande mentiroso – murmurou Tarp Henry.

— "... relendo sua palestra magistral em Viena. São declarações lúcidas e admiráveis, que parecem ser a palavra final sobre o assunto. Há uma frase nela, porém – esta, para ser preciso: 'Protesto com veemência contra a asserção, insuportável e inteiramente dogmática, de que cada id seja um microcosmo possuidor de uma arquitetura histórica lentamente elaborada ao longo de uma série de gerações'. Considerando as pesquisas recentes, o senhor não teria nenhum desejo de modificar essa declaração? Não crê que seja taxativa demais? Com sua permissão, eu solicitaria o favor de uma entrevista, já que o assunto me interessa e tenho algumas sugestões que gostaria de elaborar numa conversa privada. Com seu consentimento, confio que terei a honra de ser recebido no dia depois de amanhã (quarta-feira) às onze da manhã. Permaneço, senhor, com garantias do mais profundo respeito, ao seu dispor. Edward D. Malone" – e perguntei, triunfante: — Que tal?

— Bem, se sua consciência não lhe pesa...

— Ela nunca me faltou até hoje.

— Mas o que você pretende fazer?

— Entrar lá. Uma vez que eu estiver na sala dele, posso dar um jeito. Talvez até mesmo chegue a confessar tudo. Se ele tiver espírito esportivo, vai se sentir instigado.

— Instigado, pois sim! É mais provável que seja ele a instigar. Uma cota de malha ou um uniforme de futebol americano, isso é o que você vai precisar. Bem, até logo. Terei uma resposta para você aqui na quarta-feira pela manhã, se ele se dignar a responder. É um sujeito rabugento, violento e perigoso, detestado por todo mundo que cruza seu caminho, e motivo de chacota para seus alunos, até onde ousam tomar alguma liberdade com ele. Talvez tivesse sido melhor para você se nunca tivesse ouvido falar nesse sujeito, afinal.

3.
Uma pessoa perfeitamente impossível

Os temores ou esperanças de meu amigo não estavam destinados a se concretizar. Quando o visitei na quarta-feira, havia uma carta com a estampa postal de West Kensington e meu nome rabiscado no envelope, em uma letra que parecia um fio de arame farpado. O conteúdo era este:

Enmore Park, W.

Senhor, recebi devidamente sua carta, na qual clama endossar minhas opiniões, embora eu não acredite que elas dependam do endosso nem do senhor nem de qualquer outra pessoa. Você aventurou-se a utilizar a palavra "especulação" a respeito de minha declaração sobre o tema do darwinismo, e eu chamo sua atenção para o fato de que esta palavra, nesta construção, é ofensiva em alto grau. O contexto me convenceu, entretanto, de que o senhor peca mais por ignorância e falta de tato do que por malícia, então me contento em deixar passar. O senhor cita uma frase isolada de minha palestra e parece ter alguma dificuldade para compreendê-la. A mim parece que apenas uma inteligência sub-humana falharia em captar seu sentido, mas se ela realmente precisa ser esclarecida, consinto em vê-lo no dia e hora marcados, ainda que visitas e visitantes de qualquer sorte me sejam excessivamente desagradáveis. Quanto à sugestão de que eu possa vir a mudar de opinião, eu o informaria que não é de meu hábito fazê-lo após a expressão deliberada de meu ponto de vista estabelecido. O senhor gentilmente apresentará o envelope desta carta ao meu criado, Austin, quando chegar, já que é dele o dever de tomar as precauções necessárias para me escudar das intrusões dos patifes que se autoproclamam "jornalistas".

Atenciosamente,
GEORGE EDWARD CHALLENGER

Essa foi a carta que li em voz alta para Tarp Henry, que chegara cedo para saber do resultado de nossa empreitada. Seu único comentário foi: "Há um produto novo, cuticura ou algo assim, que é melhor do que arnica".[14] Algumas pessoas têm um senso de humor extraordinário.

Eram quase dez e meia quando recebi aquela mensagem, mas o táxi me levou para meu compromisso a tempo. Paramos em frente a uma casa de pórtico imponente, as janelas com cortinas pesadas dando todas as indicações de que esse professor formidável era um homem de posses. A porta foi aberta por um sujeito ímpar, de idade incerta, moreno e muito magro, de jaqueta escura e botinas de couro. Descobri mais tarde que se tratava do chofer, que preenchia também a vaga deixada por mordomos fugidos. Ele me analisou de cima a baixo com um inquisitivo olhar azul-claro.

— Você é esperado? - perguntou.

— Tenho um encontro marcado.

— Trouxe sua carta?

Mostrei o envelope.

— Certo! - ele parecia uma pessoa de poucas palavras.

Conforme o seguia pelo corredor, fui interrompido de súbito por uma mulher baixinha que saía do que se provaria ser a sala de jantar. Era uma senhora de olhos escuros, brilhante e vivaz, mais francesa do que inglesa no aspecto.

— Um momento – ela disse. — Você pode esperar, Austin. Entre aqui, senhor. Posso lhe perguntar se já encontrou meu marido antes?

— Não, senhora. Ainda não tive a honra.

— Então peço-lhe desculpas de antemão. Devo dizer-lhe que ele é uma pessoa perfeitamente impossível, absolutamente impossível. Se for advertido, estará mais preparado para lhe dar um desconto.

— É muita consideração da sua parte, senhora.

— Saia da sala o mais rápido possível se ele parecer inclinado a ficar violento. Não espere discutir com ele. Muitos já se machucaram por isso. E depois segue-se um escândalo público que reflete em mim e em todos nós. Suponho que não seja sobre a América do Sul que você queira falar com ele.

Eu não podia mentir para uma dama.

— Meu Deus! Dos assuntos esse é o mais perigoso! Você não vai acreditar em uma palavra do que ele diz; eu, pelo menos, não acredito. Mas não diga a ele, pois isso o faz ficar muito violento. Finja que acredita e talvez você saia ileso. Lembre-se de que ele acredita em si mesmo. Disso você pode ter certeza. Homem mais honesto que ele não há. Não se demore, ou ele pode suspeitar. Se o achar perigoso, realmente perigoso, toque a sineta e aguente firme até eu chegar. Eu consigo controlá-lo mesmo nas piores horas.

Com essas palavras de encorajamento, a dama me devolveu ao taciturno Austin, que durante nossa curta conversa aguardara com a discrição de uma estátua de bronze, e fui conduzido ao final do corredor. Ele deu uma batida na porta, um mugido de touro respondeu do outro lado, e eu estava face a face com o professor.

Ele estava sentado em uma cadeira giratória atrás de uma mesa larga, coberta de livros, mapas e diagramas. Assim que entrei, girou a cadeira para me encarar. Sua aparência me fez arquejar. Eu estava preparado para algo estranho, mas não para uma personalidade tão dominadora como aquela. Era seu tamanho que me fazia prender a respiração – seu tamanho e sua presença imponente. Tinha uma cabeça enorme, a mais larga que já vi num ser humano. Tenho certeza que sua cartola, se alguma vez eu me aventurasse a usá-la, escorregaria direto para os meus ombros. Ele tinha o rosto e a barba que eu associaria a um touro assírio: o primeiro era afogueado, a segunda tão negra que quase parecia ter tons azuis, em forma de pá, descendo ondulada até o peito. O cabelo era peculiar, lambido para a frente numa longa mecha curva sobre a testa compacta. Os olhos, debaixo dos grandes tufos negros, eram de um cinza-azulado, muito claros, muito críticos e muito imperiosos. Os ombros largos e o peito que parecia um barril eram as outras partes dele que emergiam acima da mesa, além de duas mãos enormes, cobertas de longos pelos negros. Tudo isso somado a uma voz estrondosa, ribombante e ululante, arrematou minha primeira impressão do notório professor Challenger.

— Então? – ele disse com um olhar insolente. — O que é agora?

Eu precisava manter meu disfarce por pelo menos mais um tempinho, ou seria o fim evidente de nossa conversa.

— O senhor teve a bondade de me conceder um encontro – eu disse, humilde, mostrando o envelope.

Ele pegou minha carta de cima da mesa e a colocou na sua frente.

— Ah, você é aquele rapaz que não consegue entender inglês puro e simples, não é? Mas minhas conclusões gerais o senhor é bom o bastante para aprovar, não é isso?

— Totalmente, senhor... totalmente! – fui bastante enfático.

— Minha nossa! Isso fortalece bastante a minha posição, não é? Sua idade e aparência tornam seu endosso duplamente valioso. Bem, ao menos é melhor do que aquela vara de suínos em Viena, cuja soma de grunhidos não é, contudo, mais repugnante do que os esforços isolados de um porco britânico - e ele olhou para mim como uma representação viva do animal.

— Eles parecem ter se comportado de modo abominável - eu disse.

— Eu lhe garanto que posso disputar minhas próprias batalhas, e não há nenhuma necessidade de sua simpatia. Deixe-me sozinho, senhor, de costas para a parede. G. E. C. fica mais feliz assim. Bem, senhor, vamos fazer o possível para encurtar esta visita, que dificilmente lhe será agradável, e para mim é indizivelmente incômoda. O senhor tem, conforme fui levado a crer, alguns comentários a fazer sobre a proposta que expus em minha tese.

Havia nos seus métodos uma franqueza brutal, que tornava difícil uma evasiva. Mas eu ainda precisava enrolar e aguardar por uma abertura melhor. Parecera muito mais fácil à distância. Bem que meu espírito irlandês podia me ajudar na hora em que mais preciso de socorro. Ele me atravessou com os olhos, afiados como aço.

— Anda, anda - grunhiu.

— Sou um mero estudante, é claro - eu disse com um sorriso presunçoso. — Não mais, diria, que um especulador sincero. Ao mesmo tempo, me parece que o senhor foi um tanto severo com Weissmann neste assunto. As evidências que surgiram desde então não tendem a, bem... a fortalecer a posição dele?

— Quais evidências? - falou, numa calma ameaçadora.

— Bem, claro, estou ciente de que não há nenhuma prova que o senhor pudesse considerar *definitiva*. Refiro-me apenas à tendência do pensamento moderno e ao ponto de vista científico de forma geral, se me permite colocar assim.

Ele se inclinou à frente com grande seriedade.

— Suponho que você esteja a par - disse, contando os pontos da sabatina nos dedos - de que o índice craniano é um fator constante?

— Naturalmente.

— E que a telegonia ainda está *sub judice*?

— Sem dúvida.

— E que o plasma germinal é diferente do ovo partenogenético?

— Com certeza! - bradei, satisfeito com minha própria audácia.

— Mas o que isso prova? - perguntou, num tom gentil e persuasivo.

— Sim, de fato, o quê? - murmurei. — O que isso prova?

— Devo lhe dizer?

— Por favor.

— Isso prova - ele rosnou, num súbito acesso de fúria - que você é o maior impostor de Londres. Um jornalista vil e rastejante, a quem só não falta mais ciência do que decência!

Ele se pôs de pé com uma raiva louca no olhar. Mesmo naquele momento de tensão, encontrei tempo para me surpreender com a descoberta de que ele não era um homem alto, sua cabeça batia em meu ombro - um Hércules atarracado, cuja vitalidade tremenda tinha ido toda para a profundidade, a largura e o cérebro.

— Baboseiras! - gritou, inclinando-se para a frente, os dedos sobre a mesa e a face se projetando na minha direção. — É isso que tenho lhe falado, senhor. Baboseiras científicas! Por um acaso pensou que poderia se igualar a mim em esperteza, você, com esse cérebro do tamanho de uma noz? Vocês se julgam onipotentes, não é, seus escribas do inferno? Acham que podem ganhar um homem com elogios e depois quebrá-lo com críticas? Devemos todos nos curvar a vocês para conseguir algumas palavras favoráveis, não é? Esse aqui ganha uma ajudinha, aquele ali é repreendido! Vermes rastejantes, eu conheço vocês! Você pegou o bonde errado, passou da hora de levar um puxão de orelha. Você perdeu o senso de medida. Bando de bufões! Vou colocá-los no devido lugar. Sim, senhor, vocês ainda não venceram G. E. C. Há um homem que ainda manda aqui. Ele os alertou, mas se vocês *insistem* em vir, por Deus que é por sua própria conta e risco.

Derrota, meu bom sr. Malone, eu proclamo sua derrota! Você jogou um jogo bem perigoso, e noto que perdeu!

— Olhe aqui - eu disse, recuando até a porta e abrindo-a. — O senhor pode ser abusivo o quanto quiser, mas tudo tem limite. Não pode me agredir.

— Não posso? - ele avançou aos poucos, de um modo singularmente ameaçador, mas então parou e meteu as mãozonas nos bolsos laterais da jaqueta curta, meio juvenil, que usava. — Já enxotei vários de vocês de minha casa. Você será o quarto ou quinto. Três libras e quinze cada processo, tem sido a média. Caro, mas necessário. Agora, senhor, por que você não seguiria o caminho de seus colegas? Acredito que deva - e continuou seu avanço furtivo e desagradável, caminhando na ponta dos pés como um dançarino.

Eu poderia ter disparado pela porta, mas teria sido desonroso demais. Além disso, uma centelha de justa indignação crescia em mim. Eu agira mal antes, mas as ameaças desse homem me faziam voltar à razão.

— Eu o alerto para não colocar as mãos em mim, senhor. Não permitirei.

— Minha nossa! - Seu bigode negro ergueu-se e um canino branco cintilou num sorriso. — Você não vai permitir, é?

— Não seja tolo, professor - avisei. — O que espera? Tenho quase cem quilos, sou duro feito pedra e jogo rúgbi todo sábado pelo London Irish. Não sou o tipo de homem que...

Foi nesse momento que ele avançou contra mim. Por sorte eu tinha aberto a porta, ou a teríamos atravessado. Rolamos pelo corredor feito uma roda de catarina,[15] de algum modo apanhando uma cadeira pelo caminho e arrastando-a conosco até a rua. Minha boca estava cheia da barba dele, nossos braços travados, nossos corpos entrelaçados, e aquela cadeira dos infernos enredando suas pernas às nossas. O atento Austin escancarou a porta do saguão e saímos rua afora com uma cambalhota pelos degraus. Eu já havia visto os Dois Macs tentarem algo parecido no teatro,[16] mas aparentemente conseguir fazer isso sem se machucar exige certa prática. A cadeira se espatifou na calçada e nós rolamos até a sarjeta. Ele se pôs de pé num salto, balançando os punhos e respirando feito um asmático.

— Já acabou? - ofegou.

— Seu brutamontes do inferno - gritei, enquanto me recompunha.

Deveríamos ter retomado e resolvido tudo ali mesmo, pois ele estava fervendo com a luta, mas por sorte fui resgatado da situação odiosa. Um policial surgiu ao nosso lado, de caderneta na mão.

— O que foi isso? Vocês deviam se envergonhar - disse o policial. Foi o comentário mais sensato que escutei em Enmore Park. — Então - ele insistiu, voltando-se para mim. — O que houve?

— Este homem me atacou - eu disse.

— O senhor o atacou? - perguntou o policial.

O professor respirou fundo e não disse nada.

— Bem, não é a primeira vez - disse o policial, severo, balançando a cabeça. — Você teve problemas mês passado pelo mesmo motivo. Você deixou este rapaz com o olho roxo. Quer prestar queixa, senhor?

Voltei atrás.

— Não, não quero.

— Como assim? - perguntou o policial.

— A culpa foi minha. Eu fui invasivo, ele me avisou.

O policial fechou a caderneta num estalo.

— Que isso não se repita - disse. — Quanto a vocês, circulando, circulando! - falou para um empregado do açougue, uma criada e um ou dois vagabundos que haviam parado para observar, e foi-se embora com passos pesados rua abaixo, tocando aquele rebanho à sua frente.

O professor me encarou, e havia algo de irônico em seu olhar.

— Vamos entrar - disse ele. — Ainda não terminamos.

Falou num tom sinistro, mas mesmo assim o segui casa adentro. Feito um boneco de madeira, o criado, Austin, fechou a porta atrás de mim.

4.
É simplesmente a maior coisa do mundo

Mal a porta se fechou e a sra. Challenger disparou da sala de jantar. A mulherzinha estava furiosa. Ela barrou o caminho do marido como uma galinha enfurecida diante de um buldogue. Era evidente que ela havia visto minha saída, mas não meu retorno.

— George, seu brutamontes! - ela gritou. — Você machucou aquele rapazinho simpático.

Ele apontou para trás com o polegar.

— Aqui está ele, são e salvo, atrás de mim.

Ela ficou confusa, mas não muito.

— Desculpe, eu não havia visto você.

— Eu lhe garanto, senhora, que está tudo bem.

— Ele machucou seu rosto, pobrezinho! Ah, George, como você é bruto! Nada além de escândalos do começo ao fim da semana. Todo mundo fala mal de você e faz piada! Minha paciência se esgotou. O que aconteceu hoje acabou com ela.

— Roupa suja... - ele rosnou.

— Não é nenhum segredo - ela exclamou. — Acha que a rua toda já não... Londres inteira, aliás... Vá embora, Austin, não precisamos de você aqui. Acha que não falam de você? Onde está sua dignidade? Você, um homem que deveria ter sido professor emérito em alguma grande universidade, reverenciado por milhares de estudantes. Onde está sua dignidade, George?

— Onde está a sua, minha querida?

— Você está me testando. Um rufião, um baderneiro ordinário, isso é o que você se tornou.

— Seja boazinha, Jessie.

— Um brigão indomável e barulhento!

— Chega! De castigo!

Para minha surpresa, ele parou, pegou a mulher pela cintura e a largou sentada no topo de um pedestal de mármore negro no canto do hall de entrada. Tinha mais de dois metros de altura e era tão estreito que ela mal conseguia se equilibrar sobre ele. Eu não poderia imaginar algo mais absurdo do que vê-la empoleirada ali, o rosto convulso de raiva, os pés balançando e o corpo rijo de medo de cair.

— Me ponha no chão! – ela gemeu.

— Diga "por favor".

— George, seu bruto! Me ponha no chão agora!

— Venha ao meu escritório, sr. Malone.

— Sinceramente, senhor... – eu disse, apontando a senhora.

— Veja, Jessie, o sr. Malone está intervindo a seu favor. Diga "por favor", e você desce.

— Ah, seu bruto! Por favor! Por favor!

Ele a pôs no chão como se ela fosse um canário.

— Você precisa se comportar, querida. O sr. Malone é da imprensa. Ele vai contar tudo em seu pasquim amanhã e vender uma dúzia a mais entre nossos vizinhos. "História curiosa na alta classe", até porque você estava bem alta naquele pedestal, não? E então o subtítulo: "Vislumbres de um casamento singular". Ele é um engana-trouxa, este sr. Malone, um carniceiro, como todos de sua laia, *porcus ex grege diaboli*, um porco do rebanho do diabo. É isso, Malone... o quê?

— O senhor é mesmo insuportável! – eu disse, esquentado.

Ele rugiu em gargalhadas.

— Temos que fazer um acordo, na verdade – ele disse, desviando o olhar de sua esposa para mim e bufando com o peito enorme. Então, alterou o tom de súbito: — Me perdoe por essa frívola brincadeira familiar, sr. Malone. Eu o chamei de volta por um motivo mais sério do que envolvê-lo em nossas pequenas cordialidades domésticas. Pode ir, mulher, e não se preocupe - ele pousou as mãos enormes sobre os ombros dela. — Tudo o que disse é perfeitamente verdade. Eu seria um homem melhor se fizesse o que você me aconselha, mas eu não seria mais George Edward Challenger. Há homens melhores aos montes, minha querida, mas somente um G. E. C. Então tente tirar o melhor dele - e de repente deu-lhe um sonoro beijo, que me constrangeu ainda mais do que sua agressividade. — Agora, sr. Malone - continuou, num acesso de dignidade -, por aqui, por obséquio.

Entramos de volta na sala que havíamos deixado de modo tão tumultuoso dez minutos antes. O professor fechou a porta atrás de nós com cuidado, me conduzindo a uma poltrona e empurrando uma caixa de charutos para a minha frente.

— Um legítimo San Juan Colorado - ele disse. — Pessoas impressionáveis como você são melhores com os narcóticos. Céus! Não morda! Corte, e corte com reverência! Agora, acomode-se e escute com atenção tudo o que eu lhe contar. Se lhe ocorrer alguma observação, guarde-a para um momento mais oportuno.

"Em primeiro lugar, quanto ao seu regresso à minha casa após sua muito justa expulsão", ele puxou a barba e me encarou com ar de desafio, como se me convidando a contradizê-lo, "após, devo dizer, sua muito merecida expulsão, a razão repousa em sua resposta àquele mui oficioso policial, na qual pude discernir um lampejo de boa vontade de sua parte... mais, sob qualquer medida, do que estou acostumado a associar à sua profissão. Ao admitir que a culpa do incidente foi sua, deu evidências de um certo grau de desprendimento mental e de campo de visão, o que atraiu uma atenção favorável de minha parte. A subespécie da raça humana à qual você infelizmente pertence sempre esteve abaixo de meu horizonte mental. E, de repente, suas palavras o elevaram acima dele, e você me impressionou. Por essa razão solicitei que retornasse comigo, já que tenciono conhecê-lo melhor. Você pode, por gentileza, depositar as cinzas no pequeno cinzeiro japonês sobre a mesa de bambu, ao lado do seu cotovelo esquerdo."

Ele explicou tudo isso como um professor se dirigindo à sua turma. Girou na cadeira para me encarar, sentando-se inflado feito um sapo-boi, a cabeça inclinada para trás e os olhos semicerrados pelas pálpebras altivas. Então se virou subitamente de lado, e tudo que eu conseguia ver dele era um emaranhado de cabelo com uma orelha no meio. Ele estava procurando algo em meio à pilha de papéis na mesa, e se virou para mim tendo na mão o que me pareceu uma caderneta bastante surrada.

— Vou lhe falar sobre a América do Sul - disse. — Sem comentários, por favor. Em primeiro lugar, espero que entenda que nada do que vou lhe contar agora deve ser repetido publicamente de forma alguma, a não ser com minha permissão expressa. Permissão esta que, muito provavelmente, nunca será concedida. Está claro?

— É muito difícil - eu disse. — Certamente um relato tão...

Ele largou a caderneta sobre a mesa.

— Encerramos por aqui - disse ele. — Desejo-lhe um bom dia.

— Não, não! - gritei. — Eu me submeto às suas condições. Até onde vejo, não tenho escolha.

— Nenhuma.

— Bem, então, prometo.

— Palavra de honra?

— Palavra de honra.

Ele me encarou, cético, com seus olhos insolentes.

— Mas o que eu sei, afinal, sobre sua honra? - disse ele.

— Vou lhe dizer uma coisa - bradei, irritado. — O senhor toma liberdades demais! Nunca fui tão insultado em minha vida.

Ele pareceu mais interessado do que incomodado com meu surto.

— Cabeça redonda - murmurou. — Braquicefálico, olhos cinzentos, cabelos pretos, com sugestão de traços negroides. Celta, presumo?

— Sou irlandês, senhor.

— Irlandês da Irlanda?

— Sim, senhor.

— Claro, isso explica tudo.[17] Deixe-me ver, você me dá sua palavra de que minha confidência será respeitada? Essa confidência, devo dizer, estará longe de ser completa. Mas estou disposto a lhe dar algumas indicações que serão de seu interesse. Em primeiro lugar, você provavelmente está ciente de que, dois anos atrás, fiz uma viagem à América do Sul que está destinada a entrar para o cânone científico da história do mundo. O objetivo de minha viagem era verificar algumas conclusões de Wallace e Bates,[18] o que só poderia ser feito com a observação dos fatos reportados por eles, nas mesmas condições em que eles próprios os observaram. Se minha expedição não tivesse obtido nenhum outro resultado, ainda assim seria digna de nota, mas me ocorreu um curioso incidente enquanto estive lá, que abriu uma linha de pesquisa inteiramente nova.

"Você está a par, ainda que, nessa era de pouca educação, seja provável que não esteja, de que há trechos do rio Amazonas que continuam apenas parcialmente explorados, e que um grande número de afluentes, alguns totalmente fora dos mapas, correm em direção ao rio principal? Meu trabalho era visitar esse interior pouco conhecido e examinar sua fauna, o que forneceu material para muitos capítulos da grande e monumental obra de zoologia que será a justificativa de minha vida. Meu trabalho estava completo e eu já regressava quando me ocorreu passar a noite numa pequena aldeia indígena, num ponto em que certo afluente, cujo nome e posição não vêm ao caso, abre-se para o rio principal. Os nativos eram índios cocamas,[19] uma raça amigável, porém degradada, com capacidades mentais que mal superam as de um londrino médio.[20] Eu tratara alguns doentes entre eles quando subira o rio, e os impressionara bastante com minha personalidade, de modo que, ao retornar, não fiquei surpreso ao ver que era ansiosamente aguardado. Por seus sinais, compreendi que alguém precisava de meus serviços médicos com urgência, e segui o cacique até uma de suas ocas. No que entrei, percebi que o enfermo em cujo auxílio eu fora chamado acabara de morrer. Para minha surpresa, ele não era índio, mas um homem branco; de fato, digo que até branco demais, pois tinha o cabelo de um loiro pálido e algumas características de albino. Estava vestido com roupas esfarrapadas, muito emaciado, e trazia todos os traços de quem passa por dificuldades prolongadas. Até onde pude compreender o relato dos nativos, era um completo estranho para eles, e havia chegado à aldeia sozinho, pela selva, num estado de exaustão extrema.

"A mochila do homem jazia ao lado da cama, e examinei o conteúdo. Seu nome estava escrito numa etiqueta interna: Maple White, avenida Lake, Detroit, Michigan. É um nome para o qual estou sempre pronto a tirar meu chapéu. Não é demais dizer que se elevará junto ao meu quando o crédito final deste negócio for repartido.

"Pelo conteúdo da mochila", o professor continuou, "era evidente que esse homem fora um artista e um poeta em busca de inspiração. Havia rascunhos de versos. Não me arrogo a capacidade de julgar essas coisas, mas me pareceram desprovidos de qualquer mérito. Havia também algumas pinturas medíocres de cenas ribeirinhas, uma caixa de tintas, outra de gizes coloridos, alguns pincéis, aquele osso curvo que agora repousa sobre meu tinteiro, um exemplar do *Mariposas e borboletas* de Baxter,[21] um revólver barato e alguns cartuchos. De equipamento pessoal, ou não possuía nenhum, ou perdera durante a viagem. Essas eram todas as posses desse estranho boêmio americano.

"Eu me afastava dele quando percebi um objeto que se projetava da frente de sua jaqueta estropiada. Era esta caderneta, já tão dilapidada quanto você a vê agora. E, de fato, garanto que o *Primeiro fólio* de Shakespeare não seria tratado com mais reverência do que esta relíquia tem sido desde que chegou a minhas mãos. Eu a entrego a você agora, e peço que a leia página por página para examinar seu conteúdo."

Ele acendeu um charuto e se recurvou com um par de olhos críticos, apreciando o efeito que o documento produziria.

Abri o volume com certa expectativa de uma revelação, embora de qual natureza eu não pudesse imaginar. A primeira página, porém, era decepcionante, já que não continha nada além do retrato de um homem muito gordo vestindo um caban,[22] com a legenda "Jimmy Colver no paquete dos correios". Seguiram-se várias páginas preenchidas com pequenos esboços de índios e seus afazeres. Surgiu então a imagem de um clérigo corpulento e alegre com um chapéu saturno, sentado diante de um europeu muito magro, e a inscrição: "Almoço com frei Cristófero em Rosário". Estudos de mulheres e bebês ocupavam várias outras páginas, e depois uma série ininterrupta de desenhos de animais com explicações como "peixe-boi sobre banco de areia", "tartaruga com seus ovos", "cutia debaixo de buriti" (me pareceu uma espécie de porquinho) e, finalmente, uma página dupla com estudos de sáurios de focinho longo e aspecto desagradável. Não consegui depreender nada dali, e disse isso ao professor.

— Certamente serão crocodilos?

— Jacarés e aligátores! Não há crocodilos verdadeiros na América do Sul. A distinção entre eles…

— Quis dizer que não consigo ver nada de incomum, nada que justifique o que o senhor disse.

Ele sorriu, sereno.

— Tente a próxima página.

Continuei sem conseguir compreender. Era uma página inteira de rascunhos de uma paisagem esboçada em cores – do tipo que artistas de pintura ao ar livre fazem para servir de guia para um futuro trabalho mais elaborado. Havia um primeiro plano com vegetação verde-pálida luxuriante em um aclive que terminava numa linha de falésias vermelho-escuras, estriadas de modo curioso, como algumas formações basálticas que eu já vira. Elas se estendiam pela paisagem numa muralha contínua. Em certo ponto, havia uma rocha piramidal isolada, coroada por uma grande árvore, que parecia separar-se do penhasco principal por uma fenda. Detrás de tudo, um céu azul tropical. Uma linha verde e estreita de vegetação bordeava o cume do penhasco avermelhado. Na página seguinte, havia outro esboço aquarelado do mesmo local, mas muito mais próximo, de modo que se podiam ver os detalhes com clareza.

— Então? – ele perguntou.

— Sem dúvida é uma formação curiosa – eu disse –, mas eu não sou geólogo o bastante para julgá-la maravilhosa.

— Maravilhosa! – ele repetiu. — É única. É incrível. Ninguém no planeta jamais sonhou com algo parecido. Agora, o próximo.

Virei a página e soltei uma exclamação de surpresa. Era um desenho de página inteira da criatura mais extraordinária que eu já havia visto. O sonho selvagem de um fumador de ópio, uma visão delirante. A cabeça era como a de uma ave, o corpo como o de um lagarto inchado, a cauda rastejante era adornada por esporões virados para cima, e o dorso encurvado era marcado por uma borda alta e serrada, parecendo uma dúzia de cristas de galo dispostas uma atrás da outra. Em frente à criatura havia um manequim ridículo, ou um anão de forma humana, que a observava imóvel.

— Então, o que acha disso? – o professor se empolgou, esfregando as mãos com ar de triunfo.

— É monstruoso... grotesco.

— Mas o que o fez desenhar um animal assim?

— Gim barato, eu diria.

— Ah, essa é a melhor explicação que você consegue dar, é?

— Bem, meu senhor, e qual é a sua?

— A mais óbvia é que a criatura existe. E esse é, na verdade, o desenho de um animal vivo.

Eu teria rido, não fosse a visão de nós dois rolando rua afora outra vez.

— Sem dúvida, sem dúvida - respondi, que de louco não se discorda. E acrescentei: — Confesso, porém, que esta figurinha humana me intriga. Se for um índio, podemos ver nela a evidência de uma raça de pigmeus na América, mas me parece ser um europeu de chapéu de sol.

O professor bufou como um búfalo irritado.

— Você realmente chega ao limite - ele disse. — Você me faz ver novas possibilidades. Paralisia cerebral! Inércia mental! Espantoso!

Ele era absurdo demais para me irritar. Seria, aliás, um desperdício de energia, porque se fosse para ficar bravo com esse homem, teria que ser o tempo todo. Contentei-me em dar um sorriso cansado.

— Chama minha atenção o homem ser pequeno, só isso - respondi.

— Olhe aqui - ele disse, inclinando-se e apontando o desenho com aqueles grandes salsichões peludos que tinha como dedos. — Veja essa planta atrás do animal, suponho que você tenha pensado tratar-se de um dente-de-leão ou um repolhinho, não? Pois bem, isso é uma jarina, ou marfim-vegetal, e elas têm mais de quinze metros de altura. Não vê que esse homem foi colocado aqui com uma intenção? Não havia como ficar de pé em frente ao animal e sobreviver para desenhá-lo. Ele reproduziu a si mesmo para dar uma escala de altura. Ele teria, digamos, um metro e sessenta de altura. A árvore é dez vezes maior, como se pode deduzir.

— Céus! - exclamei. — Então o senhor crê que essa criatura era... nossa, a estação de Charing Cross dificilmente serviria de canil para um brutamontes desses.

— Afora qualquer exagero, é certamente um espécime adulto - disse o professor, complacente.

— Mas o certo é que a experiência da raça humana inteira não será descartada por conta de um único desenho - respondi. Folheei as páginas para me certificar de que não havia mais nada no livro. — Um único desenho de um artista norte-americano errante, que pode tê-lo produzido sob efeito de haxixe, ou num delírio febril, ou apenas para satisfazer uma imaginação esquisita. O senhor não pode, enquanto homem das ciências, defender uma posição como esta.

Como resposta, o professor puxou um livro da prateleira.

— Isto aqui é um excelente estudo de um amigo talentoso, Ray Lankester![23] - disse-me. — Há uma ilustração que virá a interessá-lo. Ah, sim, aqui está! A legenda embaixo diz assim: "Provável aparência em vida do dinossauro jurássico estegossauro.[24] Só a pata traseira tem duas vezes a altura de um homem adulto". Bem, o que me diz disso?

Ele me estendeu o livro. Tive um sobressalto ao ver o desenho. Com certeza havia nesse animal de um mundo extinto reconstruído uma grande semelhança com o esboço do artista desconhecido.

— Isso é decerto notável - eu disse.

— Mas não vai admitir como prova definitiva?

— Com certeza foi uma coincidência, ou esse americano pode ter visto um desenho desse tipo e carregado em sua memória. Em um homem delirante, é provável que a imagem retorne.

— Muito bem - disse o professor, indulgente -, deixemos assim. Agora vou lhe pedir que dê uma olhada neste osso - e me entregou o tal que já havia descrito como parte dos pertences do falecido. Tinha cerca de quinze centímetros de comprimento e era mais grosso que meu polegar, com vestígios de cartilagem seca em uma ponta.

— A qual criatura conhecida este osso pertence? - perguntou o professor.

Examinei-o com cuidado e tentei relembrar algum conhecimento meio esquecido.

— Pode ser uma clavícula humana bem grossa - eu disse.

Meu companheiro balançou a mão com desdém.

— A clavícula humana é curva. Este osso é reto. Há um sulco sobre a superfície mostrando que um grande tendão corria ao longo dele, o que exclui a possibilidade de ser uma clavícula.

— Então devo confessar que não sei o que é.

— Você não precisa se envergonhar de expor sua ignorância, pois creio que nem a equipe inteira de South Kensington[25] poderia nomeá-lo - ele pegou um pequeno osso do tamanho de um feijão de dentro de uma caixinha de remédios. — Até onde posso dizer, este osso humano aqui é análogo a esse que você tem em mãos. Isso lhe dará alguma ideia do tamanho da criatura. Você notará, pela cartilagem, que não se trata de um fóssil, mas de um espécime recente. O que me diz disso?

— Com certeza um elefante...

Ele fez uma careta de dor.

— Não! Não fale de elefantes na América do Sul. Até na escola primária...

— Bem - interrompi -, qualquer animal sul-americano grande... uma anta, por exemplo.

— Tenha certeza, rapazinho, de que domino as noções elementares do meu negócio. Isso não tem como ser o osso nem de uma anta nem de nenhuma outra criatura conhecida pela zoologia. Ele pertence a um animal muito grande, muito forte e, por conseguinte, muito feroz que existe sobre a face da Terra, mas que até agora não foi encontrado pela ciência. Você ainda não está convencido?

— Estou ao menos profundamente interessado.

— Então resta esperança no seu caso. Sinto que ainda há racionalidade em algum lugar de você, então vou tatear pacientemente em busca dela. Agora vamos deixar o americano morto para trás e prosseguir com minha narrativa. Você pode imaginar que eu não teria conseguido sair da Amazônia sem investigar o assunto a fundo. Havia indícios da direção de onde o viajante falecido viera. Eu poderia ter me guiado só pelas lendas indígenas, pois descobri que rumores de uma terra estranha eram comuns entre todas as tribos ribeirinhas. Você com certeza já ouviu falar do curupira?

— Nunca.

— O curupira é um espírito da floresta, terrível, malévolo, a ser evitado. Ninguém sabe dizer sua forma ou natureza, mas é uma palavra que causa terror ao longo do Amazonas. Agora, todas as tribos estão de acordo sobre a direção em que o curupira vive. É a mesma direção de onde o americano surgiu. Algo de terrível vem daquele lado. E meu trabalho era descobrir o quê.

— E o que você fez? - minha impertinência se foi. Esse homem maciço compelia à atenção e ao respeito.

— Contornei a relutância extrema dos nativos, que se estendia até a falar sobre o assunto, e, usando presentes e uma judiciosa persuasão, auxiliado, admito, por algumas ameaças de coerção, consegui que dois deles me servissem de guias. Após muitas aventuras que não vêm ao caso descrever, e depois de percorrer uma distância que não mencionarei, numa direção que omitirei, nós enfim chegamos a um trecho do país que nunca fora descrito, nem tampouco visitado, salvo pelo meu desafortunado predecessor. Faria a gentileza de olhar para isto?

Ele me estendeu uma fotografia do tamanho de meia chapa.

— O aspecto insatisfatório - disse ele - se deve ao fato de que, ao descer o rio, o barco virou, e a maleta com os filmes não revelados arrebentou, com resultados desastrosos. Quase todos foram arruinados por completo, uma perda irreparável. Esta foi uma das poucas que escaparam, e apenas parcialmente. Você gentilmente aceitará esta justificativa para os defeitos e anormalidades. Houve boatos de falsificação. Não estou com humor para discutir isso.

Com certeza a fotografia estava bastante desbotada. A superfície opaca poderia facilmente ser mal interpretada por um crítico cruel. Era uma paisagem cinzenta sem graça, e, conforme fui decifrando os detalhes, percebi que representava uma longa e elevadíssima linha de penhascos, exatamente como uma imensa catarata vista à distância, com uma planície íngreme revestida de árvores ao fundo.

— Acredito que seja o mesmo lugar da paisagem pintada - eu disse.

— É o mesmo lugar - respondeu o professor. — Encontrei resquícios do acampamento do sujeito. Agora veja isto.

Era uma visão mais aproximada da mesma cena, embora a fotografia fosse extremamente defeituosa. Dava para ver distintamente o pináculo de pedra isolado, coroado por uma árvore, destacando-se do penhasco.

— Não tenho dúvida alguma - eu disse.

— Bem, já é alguma coisa. Progredimos, não é? Agora, você poderia por favor olhar o topo desse pináculo rochoso? Você percebe algo ali?

— Uma árvore enorme.

— Mas e sobre a árvore?

— Um pássaro grande.

Ele me alcançou uma lupa.

— Sim - eu disse, vasculhando a imagem. — Há um pássaro grande na árvore. Parece ter um bico considerável. Eu diria que é um pelicano.

— Não posso parabenizá-lo por sua visão - disse o professor. — Não é um pelicano, nem mesmo um pássaro. Talvez lhe interesse saber que eu tive sucesso em abater esse espécime em particular. Foi a única prova inconteste de minhas experiências que consegui trazer comigo.

— Você o tem, então? - enfim uma corroboração tangível.

— Eu o tive. Infelizmente se perdeu, junto de muitas outras coisas, no mesmo acidente de barco que arruinou minhas fotografias. Tentei agarrá-lo antes que desaparecesse no redemoinho das corredeiras, e parte de sua asa ficou em minha mão. Cheguei desacordado à margem do rio, e um único resquício miserável desse meu espécime soberbo permanecia intacto. Eu o coloco agora à sua frente.

De uma escrivaninha, retirou o que me pareceu ser a parte superior da asa de um grande morcego. Tinha pelo menos sessenta centímetros de comprimento, um osso curvo com um véu membranoso embaixo.

— Um morcego monstruoso? - sugeri.

— Nada do tipo - disse o professor, severo. — Vivendo, como eu vivo, em uma atmosfera culta e científica, não poderia conceber que os princípios básicos da zoologia fossem tão pouco conhecidos. Será possível que você desconheça um fato tão elementar da anatomia comparada, que a asa de um pássaro é, na realidade, seu antebraço, enquanto a asa de um morcego consiste em três dedos alongados com membranas entre eles? Neste caso, então, o osso certamente não é um antebraço, e você pode ver por si mesmo que se trata de uma única membrana pendendo de um único osso, e, logo, não pode pertencer a um morcego. Mas se não é nem pássaro nem morcego, o que é?

Meu pequeno estoque de conhecimento havia se esgotado.

— Eu realmente não sei - disse.

Ele abriu o livro que já havia me mostrado.

— Aqui está - disse, apontando o desenho de um extraordinário monstro alado - uma excelente reprodução de um dimorfodonte, ou pterodáctilo,[26] um réptil voador do período Jurássico. Na página seguinte há um diagrama do mecanismo de sua asa. Compare, por gentileza, com o do espécime em sua mão.

Uma onda de assombro passou por mim conforme eu olhava. Eu estava convencido. Não havia como fugir. O acúmulo de provas era esmagador. O esboço, as fotografias, a narrativa e por fim o espécime em si - a evidência era irrefutável. Eu lhe disse isso, e o fiz de um modo caloroso, pois senti que o professor era um homem maltratado. Ele se recostou na cadeira, fechando os olhos num sorriso tolerante, deleitando-se com esse súbito brilho de sol.

— É simplesmente a maior coisa de que já ouvi falar! - eu disse, embora fosse meu entusiasmo jornalístico, e não o científico, que havia sido despertado. — É colossal. O senhor é um Colombo da ciência que acaba de descobrir um mundo perdido. Eu sinto terrivelmente se pareci duvidar do senhor. Era tudo tão impensável. Mas reconheço uma evidência quando a vejo, e isso deveria ser o suficiente para qualquer um.

O professor ronronou satisfeito.

— E então, senhor, o que fez depois?

— Era a estação das chuvas, sr. Malone, e meus mantimentos haviam acabado. Explorei uma parte desse penhasco imenso, mas não consegui encontrar uma forma de escalá-lo. A rocha piramidal sobre a qual vi e abati o pterodáctilo era mais acessível. Sendo um pouco alpinista, dei um jeito de chegar a meio caminho do topo. Naquela altura, tive uma visão melhor do platô acima do penhasco. Pareceu bastante extenso; nem a leste nem a oeste consegui enxergar o fim daquela paisagem de falésias cobertas de verde. Abaixo, a região é de selva pantanosa, cheia de cobras, insetos e febre. É uma proteção natural dessa terra singular.

— E viu algum outro sinal de vida?

— Não, senhor, não vi. Mas durante a semana em que acampamos na base do penhasco, escutamos alguns sons muito estranhos vindos de cima.

— Mas e a criatura que o americano desenhou? Como o senhor explica isso?

— Só podemos supor que ele encontrou o caminho até o topo e a viu lá. Sabemos, portanto, que *há* um caminho até o topo. Sabemos, também, que deve ser um caminho bastante difícil, ou essas criaturas teriam descido e tomado conta da área ao redor. Com certeza isso está claro.

— Mas como elas foram parar lá?

— Não acho que seja um problema muito obscuro - disse o professor. — Só pode haver uma explicação. A América do Sul é, como você deve ter escutado, um continente granítico. Nesse exato ponto do interior deve ter havido, em alguma era longínqua, uma grande e súbita sublevação vulcânica. Esses penhascos, devo lembrar, são basálticos e, portanto, plutônicos. Uma área, talvez tão grande quanto Sussex, foi elevada *en bloc* com toda a vida que continha, e isolada do resto do continente por precipícios perpendiculares, de uma rigidez que desafia a erosão. Qual o resultado? As leis ordinárias da natureza foram suspensas. Todos os fatores que influenciaram a luta pela existência no mundo em geral foram neutralizados ou alterados. Criaturas que de outro modo desapareceriam sobreviveram. Você irá perceber que tanto o pterodáctilo quanto o estegossauro são jurássicos e, portanto, muito antigos na ordem da vida. Eles foram conservados artificialmente por essas estranhas condições acidentais.

— Mas sua evidência é com certeza conclusiva. Só precisa colocá-la diante da autoridade adequada.

— Foi o que pensei, em minha ingenuidade - disse o professor com amargura. — Só posso dizer que não foi bem assim, fui recebido com incredulidade em todas as ocasiões, em parte por estupidez, em parte por inveja. Não é de minha natureza, senhor, bajular ninguém, ou querer comprovar um fato quando minha palavra é posta em dúvida. Depois disso, não concordei em mostrar as provas corroborativas que estão em minha posse. O assunto se tornou odioso para mim, não falo mais disso. Quando homens como o senhor, que representam a tola curiosidade do público, vêm perturbar minha privacidade, sou incapaz de recebê-los com reserva digna. Por natureza sou, admito, meio esquentado, e quando provocado tenho inclinação a ser violento. Temo que tenha percebido.

Fechei os olhos em silêncio.

— Minha esposa tem discutido o assunto comigo com frequência, mas mesmo assim creio que todo homem de honra sentiria o mesmo. Esta noite, porém, me proponho a dar um exemplo extremo do controle da vontade sobre as emoções. Eu o convido a estar presente na apresentação - ele me entregou um cartão de visita. — Veja que o sr. Percival Waldron, um naturalista de reputação, dará uma palestra às oito e meia, no salão do Instituto Zoológico,[27] sobre "O registro das eras". Fui especialmente convidado a estar presente no palanque e apresentar os agradecimentos ao palestrante. Quando o fizer, farei questão de, com delicadeza e tato infinitos, expor algumas observações que podem atiçar o interesse da plateia e fazer com que alguns desejem se aprofundar no assunto. Nada contencioso, compreenda, somente indicações de que há algo mais profundo. Vou me conter fortemente e ver se, com esse autocontrole, obtenho um resultado mais favorável.

— E eu posso ir? - perguntei ávido.

— Ora, certamente - ele respondeu cordial. Tinha um temperamento imensamente jovial, quase tão impositivo quanto sua agressividade. Seu sorriso de benevolência era uma coisa maravilhosa, suas bochechas subitamente se tornavam vermelhas como maçãs, em meio aos olhos semicerrados e à grande barba negra. — Certamente, venha. Será um conforto para mim saber que tenho ao menos um aliado no salão, por mais inepto e ignorante no assunto que ele possa ser. Imagino que haverá um público grande, já que Waldron, apesar de um completo charlatão, é consideravelmente popular entre seus seguidores. Agora, sr. Malone, já lhe dei bem mais de meu tempo do que pretendia. Um indivíduo não deve monopolizar o que é destinado ao mundo. Será um prazer para mim vê-lo na palestra desta noite. Enquanto isso, compreenda que nada do que lhe mostrei deve vir a público.

— Mas o sr. McArdle, meu editor, o senhor sabe... vai querer saber o que eu fiz.

— Diga-lhe o que quiser. Você pode lhe dizer, entre outras coisas, que se ele mandar mais alguém para se meter comigo, irei atrás dele com um chicote. Mas confio em você para que nada disso apareça na imprensa. Muito bem. Até logo, no salão do Instituto Zoológico às oito e meia desta noite.

Tive uma última visão das bochechas vermelhas, da barba ondulada e dos olhos intransigentes, conforme ele me conduzia para fora da sala.

5. Objeção!

Devido ao choque físico resultante de meu primeiro encontro com o professor Challenger, e ao choque mental que acompanhou o segundo, no momento em que me vi outra vez em Enmore Park eu era, de certa forma, um jornalista desmoralizado. Em minha cabeça dolorida latejava o pensamento de que *havia* alguma verdade na história desse homem, que isso teria consequências tremendas e que renderia uma história inconcebível para a *Gazette* quando eu conseguisse permissão para publicá-la. Um táxi me aguardava no fim da rua, então saltei para dentro dele e toquei para a redação. McArdle estava em seu posto, como de costume.

— Então - ele me chamou ansioso -, o que temos? A mim parece que você voltou da guerra, rapaz. Não venha me dizer que ele o agrediu.

— Nós tivemos algumas diferenças no começo.

— Que sujeito! O que você fez?

— Bem, ele ficou mais razoável e tivemos uma conversa. Mas não consegui tirar nada dele... nada que possa ser publicado.

— Não tenho tanta certeza disso. Você ganhou dele um olho roxo, e isso pode ser publicado. Não podemos aceitar esse reinado do terror, sr. Malone. Temos que colocar o homem no lugar dele. Publicarei uma matéria sobre ele amanhã que provocará um burburinho. Basta me dar o material que me encarrego de deixar o sujeito marcado para sempre. "Professor Münchausen", que acha dessa manchete? Sir John Mandeville ressuscitado... Cagliostro... todos os impostores e valentões da História. Vou expô-lo como a fraude que ele é.

— Eu não faria isso, senhor.

— E por que não?

— Porque ele não é uma fraude de modo algum.

— O quê? - berrou McArdle. — Você não está dizendo que acredita nessa conversa de mamutes e mastodontes e grandes serpentes marinhas?

— Bem, quanto a isso não sei. Não creio que ele faça qualquer afirmação desse tipo. Mas acredito que ele descobriu algo novo.

— Então pelo amor de Deus, homem, escreva!

— É o que mais quero, mas tudo o que sei me foi dito em confidência e sob a condição de que não publicasse nada - e resumi para ele, em poucas palavras, a narrativa do professor. — Isso é tudo.

McArdle pareceu profundamente incrédulo.

— Bem, sr. Malone - disse enfim -, quanto a esse encontro científico de hoje à noite, não há sigilo algum, de todo modo. Não creio que algum jornal vá querer noticiá-lo, pois Waldron já foi notícia uma dúzia de vezes, e ninguém está sabendo que Challenger falará. Se tivermos sorte, podemos conseguir um furo. Você estará lá de qualquer forma, então basta que nos faça um bom relato. Vou reservar um espaço para você até a meia-noite.

Depois de um dia agitado, jantei cedo no clube Savage com Tarp Henry, a quem fiz um relato de minhas aventuras. Ele escutou com um sorriso cético no rosto esquelético e estourou em gargalhadas ao ouvir que o professor me convencera.

— Meu bom homem, as coisas não são assim na vida real. As pessoas não tropeçam em descobertas enormes e depois perdem as provas. Deixe isso para os romancistas. O sujeito é tão cheio de truques quanto o macacário do zoológico. É tudo bobagem.

— Mas e o poeta americano?

— Nunca existiu.

— Eu vi a caderneta.

— A caderneta de Challenger.

— Você acha que foi ele quem desenhou aquele animal?

— É claro que sim. Quem mais?

— Bem, e as fotografias?

— Não havia nada nas fotografias. Você mesmo disse que só conseguiu ver um pássaro.

— Um pterodáctilo.

— Isso é o que *ele* disse. Ele pôs o pterodáctilo na sua cabeça.

— E quanto aos ossos?

— O primeiro era de um guisado irlandês. O segundo foi feito para a ocasião. Se você for esperto e conhecer seu ofício, pode falsificar com facilidade tanto um osso quanto uma fotografia.

Comecei a ficar inquieto. Talvez, afinal, minhas conclusões tivessem sido prematuras. Então tive uma ideia súbita e feliz.

— Quer ir comigo ao evento? - perguntei.

Tarp Henry pareceu pensativo.

— Ele não é uma pessoa popular, o genioso Challenger - disse. — Um bocado de gente tem contas a acertar com ele. Devo dizer que talvez seja o homem mais odiado de Londres. Se os estudantes de medicina aparecerem, a zombaria não vai ter fim. Não quero me meter no meio de uma rinha.

— Pelo menos você poderá fazer justiça, vendo-o apresentar seu próprio caso.

— Bem, talvez seja o mais justo. Está bem. Serei seu companheiro nesta noite.

Quando chegamos ao salão percebi que era muito maior do que eu esperava. Uma fileira de *broughams* elétricos[28] despejava sua carga de professores de barba branca, enquanto a corrente negra de pedestres humildes que se aglutinavam na porta em arco mostrava que o público seria tanto de cientistas quanto de populares. De fato, ao sentarmos, ficou evidente para nós que um espírito juvenil, e até mesmo pueril, se espalhava pelas galerias e no fundo do salão. Olhando para trás, eu podia ver fileiras de rostos do tipo familiar dos estudantes de medicina. Aparentemente, cada um dos grandes hospitais havia enviado seu contingente. O comportamento do público, até o momento, vinha sendo bem-humorado, mas travesso. Trechos de músicas populares eram cantados em coros entusiasmados, num prelúdio estranho para uma palestra científica; e havia uma tendência a zombarias pessoais, o que prometia uma noite divertida para alguns, por mais embaraçosa que pudesse ser para os destinatários das honras dúbias.

Quando o velho dr. Meldrum apareceu no palanque com sua indefectível cartola de aba curvada, o burburinho geral de "onde você arranjou essa chapeleta?" foi tanto que ele se apressou em tirá-la e a escondeu furtivamente debaixo da cadeira. Quando o reumático professor Wadley mancou até seu assento, houve indagações afetuosas por todo o salão sobre o estado atual de seu pobre dedão, o que lhe causou um óbvio constrangimento. A maior manifestação de todas, porém, foi na entrada de meu novo conhecido, o professor Challenger, quando ele passou para tomar seu lugar na ponta da fileira do palanque. Tamanho foi o grito de recepção que estourou quando sua barba negra surgiu que comecei a suspeitar que Tarp Henry estava certo em sua suposição e que a plateia se formara não apenas em função da palestra, mas porque se espalhara o rumor de que o famoso professor tomaria parte no evento.

Entre os bem-vestidos espectadores das primeiras fileiras, também houve risos simpáticos à sua entrada, como se para dar apoio às manifestações dos estudantes. A recepção foi, de fato, um estardalhaço assustador, o alvoroço da jaula das feras carnívoras quando os passos do tratador que traz a carne são ouvidos à distância. Talvez houvesse um tom ofensivo nela, mas de modo geral me pareceu mais um mero clamor desordeiro, uma recepção barulhenta para alguém que interessa e impressiona, e não que é detestado ou desprezado. Challenger sorriu com fastio e desdém tolerantes, como um homem gentil lidaria com uma ninhada de filhotes barulhentos. Ele se sentou devagar, estufou o peito, acariciou a barba e semicerrou os olhos, encarando o salão à sua frente. O furor de sua chegada ainda não havia morrido quando o professor Ronald Murray, o diretor, e o sr. Waldron, o palestrante, se encaminharam para a frente e os procedimentos começaram.

O professor Murray vai me perdoar, tenho certeza, se eu disser que ele possui o defeito, comum à maioria dos ingleses, de se fazer inaudível. Por que raios as pessoas que têm algo que vale a pena ser escutado não se dão ao mínimo trabalho de aprender a se fazer ouvir é um dos estranhos mistérios da vida moderna. Seus métodos são tão razoáveis quanto querer passar algo precioso da fonte ao reservatório através de um tubo obstruído, e que poderia ser desentupido com um mínimo de esforço. O professor Murray dirigiu várias observações profundas ao jarro d'água e à sua gravata branca, com tiradas espirituosas que só o candelabro de prata ao seu lado escutou. Então sentou-se, e o sr. Waldron, o famoso e popular palestrante, ergueu-se em meio ao burburinho dos aplausos. Era um homem austero e esquelético, com uma voz áspera e modos agressivos, mas tinha o mérito de saber assimilar as ideias alheias e transmiti-las em uma forma inteligível e até mesmo atraente para o público leigo, e de ser engraçadinho até nos temas mais improváveis; tratados por ele, a precessão do equinócio ou a formação dos vertebrados tornavam-se processos muito divertidos.

O que ele desdobrou à nossa frente foi uma visão panorâmica da criação, ao modo como a ciência a interpreta, numa linguagem sempre clara e às vezes pitoresca. Falou do globo, uma grande massa de gás flamejante brilhando pelos céus. Depois descreveu a solidificação, o resfriamento, o enrugamento que formou as montanhas, o vapor que se tornou água, em uma lenta preparação do palco sobre o qual se encenaria o inexplicável drama da vida. Quanto à origem da vida em si, foi discretamente vago. Declarou ser correto que seus germes não teriam sobrevivido à torrefação original. Assim sendo, devem ter surgido depois. Teriam se formado a partir dos elementos inorgânicos resfriados do globo? Bastante possível. Teriam vindo de fora, em um meteoro? Pouco provável. No geral, o mais esperto dos homens era o menos dogmático sobre o assunto. Não é possível, ou pelo menos não foi até hoje, criar vida orgânica em nossos laboratórios a partir de materiais inorgânicos. O abismo que separa os mortos dos vivos é algo que nossa química ainda não pode transpor. Mas há uma química mais elevada e sutil na natureza que, trabalhando com grandes forças no decurso de longas épocas, pode vir a produzir resultados que para nós são impossíveis. E o assunto deve ficar por aqui.

Isso levou o palestrante ao tema da vida animal, começando bem de baixo, pelos moluscos e frágeis criaturas marinhas, e subindo degrau por degrau, passando por répteis e peixes, até chegarmos, enfim, ao rato-canguru australiano que carrega seus filhotes vivos, o ancestral direto de todos os mamíferos e, portanto, provavelmente, do público inteiro ("eu não", disse um estudante cético na fileira do fundo). Se o jovem cavalheiro de gravata vermelha que gritou "eu não" e que, presume-se, clama ter sido chocado num ovo pudesse esperar por ele após a palestra, disse o palestrante, teria prazer em escutar tal curiosidade (risos na plateia). Disse que seria estranho pensar que o clímax de todo um processo da natureza, com a duração de eras, fosse a criação do dito cavalheiro da gravata vermelha. Teria o processo parado? Deveria esse cavalheiro ser tomado como o tipo final, o ápice de todo o desenvolvimento? Esperava não ofender os sentimentos do dito cavalheiro da gravata vermelha ao sustentar que, fossem quais fossem as virtudes que ele pudesse ter em sua vida privada, ainda assim o vasto processo do universo não se justificaria se resultasse somente em sua produção. A evolução não era uma força já despendida; estava em operação e ainda nos reservava grandes realizações.

Tendo assim, entre risinhos, jogado muito bem com a interrupção, o palestrante voltou à imagem do passado, o enxugamento dos oceanos, a elevação dos bancos de areia, a vida rastejante e viscosa que foi dar em suas margens, as lagoas superpovoadas, a tendência das criaturas marinhas a buscar refúgio em manguezais, a abundância de alimento desses ambientes e, por consequência, seu enorme crescimento.

— Até chegar, senhoras e senhores - acrescentou -, àquela assustadora ninhada de sáurios que ainda hoje nos apavoram quando os vemos nas placas de Wealden ou Solnhofen,[29] mas que felizmente foram extintos muito antes da primeira aparição da humanidade neste planeta.

— Objeção! - uma voz se projetou do palco.

O sr. Waldron era rigoroso com a disciplina e tinha um dom para o humor ácido, como demonstrado com o cavalheiro da gravata vermelha, o que tornava arriscado interrompê-lo. Mas a interjeição lhe pareceu tão absurda que ficou sem saber como lidar com ela, como um shakespeariano confrontado por um baconiano, ou um astrônomo atacado pelos fanáticos da terra plana. Ele se deteve por um momento, e então, elevando a voz, repetiu devagar as palavras: "que foram extintos antes da chegada do homem".

— Objeção! - mugiu a voz outra vez.

Waldron olhou confuso ao longo da fileira de professores sobre o palanque, até que seus olhos repousaram sobre a figura de Challenger, reclinado na cadeira com os olhos fechados e uma expressão divertida, como se dormisse sorrindo.

— Ah, sim - disse Waldron, dando de ombros. — É meu amigo, o professor Challenger - e, entre risos, continuou a palestra, como se isso fosse uma explicação final e nada mais precisasse ser dito.

Mas o incidente estava longe de acabar. Qualquer trilha que o palestrante tomasse entre as brenhas do passado o conduzia invariavelmente à mesma asserção acerca da vida pré-histórica ou extinta, que instantaneamente arrancava do professor o mesmo mugido. A plateia começou a antecipá-lo e a rugir de prazer ao fazê-lo. As fileiras abarrotadas dos estudantes entraram na brincadeira, e toda vez que a barba de Challenger se entreabria, antes que sua voz pudesse sair, ouvia-se um berro de "objeção!" vindo de uma centena de vozes, e, em contrapartida, gritos de "ordem!" e "que vergonha!" dos demais. Ainda que fosse um palestrante experiente e um homem sólido, Waldron ficou abalado. Hesitou, gaguejou, repetiu-se, se viu perdido em meio a uma longa frase e, enfim, se voltou furioso para a causa de seus problemas.

— Isso é realmente intolerável! - gritou, olhando ao longo do palco. — Devo lhe solicitar, professor Challenger, que pare com essas interrupções ignorantes e mal-educadas.

Houve um burburinho no salão, os estudantes rígidos de deleite ao ver os altos deuses do Olimpo brigando entre si. Challenger levantou devagar sua figura corpulenta da cadeira.

— Em troca devo solicitar-lhe, sr. Waldron - ele disse -, que pare de fazer asserções que não estejam em estrito acordo com os fatos científicos.

Suas palavras provocaram uma tempestade.

— Que vergonha! Que vergonha!

— Vamos escutá-lo!

— Ponham-no para fora!

— Expulsem-no do palanque!

— Jogo justo!

Foi o que sobressaiu no estrondo geral de espanto ou execração. O diretor estava de pé, batendo as mãos e balindo agitado.

— Professor Challenger... visões... pessoais... depois – foi o que se elevou acima das nuvens de seus murmúrios inaudíveis.

O objetor fez uma mesura, sorriu, cofiou a barba e retornou à sua cadeira. Waldron, afogueado e belicoso, continuou suas observações. Vez ou outra, conforme afirmava algo, lançava um olhar peçonhento a seu rival, que parecia dormir profundamente, com o mesmo sorriso largo e feliz na face.

Por fim a palestra se encerrou – e estou inclinado a achar que foi um final prematuro, já que a conclusão foi apressada e desconexa. A linha de raciocínio foi bruscamente interrompida e a plateia ficou irrequieta, esperando por mais. Waldron se sentou e, após alguns chilreios do diretor, o professor Challenger ergueu-se e avançou até a beira do palanque. No interesse de meu jornal, transcrevo aqui seu discurso palavra por palavra.

"Senhoras e senhores", ele começou, em meio a contínuas interrupções vindas dos fundos. "Perdão... senhoras, senhores e crianças... peço-lhes desculpas, inadvertidamente omiti uma parcela considerável desta plateia (tumulto, durante o qual o professor se manteve de pé com uma mão erguida e sua enorme cabeça assentindo solidária, como se lançasse uma bênção papal à multidão). Fui escolhido para entregar um voto de agradecimento ao sr. Waldron pelo discurso muito pitoresco e imaginativo que acabamos de ouvir. Há pontos nele dos quais discordo, e é meu dever indicá-los conforme surgem, mas, de todo modo, o sr. Waldron cumpriu bem o seu objetivo, que era dar um relato simples e interessante do que concebe como tendo sido a história de nosso planeta. Palestras públicas são as mais fáceis de acompanhar, mas o sr. Waldron (aqui ele sorriu e piscou para o palestrante) irá me desculpar quando digo que são, necessariamente, tão superficiais quanto enganosas, uma vez que precisam ser niveladas à compreensão de uma plateia ignorante (aplausos irônicos do público). Os palestrantes populares são parasitários por natureza (o sr. Waldron faz um gesto raivoso de protesto). Em busca de fama ou dinheiro, aproveitam-se do trabalho que vem sendo feito por seus irmãos desconhecidos e indigentes. Qualquer pequeno fato novo revelado num laboratório, qualquer tijolo que se cimenta no templo da ciência ultrapassa muito as exposições de segunda mão que preenchem uma hora livre, mas são incapazes de produzir qualquer resultado útil. Coloco aqui esta reflexão óbvia não por desejo de menosprezar o sr. Waldron em particular, mas porque vocês não devem perder o senso de medida e acabar confundindo o acólito com o alto sacerdote (neste ponto, o sr. Waldron sussurrou ao diretor, que se pôs de pé e disse algo muito severo que só seu jarro de água escutou). Mas chega disso! (Longos e prolongados aplausos.) Deixe-me passar a um assunto de interesse mais amplo. Qual foi o ponto específico em que eu, um pesquisador genuíno, desafiei a precisão de nosso palestrante? Foi sobre a permanência de certos tipos de vida animal sobre a Terra. Não falo como amador, nem, devo acrescentar, como palestrante público, mas sim como alguém cuja consciência científica o compele a ser estritamente fiel aos fatos, quando digo que o sr. Waldron está muito errado em supor que, só porque ele mesmo nunca viu um animal dito pré-histórico, essas criaturas necessariamente já não existam mais. De fato, elas são, como ele mesmo disse, nossos ancestrais, mas são, se me permitem o uso da expressão, nossos ancestrais contemporâneos, já que ainda podem ser encontrados com todas as suas características horríveis e formidáveis, se alguém despender a energia e fizer o trabalho árduo de procurar seus redutos. Criaturas supostamente jurássicas, monstros capazes de caçar e devorar nosso maior e mais feroz mamífero, ainda existem (gritos de 'bobagem!', 'prove!', 'como *você* sabe?', 'objeção!'). Como eu sei disso, vocês me perguntam? Eu sei porque visitei esses redutos. Eu sei porque vi um deles (aplausos, gritaria e uma voz: 'mentiroso'). Sou mentiroso? (Enérgica e barulhenta concordância geral.) Ouvi alguém dizer que sou mentiroso? A pessoa que me chamou de mentiroso poderia gentilmente se levantar para que eu veja quem é? (Uma voz: 'Aqui está ele, senhor!', e um sujeitinho de óculos, pequeno e inofensivo, se debatendo violentamente, segurado por um grupo de estudantes.) Você me chamou de mentiroso? ('Não, senhor, não!', gritou o acusado, e desapareceu feito um boneco numa caixa de surpresas.) Se alguém neste salão ousa duvidar da minha honestidade, será um prazer ter uma palavrinha com ele depois da palestra ('mentiroso!'). Quem disse isso? (Outra vez um tipo inofensivo se debatia enquanto era erguido no ar.) Se eu tiver que ir aí até vocês... (Um coro geral de 'vem, docinho, vem!' interrompeu o procedimento por alguns momentos, enquanto o diretor, de pé e balançando os dois braços, parecia reger uma orquestra. Com o rosto muito vermelho, narinas dilatadas e barba eriçada, o professor estava agora num humor definitivamente endemoniado.) Toda grande descoberta vem sendo confrontada com a mesma incredulidade... a marca verdadeira de uma geração de idiotas. Quando grandes fatos são postos à sua frente, vocês não têm nem a intuição, nem a imaginação que os ajudaria a entendê-los. Só o que sabem é jogar lama em homens que arriscaram a própria vida para abrir novos campos para a ciência. Vocês perseguem os profetas! Galileu! Darwin e eu..." (Seguiram-se ovações prolongadas e a interrupção completa da palestra.)

Tudo isso foi tirado das anotações apressadas que fiz na hora, que não dão conta do caos absoluto a que o evento fora reduzido a essas alturas. A balbúrdia foi tão terrível que diversas senhoras já haviam batido em retirada, afoitas. Veteranos respeitáveis e sérios pareciam ter se contagiado do espírito predominante tanto quanto os estudantes, e vi homens de barba branca erguendo-se e balançando os punhos para o obstinado professor. A grande plateia inteira fervia e sibilava como uma panela de pressão. O professor deu um passo adiante e ergueu as mãos.

Havia algo tão grandioso e impressionante e viril no homem que o estrondo e a gritaria morreram gradualmente diante de seu gesto de autoridade e de seu olhar dominador. Ele parecia ter uma mensagem definitiva. Todos se apressaram em ouvi-la.

— Não vou retê-los - ele disse -, não vale a pena. A verdade é a verdade, e o barulho de um punhado de jovens tolos e, temo que deva acrescentar, de seus veteranos igualmente tolos não conseguirá afetá-la. Eu sustento ter aberto um novo campo da ciência. Vocês o questionam - ovação. — Então eu ponho vocês à prova. Autorizariam um ou mais de vocês a representá-los e testar minha afirmação em seu nome?

O sr. Summerlee, professor veterano de anatomia comparada, ergueu-se na plateia. Era um homem alto, magro e amargo, com o aspecto murcho de um teólogo. Disse que desejava perguntar ao professor Challenger se os resultados aos quais aludia em suas afirmações haviam sido obtidos durante uma viagem à bacia do Amazonas feita por ele dois anos antes.

O professor Challenger respondeu que sim.

O sr. Summerlee desejava saber como o professor Challenger afirmava ter feito descobertas nessas regiões que já haviam sido desbravadas anteriormente por Wallace e Bates e outros exploradores de reputação científica estabelecida.

O professor Challenger respondeu que o sr. Summerlee parecia estar confundindo o Amazonas com o Tâmisa; que o primeiro era, em realidade, um rio muito maior, e que o sr. Summerlee talvez se interessasse em saber que do rio Orinoco, que se comunica com ele, abriam-se cerca de oitenta mil quilômetros quadrados de terra e que, em um espaço tão vasto, não era impossível que uma pessoa encontrasse o que outra deixara passar.

O sr. Summerlee declarou, com um sorriso ácido, que sabia muito bem a diferença entre o Tâmisa e o Amazonas, e que ela se baseava no fato de que qualquer afirmação sobre o primeiro poderia ser testada, enquanto, sobre o segundo, não. E ficaria agradecido se o professor Challenger fornecesse a latitude e a longitude nas quais animais pré-históricos poderiam ser encontrados.

O professor Challenger retrucou que tinha boas razões para resguardar essa informação, mas que estaria disposto a entregá-la a um comitê adequado, escolhido pelo público. O sr. Summerlee não gostaria de servir nesse comitê e verificar a história pessoalmente?

SR. SUMMERLEE: Sim, eu irei (grande aclamação).

PROFESSOR CHALLENGER: Então garanto que colocarei em suas mãos o material que lhe possibilitará encontrar seu caminho. Mas, uma vez que o sr. Summerlee irá checar minha afirmação, seria adequado que eu também dispusesse de um ou mais representantes para ir junto e checar a dele. Não esconderei de vocês que haverá dificuldades e perigos. O sr. Summerlee precisará de um colega mais jovem. Posso pedir voluntários?

Eis que a grande crise da vida de um homem brota à sua frente. Como eu poderia ter imaginado, ao entrar naquele saguão, que estava prestes a me comprometer com uma aventura mais selvagem do que jamais imaginara em meus sonhos? Mas Gladys... não era esta a própria oportunidade de que ela falara? Gladys me diria para ir. Levantei-me. Eu estava falando, ainda que não tivesse preparado nenhuma fala. Tarp Henry, meu companheiro, me puxava pela camisa e o escutei sussurrando: "Sente-se, Malone! Não se faça de tolo em público". Ao mesmo tempo, reparei que um homem alto e magro, de cabelo ruivo-escuro, também se punha de pé alguns assentos à minha frente. Ele me encarou de volta com um olhar irritado, mas eu me recusei a desistir.

— Eu irei, senhor diretor - repeti muitas e muitas vezes.

— Nome! Nome! - gritou a plateia.

— Meu nome é Edward Dunn Malone. Sou repórter da *Daily Gazette*. Declaro ser uma testemunha absolutamente imparcial.

— Qual é o *seu* nome, senhor? - o diretor perguntou ao meu rival alto.

— Eu sou lorde John Roxton. Já estive no Amazonas. Conheço todo o território e tenho qualificações específicas para essa investigação.

— A reputação de lorde John Roxton como esportista e viajante é, claro, famosa no mundo todo - disse o diretor. — Ao mesmo tempo, certamente seria bom ter um membro da imprensa numa expedição assim.

— Então meu voto - disse o professor Challenger - é que ambos os cavalheiros sejam eleitos representantes deste encontro para acompanhar o professor Summerlee em sua jornada para investigar e reportar acerca da veracidade de minhas declarações.

E assim, entre gritos e aplausos, nosso destino fora decidido, e me vi levado pela corrente humana que rodopiou ao redor da porta, com minha mente mais ou menos anestesiada pelo vasto e novo projeto que de súbito se erguera à minha frente. Conforme saía do salão, percebi por um momento uma correria de estudantes que gargalhavam salão afora, e um braço, portando um pesado guarda-chuva, que se erguia e baixava contra eles. Então, em meio a um misto de grunhidos e ovações, o *brougham* elétrico do professor Challenger deslizou apressado e eu me vi caminhando sob as luzes prateadas da Regent Street, pensando em Gladys e no meu futuro.

De repente, senti um toque no meu cotovelo. Virei e me vi encarando os olhos jocosos e dominadores do homem alto e magro que se oferecera para ser meu companheiro nessa estranha missão.

— Sr. Malone, creio que seremos companheiros - ele disse. — Ora, meu apartamento é logo mais adiante, no Albany. Talvez você fizesse a gentileza de me ceder uma meia hora, pois gostaria muito de lhe dizer uma coisinha ou outra.

6.
Fui o flagelo de Deus

Lorde John Roxton e eu descemos juntos a Vigo Street, passando pelos portões encardidos do famoso viveiro de aristocratas.[30] Ao final de um longo corredor sombrio, meu novo conhecido empurrou uma porta e acionou um interruptor. Uma infinidade de lâmpadas brilhou em abajures coloridos, banhando a grande sala à nossa frente inteira num resplendor rosado. Parado na porta e olhando ao redor, tive uma impressão geral de elegância e conforto extraordinários, combinados a uma atmosfera de virilidade máscula. Tudo ali combinava o luxo de um homem rico com a desordem despreocupada de um solteirão. Ricas peles e estranhos tapetes iridescentes de algum bazar oriental espalhavam-se pelo chão. Pinturas e gravuras, que mesmo meus olhos destreinados podiam reconhecer como raras e caras, pendiam aglomeradas nas paredes. Desenhos de boxeadores, bailarinas e cavalos de corrida se alternavam com um Fragonard sensual, um Girardet marcial, um Turner onírico. Em meio a esses vários ornamentos, porém, espalhavam-se os troféus que trouxeram com força à minha lembrança o fato de que lorde John Roxton era um dos maiores esportistas e atletas de sua época. Sobre a lareira, um remo azul-escuro cruzado com outro, rosa-cereja, aludiam ao velho remador oxfordiano e leandrino,[31] enquanto os floretes e as luvas de boxe expostos acima e abaixo deles eram as ferramentas de um homem que havia conquistado a supremacia em todas. À guisa de lambri, circundava a sala uma linha saliente formada por esplêndidos troféus de caça, com o melhor que havia em cada canto do mundo, como a rara cabeça do rinoceronte-branco do Enclave de Lado[32] com seu lábio arrogante pendendo sobre todos os outros.

No centro do vistoso tapete vermelho havia uma mesa luís-quinze, negra e dourada, uma antiguidade adorável, aqui profanada, com sacrilégio, por marcas de copos e queimaduras de pontas de charutos. Sobre ela repousava uma bandeja de prata com artigos de fumo e um brilhante dosador de bebidas, do qual, fazendo uso do sifão, meu silencioso anfitrião serviu dois copos altos. Ele indicou-me a poltrona, colocou meu drinque próximo a ela e me ofereceu um longo e macio charuto havana. Então, sentou-se de frente para mim e me observou fixamente por algum tempo com seus olhos estranhos, cintilantes e despreocupados – olhos de um azul claro e frio, a cor de um lago glacial.

Através da fina neblina da fumaça do charuto, notei os detalhes de um rosto que já me era familiar de muitas fotografias – o nariz curvo, as bochechas vazias e gastas, o escuro cabelo rubro, ralo no topo, o bigode rígido e viril, o pequeno e agressivo tufo projetando-se no queixo. Havia algo de Napoleão III, algo de Dom Quixote, e ainda assim algo que era a essência do cavalheiro do interior inglês, o amante intenso e atento dos espaços abertos, cães e cavalos. Sua pele era de um vermelho intenso, de sol e vento. Suas sobrancelhas grossas davam aos olhos naturalmente frios um aspecto quase feroz, impressão aumentada pelo cenho forte e rugoso. Fisicamente era magro, porém de constituição forte – e, de fato, havia provado com frequência que poucos homens na Inglaterra tinham a sua resistência. Sua altura era um pouco acima de um metro e oitenta, mas ele parecia mais baixo devido a um arredondamento peculiar dos ombros. Era esse o famoso lorde John Roxton que se sentou na minha frente, mordendo seu charuto com força e me observando com firmeza num silêncio longo e embaraçoso.

— Bem - ele disse enfim -, nós fomos lá e conseguimos, meu jovem bom rapaz - frase que pronunciou como se fosse uma palavra única, *meujovembomrapaz.* — Sim, nós demos o salto, eu e você. Mas suponho que, quando entrou naquela sala, essa ideia não passava por sua cabeça, não é?

— Nem pensava nisso.

— Mesma coisa comigo. Nem pensava nisso. E aqui estamos nós, mergulhados até o pescoço na sopa. Ora, faz apenas três semanas que voltei de Uganda e já encontrei um lugar na Escócia, assinei o contrato de aluguel e tudo. Negócio interessante, não? O que o atraiu nele?

— Bem, faz parte do meu trabalho. Sou jornalista na *Gazette.*

— É claro... você disse isso quando se ofereceu. A propósito, tenho um pequeno trabalho para você, se puder me ajudar.

— Com prazer.

— Não se importa de correr riscos, não é?

— Qual risco?

— Bem, é Ballinger... ele é o risco. Já ouviu falar dele?

— Não.

— Ora, meu jovem, *onde* você tem vivido? Sir John Ballinger é o melhor jóquei do norte. Consigo acabar com ele nas corridas planas, é só querer, mas nos obstáculos ele é o mestre. Bem, é um segredo mal guardado que quando não está treinando ele bebe pesado... ele chama de "fazer uma média". Ele teve um episódio de *delirium* na terça, e ficou violento feito o diabo desde então. O apartamento dele é aqui em cima. Os médicos dizem que está tudo acabado para o queridão, a não ser que o façam comer, mas ele só fica deitado na cama com um revólver escondido na colcha, jurando que vai meter seis balas em qualquer um que se aproximar dele, e está havendo um princípio de greve entre os serviçais. É um casca-grossa, o Jack, e bom de mira também, mas não dá para deixar um vencedor do Grande Prêmio morrer assim, dá?

— O que você pretende fazer, então?

— Bem, minha ideia era que poderíamos pegá-lo de surpresa. Ele pode estar cochilando, na pior das hipóteses conseguirá dar conta de um de nós somente, e o outro pode rendê-lo. Se conseguirmos prender seus braços com uma capa de almofada e depois meter-lhe uma sonda, vamos dar ao queridão o almoço de sua vida.

Era uma coisa meio amalucada para surgir assim, num dia comum de trabalho. Não creio que eu seja um homem particularmente corajoso. Minha imaginação irlandesa faz o desconhecido e o não experimentado parecerem ainda mais terríveis do que são. Por outro lado, fui criado com um horror à covardia e um terror de seu estigma. Ouso dizer que poderia me jogar de um precipício, como o Huno dos livros de História, se minha coragem de fazê-lo fosse questionada, e ainda assim com certeza o faria inspirado pelo orgulho e o medo, e não pela coragem. Portanto, ainda que todos os nervos de meu corpo se contraíssem só de imaginar a figura bêbada de uísque no apartamento de cima, respondi, com a voz mais casual que pude, que estava pronto para ir. Os comentários adicionais de lorde Roxton sobre o perigo só serviram para me irritar.

— Falar não vai adiantar nada - eu disse. — Vamos logo.

Levantei de minha poltrona e ele fez o mesmo. Então, com um risinho confiante, ele deu dois ou três tapinhas no meu peito, me empurrando de volta à poltrona.

— Tudo bem, meu filho... você vai servir - ele disse.

Encarei-o surpreso.

— Já cuidei de Jack Ballinger eu mesmo nessa manhã. O tiro só abriu um buraco no meu quimono, abençoada seja a tremedeira daquela mão, mas conseguimos colocá-lo numa camisa de força e em uma semana ele estará bem. Digo, sem ressentimentos, certo, rapaz? Veja bem, cá entre nós, eu vejo esse negócio sul-americano como uma coisa bem séria, e se vou ter um companheiro comigo quero que seja um homem em quem possa confiar. Tirei suas medidas e devo dizer que você se saiu muito bem. Veja bem, seremos só você e eu, porque esse velhote do Summerlee vai precisar de uma babá desde o começo. A propósito, por acaso você é o Malone que eles querem colocar no time de rúgbi da Irlanda?

— Na reserva, talvez.

— Achei que lembrava de seu rosto. Ora, eu estava lá quando você ganhou aquela chance contra Richmond... a melhor corrida com finta que vi em toda a temporada. Se posso, nunca perco um jogo de rúgbi, pois é o jogo mais másculo que nos restou. Bem, não o convidei para vir aqui somente para falar de esportes. Temos que acertar nossos negócios. Aqui estão os horários de partida, na primeira página do *Times*. Há um navio da Booth[33] para Belém do Pará na quarta-feira da próxima semana, e se você e o professor concordarem, creio que poderemos embarcar nele... certo? Muito bem, vou combinar com ele. E seu equipamento?

— O jornal vai cuidar disso.

— Você sabe atirar?

— Como qualquer voluntário da reserva.

— Meu Deus! Tão mal assim? É a última coisa que vocês rapazes se dão ao trabalho de aprender. No que tange a cuidar da colmeia, vocês são todos umas abelhas sem ferrão. Um dia desses, você vai ficar com cara de bobo quando alguém vier roubar seu mel. Mas vai ter que segurar firme no rifle lá na América do Sul, pois, a não ser que nosso amigo professor seja louco ou mentiroso, veremos coisas bem estranhas antes de voltar. Qual arma você tem?

Ele se dirigiu a um armário de carvalho e, enquanto o abria, vi o lampejo brilhante de uma fileira de canos paralelos, como os tubos de um órgão.

— Vou ver o que posso lhe emprestar do meu próprio arsenal.

Ele foi retirando, um por um, uma sucessão de belos rifles, abrindo e fechando cada um deles com um estalo e um clangor, e depois, conforme os devolvia aos suportes, fazendo neles afagos ternos, como um carinho de mãe.

— Este é um rifle Bland, para balas expressas de cordite,[34] calibre 577 - disse. — Peguei aquele grandão com isso aqui - e indicou o rinoceronte-branco. — Mais dez metros, e *ele* é quem teria me colocado na sua coleção. "Sua sorte pende na bala cônica/ do mais fraco a vantagem única." Espero que conheça um pouco de Gordon,[35] pois ele é o poeta do cavalo e da arma e do homem que domina ambos. Agora, aqui está uma ferramenta útil... calibre 470, mira telescópica, ejetor duplo, alcance de utilização de até trezentos e vinte metros. Foi esse o rifle que usei contra traficantes de escravos peruanos, três anos atrás.[36] Fui o flagelo de Deus naqueles lados. Vou lhe contar, mas você não vai encontrar nada disso em nenhum livrinho azul.[37] Há momentos, meu jovem, em que cada um de nós deve se posicionar em defesa da justiça e dos direitos humanos, ou nunca mais voltará a se sentir limpo. Foi por isso que decidi fazer minha própria guerra. Eu mesmo a declarei, eu mesmo a conduzi, eu mesmo a encerrei. Cada uma dessas marcas representa um assassino de escravos, uma boa série, não acha? A maior foi para Pedro Lopez, o rei de todos eles, que matei num remanso do rio Putumayo. Agora, eis aqui algo que vai lhe servir - ele retirou do armário um belo rifle marrom e prata. — Arma de precisão, coronha emborrachada, pente com cinco cartuchos. Você pode confiar sua vida a ela - entregou-me a arma e fechou as portas do armário de carvalho. — A propósito - continuou, voltando à sua poltrona -, o que você sabe desse professor Challenger?

— Até hoje, eu nunca o havia visto.

— Bem, eu também não. É engraçado que nós dois navegaremos sob as ordens seladas de um homem que não conhecemos.

Ele me parece um pássaro velho cheio de si. Seus irmãos de ciências não parecem ter muito apreço por ele, tampouco. Como você veio a se interessar pelo assunto?

Resumi minhas experiências daquela manhã, e ele escutou atento. Então sacou um mapa da América do Sul e o abriu sobre a mesa.

— Acredito que cada palavra que ele lhe disse é verdadeira – falou, sincero –, e tenha em mente que sei do que estou falando quando digo isso. A América do Sul é um lugar que eu amo, e acredito que, se você considerar o continente desde Darién até a Terra do Fogo, é o mais grandioso, mais rico e mais maravilhoso pedaço de terra sobre este planeta. As pessoas não a conhecem ainda, e não percebem o que pode se tornar. Estive de uma ponta à outra, de cima a baixo, e passei duas estações secas nessa mesma região, como disse quando lhe contei da minha guerra contra os traficantes de escravos. Bem, quando estava por lá, escutei boatos do mesmo tipo... folclore dos índios, essas coisas, mas sem dúvida havia algo por trás. Quanto mais você conhece aquela terra, meu rapaz, mais você compreende que nela tudo é possível... *tudo*! O pessoal viaja somente por trilhas fluviais estreitas e, para além delas, tudo é escuridão. Agora, aqui embaixo, no Mato Grosso – apontou uma parte do mapa com o charuto –, ou nesse canto aqui em cima, onde três países se encontram,[38] nada me surpreenderia. Como disse aquele camarada hoje à noite, há oitenta mil quilômetros de trilhas por rios que percorrem uma floresta do tamanho da Europa. Você e eu podemos estar tão longe um do outro quanto a Escócia de Constantinopla, e ainda assim ambos estaríamos dentro da mesma e imensa floresta brasileira. O homem fez apenas uma trilha aqui e um raspão acolá nesse labirinto. Ora, nas cheias o rio sobe uns quinze metros e metade da região vira um atoleiro intransponível. Por que não se encontraria algo novo e maravilhoso numa terra assim? E por que não poderíamos ser nós a descobri-lo? Além disso – acrescentou, com o rosto estranho e magro se iluminando de satisfação –, há um risco esportivo em cada quilômetro. Sou como uma velha bola de golfe: já tiraram minha tinta branca há muito tempo. Agora a vida pode me golpear, que não deixará marcas. Mas um risco esportivo, meu rapaz, é o tempero da existência. Por ele vale a pena viver de novo. Levamos uma vida muito macia, muito tediosa, muito confortável. Deem-me grandes planícies e espaços abertos, uma arma na mão e algo para procurar que valha a pena encontrar. Já tentei a guerra, a corrida de cavalo com obstáculos e os aviões, mas caçar feras, para mim, soa como um jantar requintado, é uma sensação totalmente nova – e riu de alegria com aquela perspectiva.

Talvez tenha me alongado um pouco sobre esse novo conhecido, mas como ele será meu companheiro por vários dias, tentei descrevê-lo como o vi pela primeira vez, com sua personalidade excêntrica e seu jeito estranho de falar e de pensar. Foi somente a necessidade de prestar contas sobre o evento que me afastou de sua companhia. Deixei-o sentado em meio ao seu esplendor rosado, lubrificando o rifle favorito, enquanto ainda ria sozinho de pensar na aventura que nos aguardava. Estava bem claro para mim que se nos deparássemos com perigos pelo caminho, eu não poderia ter encontrado em toda a Inglaterra uma cabeça mais fria ou um espírito mais bravio para compartilhá-los.

Naquela noite, cansado que estava dos acontecimentos maravilhosos do dia, sentei-me com McArdle, o editor-chefe, e expliquei a ele a situação toda. Ele achou importante o suficiente para levar na manhã seguinte à atenção de Sir George Beaumont, o chefão, quando então ficou acertado que eu escreveria relatos completos de minhas aventuras na forma de sucessivas cartas para McArdle. Estas seriam editadas assim que chegassem à *Gazette* ou guardadas para serem publicadas posteriormente, conforme os desejos do professor Challenger, uma vez que ainda não sabíamos quais condições ele atrelaria às instruções que nos guiariam na terra desconhecida. Em resposta a um telefonema sobre essa questão, não recebemos nada mais concreto que uma diatribe contra a imprensa, encerrada com a observação de que, se lhe indicássemos nosso navio, ele nos daria no momento da partida todas as orientações que achasse pertinentes. Um segundo telefonema nosso não conseguiu produzir qualquer outra resposta, salvo por um balido lamurioso de sua esposa, dando conta de que o marido estava num humor terrivelmente agressivo, e que ela esperava que não fizéssemos nada para piorá-lo. Uma terceira tentativa, no final do dia, provocou um barulho horrível e uma mensagem subsequente da companhia telefônica dizendo que o aparelho do professor Challenger havia sido destruído. Depois disso, abandonamos qualquer tentativa de comunicação.

Então, meu paciente leitor, não posso mais me dirigir diretamente a você. Desse momento em diante (se a continuação desta narrativa de fato chegar um dia a você), isto se dará somente pelo jornal que represento. Deixo nas mãos do editor este relato dos eventos que conduziram a uma das expedições mais memoráveis de todos os tempos, de modo que, se eu não retornar nunca mais à Inglaterra, reste um registro da forma como o assunto surgiu. Escrevo estas últimas linhas no salão do navio da Booth, o *Francisca*; elas chegarão aos cuidados do sr. McArdle através do prático.[39] Permita-me desenhar uma última imagem antes que eu feche esta caderneta – uma imagem que é a última memória que carregarei comigo do velho país. É uma manhã úmida e nevoenta de final de primavera; cai uma chuva fina e fria. Três figuras trajando mackintoshes[40] molhados atravessam o cais, indo em direção à passarela de embarque do grande navio de cruzeiro, de onde a *blue-peter*[41] balança ao vento. À frente deles, um carregador empurra um carrinho no qual se empilham baús, embrulhos e maletas de armas. O professor Summerlee, uma figura esguia e melancólica, caminha de cabeça baixa, arrastando os pés, como quem já está com pena de si mesmo. Lorde John Roxton anda rápido, e seu rosto magro e ansioso é emoldurado pelo chapéu de caça e o cachecol. Quanto a mim, fico feliz por ter deixado para trás os dias agitados de preparativos e as aflições de decidir o que deixar ou levar comigo; tenho certeza de que é algo que se percebe pelo meu comportamento. Súbito, justo quando embarcamos, há um grito atrás de nós. É o professor Challenger, que havia prometido nos ver partir. Ele corre atrás de nós, uma figura ofegante, corada e irascível.

— Não, obrigado - diz ele -, prefiro não subir a bordo. Tenho apenas algumas palavras para lhes dizer, e elas podem muito bem ser ditas aqui onde estamos. Peço que não achem que estou de algum modo em débito com vocês por fazerem essa viagem. Quero que compreendam que é um assunto ao qual sou perfeitamente indiferente, e me recuso a alimentar o mais remoto sentimento de obrigação pessoal. A verdade é a verdade, e nada do que vocês possam reportar a afetaria de qualquer forma, ainda que venha a excitar as emoções e acalmar a curiosidade de uma porção de gente bastante vã. Minhas instruções e orientações estão neste envelope selado. Vocês o abrirão quando chegarem a uma cidade na Amazônia chamada Manaus, mas não antes da data e da hora marcadas do lado de fora. Fui claro? Deixo a observação estrita de minhas condições inteiramente à sua honra. Não, sr. Malone, não farei nenhuma restrição às suas correspondências, uma vez que ventilar os fatos é o objetivo da viagem; mas exijo que não dê nenhum detalhe de localização exata, e que nada seja de fato publicado antes de seu retorno. Adeus, senhor. Fez sua parte para mitigar meus sentimentos acerca da profissão execrável à qual infelizmente o senhor pertence. Adeus, lorde John.

A ciência, segundo creio, é um livro fechado para o senhor, mas ficará satisfeito com o campo de caça que o aguarda. O senhor terá, não duvido, a oportunidade de descrever na revista *Field* como abateu o esfogueteado dimorfodonte. E adeus também ao senhor, professor Summerlee. Se o senhor ainda for capaz de se aperfeiçoar, o que francamente não estou convencido de que seja, certamente retornará a Londres um homem mais sábio.

Assim ele girou nos calcanhares e, pouco depois, já no deque, pude ver sua figura atarracada se sacudindo à distância, conforme se encaminhava de volta ao trem. Bem, já estamos descendo o canal da Mancha. Eis que o sino toca o último sinal para as cartas, e é nosso adeus ao prático. Estaremos além do horizonte de agora em diante. Que Deus abençoe aqueles que deixamos para trás e nos traga de volta em segurança.

7. Amanhã desapareceremos no desconhecido

Não vou entediar aqueles a quem essa narrativa possa chegar com um relato de nossa luxuosa viagem no cruzeiro da Booth, nem lhes contarei de nossa estadia de uma semana em Belém do Pará (exceto para agradecer aqui a grande gentileza da Companhia Pereira Pinto, que nos ajudou a reunir nosso equipamento). Aludirei de modo sucinto à nossa viagem sobre um rio largo, lento e barrento, a bordo de um vapor que era pouco menor do que aquele que nos carregara através do Atlântico. Finalmente nos vimos atravessando o estreito canal de Óbidos para chegar então à cidade de Manaus. Ali fomos salvos das limitadas atrações da hospedaria local[42] pelo sr. Shortman, representante da Companhia de Comércio Anglo-Brasileira. Em sua hospitaleira fazenda, esperamos até que chegasse o dia em que poderíamos abrir a carta com as instruções que nos foram entregues pelo professor Challenger. Mas antes de chegar aos surpreendentes eventos daquele dia, desejo fazer um esboço claro de meus companheiros nesta empreitada e dos auxiliares que já havíamos reunido na América do Sul. Falo com liberdade e deixo que o uso de meu material fique a seu critério, sr. McArdle, uma vez que este relato deve passar por suas mãos antes de ganhar o mundo.

Os méritos científicos do professor Summerlee são conhecidos demais para que eu precise me dar ao trabalho de recapitulá-los. Ele está mais preparado para uma expedição árdua como esta do que se poderia imaginar num primeiro momento.

Sua figura alta, esquelética e fibrosa é insensível à fadiga e seu jeito seco, um tanto sarcástico e indiferente de modo geral é imune a qualquer mudança ao seu redor. Apesar de estar com sessenta e seis anos, nunca o escutei expressar qualquer insatisfação quanto às agruras ocasionais que temos encontrado. Eu havia considerado sua presença um estorvo à expedição, mas, na verdade, agora estou bastante convencido de que sua capacidade de resistência é tão grande quanto a minha. De temperamento, ele é naturalmente ácido e cético. Desde o começo, nunca escondeu sua crença de que o professor Challenger é uma fraude absoluta, de que todos nós embarcamos numa perda de tempo absurda e que provavelmente nada colheremos além de decepção e perigo na América do Sul, além da ridicularização correspondente na Inglaterra. Estas foram as opiniões que, enquanto a raiva distorcia seu rosto magro e balançava sua barba fina de bode, ele despejou em nossos ouvidos durante todo o percurso de Southampton até Manaus. Desde que desembarcamos do navio, ele encontra consolo na beleza e na variedade das aves e insetos que o rodeiam, pois é absolutamente devotado à paixão pela ciência. Passa os dias vagando pela mata com sua espingarda e uma rede de caçar borboletas, e as noites catalogando os muitos espécimes que capturou. Dentre suas pequenas peculiaridades está a de ser descuidado com seus trajes, desasseado com sua pessoa, excessivamente distraído em seus hábitos e viciado em fumar um pequeno cachimbo, que nunca tira da boca. Participou de diversas expedições na juventude (esteve com Robertson em Papua), e a vida em acampamentos e canoas não é nenhuma novidade para ele.

Lorde John Roxton tem alguns pontos em comum com o professor Summerlee, e outros que são a verdadeira antítese do outro. Ele é vinte anos mais jovem, mas tem algo do mesmo físico esguio e esquelético. Quanto à aparência, eu a havia descrito, se me lembro, na parte de minha narrativa que deixei em Londres. Ele é bastante limpo e arrumado em seus hábitos, veste-se sempre com muito apuro, com trajes brancos de cotim e botas marrons de cano alto para se proteger dos mosquitos, e se barbeia ao menos uma vez por dia. Como muitos homens de ação, é de poucas palavras, e logo afunda nos próprios pensamentos, mas é sempre rápido para responder uma pergunta ou entrar numa discussão, com seu jeito peculiar, brusco e meio irônico de falar. Seu conhecimento do mundo, especialmente da América do Sul, é surpreendente; exibe uma crença genuína nas possibilidades de nossa jornada, e não deixa que as alfinetadas de Summerlee a atinjam. Tem uma voz gentil e modos calmos, mas por trás de seus faiscantes olhos azuis, espreita o potencial para iras furiosas e resoluções implacáveis, que se tornam mais perigosas por serem mantidas à rédea curta. Ele fala pouco de seus próprios feitos no Brasil e no Peru, mas foi uma surpresa para mim notar a agitação causada por sua presença entre os nativos ribeirinhos, que o veem como seu campeão e protetor. As façanhas do Chefe Vermelho, como o chamam, se tornaram lendárias entre eles, mas os fatos reais, até onde eu soube, são bastante espantosos.

Consta que lorde Roxton se encontrava, alguns anos atrás, naquela terra de ninguém que é formada pelas fronteiras mal definidas entre Brasil, Peru e Colômbia. Ali cresce em abundância a seringueira selvagem, que se tornou, como no Congo,[43] uma maldição para os nativos somente comparável aos trabalhos forçados impostos pelos espanhóis nas antigas minas de prata de Darién.[44] Um punhado de mestiços vis dominava a região, armando os índios que lhe dessem apoio e transformando os demais em escravos, aterrorizando-os com as torturas mais inumanas para forçá-los a coletar a borracha, que era então escoada pelo rio até o Pará. Lorde John Roxton tomou o partido das vítimas miseráveis, sem receber em troca nada além de ameaças e insultos. Então ele declarou formalmente guerra contra Pedro Lopez, líder dos escravagistas, arrolou um grupo de escravos fugitivos a seu serviço, armou-os e conduziu uma campanha que só terminou quando matou com as próprias mãos o notório mestiço, quebrando o sistema que ele representava.

Não era de estranhar que o ruivo de voz aveludada e modos simples despertasse agora profundo interesse nas margens do grande rio sul-americano, ainda que os sentimentos inspirados por ele fossem naturalmente contraditórios, já que a gratidão dos nativos se equiparava ao ressentimento daqueles que desejavam explorá-los. Um resultado útil de suas experiências passadas era que ele podia falar fluentemente a língua geral, o idioma peculiar, um terço português e dois terços indígena, que é comum em todo o Brasil.[45]

Eu já havia dito que lorde John Roxton era sul-americano--maníaco. Não conseguia falar dessa grande terra sem ardor, e esse ardor era contagioso pois, ignorante que eu era, capturou minha atenção e estimulou minha curiosidade. Quisera eu conseguir reproduzir o deslumbramento de seus discursos, a mistura peculiar de conhecimento acurado e imaginação picante que lhe davam um tom fascinante, fazendo até mesmo o sorriso cínico e cético do professor desaparecer gradualmente de seu rosto magro conforme escutava. Ele contava a história daquele rio poderoso, tão precocemente explorado - de fato, alguns dos primeiros conquistadores do Peru cruzaram o continente inteiro em suas águas - e, ainda assim, tão desconhecido, já que pouco se sabe de tudo que há por trás de suas margens em constante mutação.

— O que há para lá? - ele exclamava, apontando o norte. — Bosques e mangues e uma selva impenetrável. Quem sabe o que ela abriga? E lá para o sul? Uma imensidão de florestas pantanosas, aonde nenhum homem branco jamais foi. O desconhecido se ergue contra nós por todo lado. Quem sabe o que há para além das faixas estreitas dos rios? Quem dirá o que é possível numa terra assim? Por que o velho Challenger não poderia estar certo? – uma provocação direta que fazia um desdém teimoso retornar ao rosto do professor Summerlee, e ele se sentava balançando a cabeça, sarcástico, num silêncio antipático detrás da fumaça de seu cachimbo.

É o bastante, por ora, sobre meus dois companheiros brancos, cujas índoles e limitações se mostrarão mais tarde, como as minhas próprias, tenho certeza, conforme a narrativa progredir. Mas já contratamos empregados, que podem vir a se tornar uma parte significativa do que está por vir. O primeiro é um preto gigantesco chamado Zambo, um Hércules negro solícito e inteligente como um cavalo. Contratamos Zambo em Belém do Pará, por indicação da companhia de vapores, em cujos navios ele aprendera a falar um inglês truncado.

Foi em Belém do Pará que contratamos também Gomez e Manuel, dois mestiços vindos da parte alta do rio, que acabavam de descer com uma carga de pau-rainha. Eram dois camaradas morenos, barbados e ferozes, ágeis e rijos como panteras. Ambos passaram a vida no alto rio Amazonas, as águas que estávamos prestes a explorar, e foi essa recomendação que fez com que lorde John os contratasse. Um deles, Gomez, tinha a vantagem adicional de falar inglês à perfeição. Esses homens estavam dispostos a trabalhar como nossos criados pessoais, cozinhando, remando ou se fazendo úteis como fosse preciso por um pagamento de quinze dólares por mês. Além deles, contratamos três índios mojo da Bolívia, que dentre todas as tribos ribeirinhas são os mais habilidosos na pesca e na lida dos barcos. Chamávamos o chefe deles de Mojo, o nome da tribo, e os outros eram conhecidos como José e Fernando. Três homens brancos, portanto, dois mestiços, um negro e três índios compunham a equipe da pequena expedição que esperava, em Manaus, as instruções para começar sua jornada singular.

Enfim, depois de uma semana cansativa, chegou o dia e a hora. Peço ao leitor que imagine a sombreada sala de estar da fazenda Santo Inácio, a três quilômetros de Manaus. Do lado de fora recaía o brilho amarelo-dourado da luz do sol, as sombras das palmeiras tão escuras e definidas quanto as próprias árvores. O ar estava calmo, repleto do zumbido constante dos insetos, um coro tropical de muitas oitavas, do zum-zum grave das abelhas ao agudo flautado dos mosquitos. Para além da varanda havia um jardim pequeno e bem cuidado, delimitado por uma cerca de cactos e decorado com touceiras de arbustos floridos, ao redor das quais grandes borboletas azuis e pequenos beija-flores adejavam e dardejavam em arcos de luz cintilante. Dentro da casa, sentávamos ao redor de uma mesa de junco, sobre a qual repousava um envelope fechado. Nele, com a letra retorcida do professor Challenger, estava escrito:

"Instruções para lorde John Roxton e equipe.
A ser aberto em Manaus no dia 15 de
julho, exatamente ao meio-dia."

Lorde John posicionara o relógio sobre a mesinha ao seu lado.

— Temos mais sete minutos - disse. — O queridão é bem preciso.

O professor Summerlee deu um sorriso ácido e pegou o envelope com a mão ossuda.

— Que importância tem se abrirmos agora ou daqui a sete minutos? - disse. — É tudo parte do mesmo sistema de patacoadas e charlatanices pelo qual, lamento dizer, o autor é notório.

— Ah, vamos, temos que jogar o jogo pelas regras - disse lorde John. — O show é do velho Challenger, e nós estamos aqui por sua boa vontade, seria muito feio de nossa parte não seguir as instruções à risca.

— Um belo negócio, tudo isso – protestou o professor, amargo. — A mim já parecia absurdo em Londres, e me sinto obrigado a dizer que quanto mais perto chego, mais absurdo ainda me parece. Não sei o que há dentro do envelope, mas, a não ser que seja algo bastante específico, vou me sentir muito tentado a descer o rio na próxima barca e zarpar de Belém do Pará a bordo do *Bolívia*. Afinal, eu tenho coisa mais importante para fazer na vida do que ficar refutando as asserções de um lunático. Agora, Roxton, é certo que já está na hora.

— E está mesmo – disse lorde John. — Pode soprar o apito – ele pegou o envelope e o abriu com um canivete. Retirou dele uma folha de papel dobrada. Abriu-a com cuidado e alisou-a sobre a mesa. Era uma folha em branco. Virou-a. Em branco também. Entreolhamo-nos num silêncio perplexo, quebrado pelo estouro dissonante da gargalhada sarcástica do professor Summerlee.

— É uma confissão aberta – anunciou. — O que mais vocês querem? O camarada é um charlatão confesso. Só precisamos voltar para casa e denunciá-lo como o impostor cara de pau que ele é.

— Tinta invisível! – sugeri.

— Acho que não! – disse lorde Roxton, segurando o papel contra a luz. — Não, meu-jovem-bom-rapaz, não há por que se iludir. Dou fé de que nada nunca foi escrito neste papel.

— Posso entrar? – uma voz se projetou da varanda.

A sombra de uma figura atarracada se postou contra a luz do sol. Aquela voz! Aqueles ombros monstruosamente largos! Levantamos com um engasgo de assombro assim que Challenger, com um chapéu-palheta juvenil, de fita colorida – Challenger, com as mãos nos bolsos da jaqueta, chutando delicadamente com os sapatos de lona conforme andava –, apareceu no espaço vazio entre nós. Ele jogou a cabeça para trás e ali ficou, contra o brilho dourado do sol, em toda a exuberância assíria de sua barba, toda a insolência natural das pálpebras caídas e dos olhos intransigentes.

— Receio - disse ele, pegando seu relógio - que eu esteja alguns minutos atrasado. Quando entreguei esse envelope, devo confessar que nunca pretendi que fosse aberto; era minha intenção estar com vocês antes da hora. O motivo do atraso infeliz pode ser dividido entre um piloto incompetente e um banco de areia intrometido. E temo ter dado ao meu colega, professor Summerlee, a oportunidade de blasfemar.

— Preciso dizer, senhor - falou lorde John com certa firmeza na voz -, que sua chegada é um alívio considerável para nós, pois nossa missão parecia ter chegado a um final prematuro. Mas, mesmo agora, por Deus que não atino por que o senhor precisou agir de um modo tão extraordinário.

Em vez de responder, o professor Challenger entrou, cumprimentou a mim e a lorde John, curvou-se com calculada insolência diante do professor Summerlee e afundou numa cadeira de ratã, que rangeu e oscilou sob seu peso.

— Está tudo pronto para a jornada? - perguntou.

— Podemos começar amanhã.

— Então devem fazer isso. Agora vocês não precisam de mapa nenhum, já que contarão com a vantagem inestimável de ter a mim como guia. Desde o começo determinei que eu mesmo deveria presidir esta investigação. O mais elaborado dos mapas seria, como vocês terão de admitir, um substituto pobre para minha própria inteligência e minha orientação. Quanto a este pequeno ardil que apliquei em vocês com o envelope, é claro que, se tivesse lhes contado todas as minhas intenções, eu sofreria pressões indesejadas para viajar com vocês.

— Não de minha parte, senhor - exclamou o professor Summerlee, caloroso. — Não enquanto houvesse outro navio sobre o Atlântico.

Challenger o dispensou com sua grande mão peluda.

— Seu bom senso irá, tenho certeza, ponderar minhas objeções e concluir que foi melhor que eu direcionasse meus próprios movimentos e aparecesse apenas no momento exato em que minha presença era necessária. Esse momento chegou. Vocês estão em boas mãos. Não fracassarão em atingir seu destino. De agora em diante, eu assumo o comando desta expedição e devo solicitar que terminem seus preparativos esta noite, para que possamos começar de manhã cedo. Meu tempo é valioso, e o mesmo pode ser dito, em menor grau, não tenho dúvida, do tempo de vocês. Proponho, portanto, que sigamos o mais rápido possível, até que eu mostre o que vieram ver.

Lorde John Roxton fretara um grande barco a vapor, o *Esmeralda*, para nos levar pelo rio. Quanto ao clima, era irrelevante a hora que escolhêssemos para a partida, já que a temperatura oscilava entre 24 e 32 graus fosse verão ou inverno, sem nenhuma alteração perceptível no calor. Já em relação à umidade, era o contrário: de dezembro a maio, na estação das chuvas, o rio sobe lentamente até atingir uma altura quase quinze metros acima de sua marca de vazante. As margens são inundadas, estendendo-se em grandes lagoas sobre uma porção monstruosamente ampla de terra e formando uma área enorme que os nativos chamam de mata de igapó, em geral muito pantanosa para atravessar a pé, mas rasa demais para os barcos. Perto de junho a água começa a baixar, atingindo seu menor nível entre outubro e novembro. Assim, nossa expedição chegara na época da seca, quando o grande rio e seus afluentes se encontram em condições mais ou menos normais.

A correnteza do rio era fraca, já que o desnível do leito não passava de catorze centímetros por quilômetro. Nenhuma corrente poderia ser mais propícia à navegação, uma vez que o vento predominante vinha de sudeste, e os barcos à vela podiam avançar continuamente até a fronteira peruana, deslizando com a correnteza. No nosso caso, os excelentes motores do *Esmeralda* podiam ignorar a resistência preguiçosa do rio, e progredimos como se estivéssemos navegando num lago parado. Por três dias avançamos em direção noroeste num rio que, mesmo ali, a centenas de quilômetros de sua foz, era ainda tão imenso que, de seu centro, ambas as margens eram meras sombras no horizonte distante. No quarto dia depois de deixarmos Manaus entramos num afluente que em sua foz era pouco menor do que o rio principal. Estreitou-se, porém, e após mais dois dias navegando chegamos a uma aldeia indígena, onde o professor insistiu para que desembarcássemos, e que o *Esmeralda* fosse enviado de volta a Manaus. Logo encontraríamos corredeiras, ele explicou, que tornariam impossível navegar nele. Em tom confidencial, ele acrescentou que nos aproximávamos das portas da terra desconhecida, e que quanto menos gente soubesse disso, melhor seria. Nesta intenção, também fez com que cada um de nós desse sua palavra de honra de que não publicaríamos ou diríamos nada que desse qualquer pista precisa do paradeiro da viagem, enquanto todos os criados juraram solenemente a mesma coisa. É por essa razão que sou forçado a ser vago em minha narrativa, e alerto meus leitores que, em qualquer mapa ou diagrama que eu venha a apresentar, a relação entre os lugares estará correta, mas os pontos na bússola estarão cuidadosamente embaralhados, para que não possam de jeito nenhum ser tomados como um guia real da região. As razões do professor Challenger para o sigilo podem ou não ser válidas, mas não temos outra escolha senão adotá-las, pois ele preferiria abandonar a expedição a modificar as condições que impôs para nos guiar.

Era o dia 2 de agosto quando cortamos nosso último elo com o mundo exterior, dando adeus ao *Esmeralda*. Desde então, quatro dias se passaram, durante os quais usamos duas grandes canoas dos índios, feitas de um material tão leve (couro sobre tela de bambu) que será possível transportá-las para contornar qualquer obstáculo. Carregamos nossos pertences nelas e conseguimos mais dois índios para ajudar na navegação. Pelo que entendi, são exatamente os mesmos – chamam-se Ataca e Ipetu – que acompanharam o professor Challenger em sua viagem anterior. Parecem apavorados diante da ideia de repeti-la, mas o cacique tem poderes patriarcais nestas terras e, se a barganha lhe parece boa, quem obedece a ele não tem muita escolha.

Amanhã, portanto, vamos desaparecer no desconhecido. Envio rio abaixo, por canoa, este relato, que pode vir a ser nossas últimas palavras aos interessados no nosso destino. Conforme o acordo, eu o enderecei ao senhor, meu caro sr. McArdle, e deixo a seu critério apagar, alterar ou fazer o que quiser com ele. Pela firmeza dos modos do professor Challenger – e apesar do contínuo ceticismo do professor Summerlee –, não tenho dúvida de que nosso líder fará jus às suas declarações, e de que estamos mesmo às vésperas de experiências inesquecíveis.

8.
As fronteiras do Novo Mundo

Que nossos amigos em casa se rejubilem conosco: chegamos ao nosso destino e, pelo menos até aqui, mostramos que a afirmação do professor Challenger se confirma. É verdade que ainda não subimos o platô, mas ele está à nossa frente, e até mesmo o mau humor do professor Summerlee está mais contido. Não que ele vá, sequer por um instante, admitir que seu rival possa estar certo, mas tem insistido menos em suas incessantes objeções, e na maior parte do tempo afunda num silêncio observador. Contudo, devo retornar e continuar minha narrativa do ponto em que parei. Estamos mandando de volta um de nossos índios, que ficou doente, e deixo esta carta aos cuidados dele, com dúvidas consideráveis de que algum dia chegue ao destino.

Da última vez que escrevi, estávamos prestes a sair da aldeia indígena onde fomos deixados pelo *Esmeralda*. Preciso começar meu relato pelas más notícias, pois o primeiro problema pessoal sério (as alfinetadas incessantes entre os professores não contam) ocorreu nessa noite, e pode vir a acabar de forma trágica. Conversei com nosso mestiço bilíngue, Gomez – um sujeito trabalhador e dedicado, mas acometido, suponho, pelo vício da curiosidade, comum nesse tipo de homem. Na noite passada ele parecia ter se escondido perto da barraca onde discutíamos nossos planos e, tendo sido avistado pelo imenso negro Zambo, que nos é fiel como um cão e tem o ódio que toda sua raça nutre pelos mestiços, foi arrastado e carregado até nossa presença. Gomez sacou sua faca, e se não fosse pela imensa força de seu captor, que o desarmou com uma mão, o teria apunhalado. O assunto foi encerrado com advertências, os oponentes foram intimados a apertar as mãos, e espera-se que tudo fique bem. Quanto à rixa entre os dois homens de ciência, ela é contínua e amarga. Deve-se reconhecer que Challenger é provocador até o último grau, mas Summerlee tem uma língua afiada, o que torna as coisas piores. Na noite passada, Challenger disse que não gosta de caminhar pela margem do Tâmisa e olhar rio acima, pois acha triste contemplar o próprio destino final. Está convencido, é claro, de que será sepultado na Abadia de Westminster. Summerlee, porém, retrucou com um sorriso ácido que, até onde sabia, a prisão de Millbank havia sido fechada. A presunção de Challenger é colossal demais para permitir que ele se incomode realmente. Limitou-se a sorrir em sua barba e a repetir "De fato! De fato!", no tom condescendente que se usaria com uma criança. De fato, são ambos crianças – uma seca e rabugenta, a outra formidável e autoritária, mas ambos com uma mente que os coloca nas primeiras fileiras da ciência atual. Mente, caráter, alma – apenas quando se conhece mais da vida se percebe como podem divergir.

Foi no dia seguinte que iniciamos de fato nossa extraordinária expedição. Descobrimos que todos os nossos pertences cabiam facilmente em apenas uma das duas canoas, e dividimos nossa equipe, seis em cada uma, tomando a óbvia precaução, em nome da paz, de alocar um professor por canoa. Eu fiquei com Challenger, que estava num humor beatífico, movendo-se como que num êxtase silencioso, irradiando benevolência a todo instante. Contudo, já tive experiências com seus outros humores, e devo ficar menos surpreso quando tempestades surgirem de súbito em meio à bonança. É impossível ficar à vontade e igualmente impossível ficar entediado perto dele, pois se está sempre num estado trêmulo de dúvida sobre qual direção súbita seu temperamento formidável pode tomar.

Por dois dias, seguimos por um grande rio com algumas centenas de metros de largura, de cor escura, mas transparente, de modo que se podia ver o fundo. Metade dos afluentes do Amazonas é dessa natureza, enquanto a outra metade é esbranquiçada e opaca, a depender do tipo de terreno por onde fluem. Os escuros indicam decomposição vegetal, e os demais, solo argiloso. Por duas vezes nos deparamos com corredeiras, e, para evitá-las, seguimos por terra cerca de um quilômetro ou mais. A floresta em ambos os lados do rio era primária, mais fácil de penetrar do que se fosse recultivada, e não tivemos grande dificuldade de carregar nossas canoas através dela. Como poderei algum dia esquecer o solene mistério disso? A altura das árvores e a espessura dos troncos excediam tudo que eu, em minha vidinha urbana, pudesse ter imaginado; erguendo-se em colunas magníficas até que, a uma distância muito acima de nossas cabeças, mal podíamos discernir o ponto em que espalhavam seus galhos em curvas góticas ascendentes, que se uniam formando um único telhado de verdura, por onde apenas raios de sol ocasionais dardejavam, traçando linhas finas de luz em meio à escuridão majestática. Conforme caminhávamos em silêncio sobre o carpete grosso e macio de vegetação decomposta, recaía sobre nossas almas o silêncio de um crepúsculo numa abadia, e mesmo a respiração pesada do professor Challenger parecia um suspiro. Sozinho eu não saberia dizer os nomes dessas árvores gigantescas, mas nossos homens da ciência apontavam os cedros, as sumaúmas, os paus-rainha e toda a profusão de plantas diversas que fizeram deste continente o maior fornecedor de presentes da natureza para a raça humana no que tange ao reino vegetal, ainda que um dos menores, no que concerne à vida animal. Orquídeas luminosas e maravilhosos liquens coloridos enchiam os troncos escuros de vida, e no ponto em que o risco de luz errante caía sobre uma alamanda dourada, as pétalas vermelhas e estreladas da passiflora, ou o vistoso e profundo azul da ipomeia, o efeito era de um sonho encantado por fadas. Nestas grandes vastidões de florestas, a vida, que tem horror à escuridão, se ergue numa disputa pela luz. Até mesmo a menor das plantas se curva e se retorce em direção ao teto verde, germinando ao redor de suas irmãs mais fortes no processo. As trepadeiras são monstruosas e luxuriantes, mas outras que em outras partes nunca se soube serem trepadeiras, aqui aprendem essa arte para fugir dessas sombras sinistras, de modo que a urtiga comum, o jasmim e mesmo as palmeiras jacitaras podem ser vistas circundando os cedros e lutando para atingir sua copa. Não se vê movimento de vida animal entre os majestosos corredores espalhados ao nosso redor, mas uma agitação constante sobre nossas cabeças dá conta de um mundo repleto de cobras e macacos, pássaros e preguiças, que vivem à luz do sol e olham de cima com assombro para nossas figuras pequenas e escuras, tropeçando em profundezas obscuras que lhes são imensuráveis. Ao amanhecer e ao poente, os bugios gritam em coro e os periquitos irrompem em tagarelices, mas nas horas mais quentes do dia só o zumbido pesado dos insetos enche nossos ouvidos, como o estouro distante das ondas, enquanto nada se move na paisagem solene dos estupendos troncos que desaparecem à distância na escuridão ao nosso redor. Uma vez uma criatura de pernas tortas, tamanduá ou urso, bamboleou desajeitada entre as sombras. Foi o único sinal de vida que vi nesta grande floresta amazônica.

E ainda assim havia indícios de que mesmo a vida humana não estava muito longe, naqueles rincões misteriosos. No terceiro dia de viagem percebemos uma perturbação no ar, profunda e singular, rítmica e solene, indo e vindo intermitentemente pela manhã. As canoas seguiam em fila, a alguns metros de distância uma da outra, quando ouvimos aquilo pela primeira vez; nossos índios ficaram imóveis, como se transformados em estátuas de bronze, escutando intensamente com uma expressão de terror na face.

— O que é isso, afinal? - perguntei.

— Tambores - disse lorde John, descuidado. — Tambores de guerra. Já escutei isso antes.

— Sim, senhor, tambores de guerra - disse Gomez, o mestiço. — Índios selvagens. Bravos, não mansos. Eles nos observam a cada quilômetro, e se puderem nos matarão.

— Como eles conseguem nos observar? - perguntei, encarando aquele vazio escuro e imóvel.

O mestiço fez um muxoxo com os ombros largos.

— Os índios sabem. Têm o jeito deles. Eles nos observam. E conversam entre si pelos tambores. Se puderem, nos matarão.

Ao entardecer daquele dia - meu diário de bolso registra que era terça-feira, 18 de agosto -, pelo menos seis ou sete tambores batucavam de vários pontos. Às vezes batiam rápido, às vezes devagar, às vezes obviamente perguntando e respondendo, um deles bem longe, a leste, batucando alto em staccato seco, seguido, depois de uma pausa, por um ribombar grave ao norte. Havia algo indescritivelmente ameaçador, de dar nos nervos, naquele murmúrio constante, que parecia se transformar em cada sílaba do alerta do mestiço, repetindo infinitamente: "Mataremos vocês se pudermos. Mataremos vocês se pudermos". Mas nada se movia no silêncio da floresta. Toda a paz e a tranquilidade da natureza repousavam naquela cortina escura de vegetação, mas de lugares para além dela vinha a mensagem de nossos semelhantes. "Mataremos vocês se pudermos", dizia o homem a leste. "Mataremos vocês se pudermos", dizia o homem ao norte.

Os tambores ribombaram e soaram o dia inteiro, e sua ameaça se refletia no rosto de nossos companheiros de cor.

Até mesmo os mestiços, duros e fanfarrões, pareciam intimidados. E naquele dia aprendi de uma vez por todas que tanto Summerlee quanto Challenger possuíam o tipo mais elevado de bravura, a bravura da mente científica. Tinham o espírito que sustentou Darwin entre os gaúchos na Argentina,[46] ou Wallace entre os caçadores de cabeças da Malásia. A natureza misericordiosa decretou que a mente humana não pode pensar em duas coisas ao mesmo tempo, de forma que, quando ela é tomada pela curiosidade científica, não resta espaço para meras considerações pessoais. Durante todo o dia, em meio àquelas ameaças misteriosas e incessantes, nossos dois professores observaram a parte inferior da asa de cada pássaro, e cada arbusto das margens, com tamanha contenção de palavras que, ao rosnado de Summerlee, Challenger respondia com um grunhido; mas sem mais sensação de perigo ou referências aos índios batuqueiros do que se estivessem sentados juntos na sala de fumar do Royal Society Club,[47] em St. James Street. Somente uma vez os dois se deram ao trabalho de discutir o perigo.

— Canibais, miranhas ou amahuacas[48] - disse Challenger, apontando o dedo para a floresta na direção das reverberações.

— Sem dúvida, senhor - respondeu Summerlee. — E como todas as tribos desse gênero, suspeito que sejam de linguagem polissintética[49] e de tipo físico mongólico.

— Polissintética, certamente - disse Challenger, indulgente. — Não estou a par da existência de nenhum outro tipo de linguagem neste continente, e tenho anotações sobre mais de uma centena. Já a teoria mongólica eu recebo com profunda desconfiança.[50]

— Pensei que mesmo um conhecimento limitado de anatomia comparada permitiria verificá-la - disse Summerlee, amargo.

Challenger projetou o queixo agressivamente até que ficasse todo barba e chapéu.

— Sem dúvida, senhor, um conhecimento limitado teria esse efeito. Mas quando se tem um conhecimento *exaustivo*, chega-se a outras conclusões.

Eles se encararam em desafio mútuo, enquanto ao redor crescia o murmúrio distante: "Mataremos vocês, mataremos vocês se pudermos".

Naquela noite amarramos nossas canoas em meio ao curso d'água usando como âncoras algumas pedras pesadas e fizemos todas as preparações para um possível ataque. Contudo, não veio nada, e ao amanhecer seguimos caminho, o batuque de tambores morrendo atrás de nós. Perto das três horas da tarde, chegamos a corredeiras bastante íngremes, com mais de um quilômetro de extensão - a mesma onde o professor Challenger sofrera o desastre em sua primeira expedição. Confesso que a visão delas me consolou, pois era a primeira confirmação direta, por mais discreta que fosse, da veracidade de sua história. Os índios carregaram primeiro nossas canoas e depois nossas bagagens pela mata, bastante densa nesse ponto, enquanto nós, os quatro brancos, de rifles nos ombros, caminhávamos entre eles e qualquer perigo que viesse da floresta. Antes do anoitecer havíamos ultrapassado as corredeiras com sucesso e navegamos dezesseis quilômetros para cima delas antes de ancorar para a noite. Neste ponto calculei que, desde o rio principal, havíamos subido o afluente por não menos que cento e sessenta quilômetros.

Foi cedo pela manhã do dia seguinte que fizemos nossa grande partida. Desde o amanhecer, o professor Challenger estava extremamente inquieto, examinando continuamente cada margem do rio. De súbito, soltou um grito de satisfação e apontou uma árvore específica, que se projetava num ângulo peculiar sobre a margem do rio.

— O que você acha daquilo? - perguntou.

— É uma palmeira de açaí, com certeza - disse Summerlee.

— Exato. Foi um açaizeiro que usei como ponto de referência. A entrada secreta está a oitocentos metros para dentro, do outro lado do rio. Não há trilha entre as árvores. Essa é a maravilha e o mistério disso. Lá onde você vê juncos verde-claros em vez do matagal verde-escuro, lá entre as grandes sumaúmas, fica o meu portão particular para o desconhecido. Atravesse-o e você compreenderá.

Era de fato um lugar maravilhoso. Ao chegar ao ponto marcado por uma linha de juncos verde-claros, arrastamos as canoas através deles por algumas centenas de metros e finalmente fomos dar num riacho plácido e raso, fluindo limpo e transparente sobre um leito arenoso. Tinha cerca de dezoito metros de largura, e de cada lado era margeado por uma vegetação luxuriante. Quem não notasse que os juncos tomavam o lugar dos arbustos por uma curta distância não teria como saber da existência daquele riacho ou da terra de contos de fadas mais adiante.

Pois era uma terra de contos de fadas - a mais maravilhosa que a imaginação humana poderia conceber. A vegetação densa era suspensa, entrelaçando-se numa pérgola natural, e por esse túnel de verdura o rio verde e pelúcido florescia num crepúsculo dourado que era belo por si só, mas ficava ainda mais maravilhoso graças aos estranhos matizes lançados pela luz vívida que, vinda de cima, era filtrada e suavizada no trajeto. Claro como cristal, imóvel como uma folha de vidro, verde como a ponta de um iceberg, o rio se alongava à nossa frente debaixo de arcos folhosos, e cada movimento dos nossos remos espalhava ondinhas pela superfície brilhante. Era o caminho adequado para uma terra de maravilhas. Qualquer sinal dos índios ficara para trás, mas a vida animal era mais presente, e a mansidão das criaturas demonstrava que não conheciam caçador algum. Macaquinhos peludos e negros como veludo, com dentes brancos e brilhantes e olhos jocosos conversavam sobre nós conforme passávamos. Um jacaré mergulhava ocasionalmente das margens com respingos pesados. Numa ocasião, uma anta escura e desajeitada nos olhou por uma fresta entre as moitas, para depois sumir pesadamente floresta adentro; noutra vez a forma sinuosa e amarelada de uma grande suçuarana agitou-se no matagal, e seus olhos verdes e sinistros fulguraram de ódio por sobre suas espáduas trigueiras. A passarinhada também era abundante, especialmente jaçanãs, jaburus, socós e curicacas agrupados em pequenos bandos, azuis, escarlates e brancos, sobre cada tronco que sobressaía da margem, enquanto abaixo de nós as águas cristalinas estavam cheias de vida, com peixes de todas as formas e cores.

Por três dias seguimos nosso caminho por esse túnel de luminescência verde e nebulosa. Nos trechos mais largos era difícil dizer, olhando a distância à frente, onde terminava a água verde e começava o arco verde da vegetação. A paz profunda desse estranho canal se mantinha intocada, sem qualquer sinal do homem.

— Não há índios aqui. Eles têm muito medo do curupira - disse Gomez.

— Curupira é o espírito das matas - explicou lorde John.
— É um nome para diabos de qualquer tipo. Os pobres coitados pensam que há algo temível nessa direção, e por isso a evitam.

No terceiro dia ficou evidente que nossa viagem de canoa não duraria muito mais, pois o riacho rapidamente foi ficando mais raso. Em intervalos de poucas horas, encalhamos no fundo duas vezes. Por fim puxamos as canoas para os arbustos e passamos a noite na margem do rio. Pela manhã lorde John e eu caminhamos alguns quilômetros pela floresta, em paralelo ao riacho, mas assim que percebemos que ele se tornava ainda mais raso, voltamos e apresentamos nosso relato; era algo de que o professor Challenger já suspeitava - havíamos atingido o ponto máximo a que as canoas chegariam. Assim, tiramos as embarcações da água e as escondemos entre os arbustos, marcando uma árvore com machadadas para conseguir reencontrá-las. Então distribuímos a carga entre nós – armas, munição, comida, barraca, cobertores e todo o resto – e, depois de colocar as mochilas nos ombros, seguimos adiante para a etapa mais árdua de nossa jornada.

Uma discussão infeliz entre nossos esquentadinhos marcou o início da nova etapa. Desde que se juntara a nós, Challenger dera as coordenadas a toda a equipe, para desgosto evidente de Summerlee. Agora, quando incumbiu o colega de uma tarefa (carregar um barômetro aneroide, apenas), a questão atingiu um ponto crítico.

— Posso lhe perguntar, senhor – disse Summerlee numa calma perversa –, quem lhe deu o direito de dar tais ordens?

Challenger o encarou, ouriçado.

— Eu me dei, professor Summerlee, como líder desta expedição.

— Sinto-me compelido a informá-lo, senhor, que não o reconheço como líder.

— Não diga! – Challenger curvou-se com sarcasmo desajeitado. — Talvez o senhor possa definir minha posição exata.

— Sim, senhor. O senhor é um homem cuja veracidade está sob julgamento, e este comitê está aqui para verificá-la. O senhor está caminhando ao lado de seus juízes.

— Pobre de mim! – disse Challenger, sentando-se ao lado de uma das canoas. — Neste caso você irá, é claro, tomar seu caminho, e eu o seguirei se me convier. Se não sou o líder, não espere que eu lidere.

Graças a Deus havia dois homens sãos – lorde John Roxton e eu – para evitar que a petulância e a tolice de nossos estudiosos professores nos mandassem de volta a Londres de mãos abanando. Foram tantas discussões e súplicas e explicações até conseguirmos acalmá-los! Então por fim Summerlee, com seu desdém e seu cachimbo, se dispôs a prosseguir, e Challenger veio grunhindo e resmungando atrás. Por um acaso da boa sorte, descobrimos a essa altura que ambos nossos sábios tinham a pior das opiniões sobre o dr. Illingworth de Edimburgo. Dali em diante, essa foi nossa segurança: cada situação tensa era aliviada quando introduzíamos o nome do zoólogo escocês e nossos professores formavam uma aliança e uma amizade temporárias em repulsa e injúrias ao rival em comum.

Avançando em fila ao longo da margem do riacho, logo descobrimos que ele se afinava até virar um mero córrego, e no final se perdia num grande pântano verde de musgo esponjoso, no qual afundamos até os joelhos. O lugar era terrivelmente assombrado por nuvens de mosquitos e toda forma de praga voadora, de modo que ficamos felizes quando encontramos chão firme outra vez e pudemos caminhar por entre árvores, o que nos permitiu flanquear o pântano pestilento, que zumbia à distância feito um órgão, tão cheio de insetos estava.

No segundo dia, depois de deixarmos as canoas, descobrimos que toda a natureza da região mudara. Nosso caminho seguia persistentemente para cima e, conforme subíamos, a floresta ficava mais esparsa e perdia seu viço tropical. As grandes árvores da planície aluvial amazônica deram lugar a tamareiras e coqueiros, que cresciam em grupos dispersos, com um denso matagal entre eles. Nos vales úmidos, palmeiras de buriti jogavam suas graciosas frondes pendentes. Viajávamos inteiramente pela bússola, e às vezes havia divergências de opinião entre Challenger e os dois índios, ocasiões em que, para citar as palavras indignadas do professor, o grupo inteiro preferia "confiar nos instintos falaciosos de selvagens subdesenvolvidos a confiar no mais alto produto da cultura europeia moderna". Ficou demonstrado que tínhamos razão em fazê-lo no terceiro dia, quando Challenger admitiu reconhecer várias marcas de sua expedição anterior, e chegamos mesmo a encontrar, a certa altura, os restos de uma fogueira que indicaria o local de um acampamento.

A trilha continuava subindo, e cruzamos uma encosta pedregosa que levou dois dias para ser vencida. A vegetação mudara outra vez, permanecendo apenas as árvores de pau-marfim, com uma grande profusão de orquídeas maravilhosas, entre as quais aprendi a reconhecer a rara *Nuttonia vexillaria* e os gloriosos botões rosa e escarlate da *Cattleya* e do *Odontoglossum*. Riachos ocasionais, com leitos de seixos e margens drapejadas de samambaias, gorgolejavam por barrancos encosta abaixo, oferecendo, a cada entardecer, bons pontos para acampamento nas margens de alguma piscina pedregosa, onde cardumes de pequenos peixes de dorso azulado, de tamanho e forma parecidos com os da truta inglesa, serviam-nos como deliciosos jantares.

No nono dia após deixarmos as canoas, depois de percorrermos, nos meus cálculos, quase duzentos quilômetros, começamos a sobrepujar as árvores, que iam ficando menores até se tornarem meros arbustos. O lugar delas era ocupado agora por uma imensidão selvagem de bambuzais, que cresciam tão densos que só podiam ser penetrados cortando-se um caminho com os machetes e podões dos índios. Gastamos um longo dia, viajando das sete da manhã às oito da noite, com apenas duas pausas de uma hora cada, para ultrapassar esse obstáculo.

Coisa mais monótona e cansativa não poderia ser imaginada, pois, mesmo nas áreas mais abertas, eu não conseguia enxergar mais do que nove ou dez metros adiante, e de modo geral minha visão à frente era limitada pela jaqueta de cotim branco de lorde John e dos lados pelo paredão amarelo a trinta centímetros de distância. De cima vinha um risco fino de luz do sol, e, cerca de cinco metros sobre nossas cabeças, via-se o topo do bambuzal bamboleando contra o céu azul. Não sei que tipo de criatura habita um taquaral destes, mas por várias vezes escutamos o galopar de animais muito perto de nós. Pelos sons que faziam, lorde John julgou que fosse alguma espécie de gado selvagem. Somente quando a noite caiu vencemos o cinturão de bambus, e enfim erguemos nosso acampamento, exaustos por aquele dia interminável.

Na manhã seguinte, bem cedo, já estávamos de pé outra vez, e descobrimos que a natureza da região havia mudado de novo. Para trás de nós estava o paredão de bambu, tão definido quanto se marcasse o curso de um rio. À nossa frente havia uma planície aberta, inclinando-se levemente para cima, pontuada por capões de árvores de xaxim e terminando num cume longo e curvo como o dorso de uma baleia. Chegamos a ele perto do meio-dia, encontrando um vale não muito fechado, que se elevava outra vez numa inclinação suave, conduzindo a uma linha de colinas. Foi aqui, quando cruzávamos a primeira dessas colinas, que ocorreu um incidente que pode ou não ter sido importante.

O professor Challenger, que estava na dianteira da expedição com os dois índios locais, estancou de súbito e apontou animado para a direita. Quando fez isso, vimos, à distância de uns dois quilômetros, algo que parecia ser uma grande ave cinzenta batendo lentamente as asas no chão e erguendo-se suavemente num voo baixo e reto, até desaparecer entre os xaxins.

— Vocês viram? - gritou Challenger, exultante. — Summerlee, você viu?

O colega olhava fixo para o ponto onde a criatura desaparecera.

— O que você acha que era? - perguntou.

— Um pterodáctilo, com toda a certeza.

Summerlee estourou em gargalhadas sarcásticas.

— Uma pterasneira! - disse ele. — Era uma cegonha, com certeza absoluta.

Challenger ficou furioso demais para falar. Apenas recolocou a mochila nas costas e continuou a marcha. Lorde John veio até mim, contudo, e seu rosto estava mais sério do que de costume. Tinha um binóculo Zeiss em mãos.

— Eu foquei nele antes que passasse pelas árvores - disse ele. — Não me comprometo a afirmar o que era, mas arriscaria minha reputação como esportista que não era nenhuma ave em que eu já tenha colocado os olhos na vida.

É nesse pé que estão as coisas. Estaremos mesmo no limiar do desconhecido, na fronteira do mundo perdido de que nosso líder fala? Descrevo o incidente do modo como ocorreu, e você saberá tanto quanto eu. Foi um caso único, pois não vimos mais nada digno de nota.

Então, meus leitores, se é que um dia terei algum, eu os trouxe acima do rio largo e além dos juncais, descendo o túnel verde, por entre as palmeiras encosta acima, através do cinturão de bambus, cruzando a planície de xaxins. Enfim nosso destino está à vista. Quando cruzamos a segunda colina, nos vimos diante de uma planície irregular repleta de palmeiras, e então surgiu a linha de penhascos vermelhos que eu vira na foto. Lá está ela enquanto escrevo, e não há dúvida de que é a mesma. Seu ponto mais próximo está a uns onze quilômetros do acampamento atual e ela se prolonga até onde consigo ver. Challenger se gaba feito um pavão, e Summerlee está quieto, mas ainda cético. O próximo dia deve pôr fim a algumas de nossas dúvidas. Enquanto isso, já que José, cujo braço foi perfurado por um bambu quebrado, insiste em retornar, envio esta carta aos cuidados dele, e só espero que ela chegue, enfim, a seu destinatário. Escreverei novamente quando surgir a oportunidade. Envio junto um esboço do mapa de nossa viagem, que pode facilitar a compreensão deste relato.

9. Quem teria imaginado?

Algo terrível nos aconteceu. Quem teria imaginado? Não consigo ver um fim para os nossos problemas. Pode ser que estejamos condenados a passar a vida inteira neste lugar estranho e inacessível. Estou tão confuso que mal consigo pensar com clareza sobre os fatos presentes ou sobre nossas chances futuras. Para meus sentidos desconcertados, o primeiro me parece terrível e o segundo, negro quanto a noite.

Nenhum homem jamais se viu em uma situação tão ruim; tampouco seria útil revelar ao senhor nossa localização geográfica exata e solicitar aos amigos um grupo de busca. Mesmo que pudessem enviar um, nosso destino estará decidido, em qualquer hipótese, bem antes que qualquer ajuda possa chegar à América do Sul.

Estamos, na verdade, tão fora do alcance de qualquer auxílio humano quanto se estivéssemos na Lua. Se conseguirmos superar isso, teremos sido salvos por nosso próprio mérito, apenas. Tenho por companheiros três homens notáveis, homens de grande capacidade mental e de coragem inabalável. Nisso repousa nossa única esperança. É somente quando contemplo o rosto tranquilo de meus colegas que vejo alguma luz na escuridão. Por fora, acredito que aparento estar tão despreocupado quanto eles. Por dentro, estou cheio de apreensão.

Deixe-me expor, com tantos detalhes quanto puder, a sequência de eventos que nos conduziu a esta catástrofe.

Quando terminei minha última carta, disse que estávamos a onze quilômetros de uma enorme linha de penhascos avermelhados que, sem sombra de dúvida, circundam o platô do qual o professor Challenger falou. Conforme nos aproximávamos, a altura deles me parecia ser maior, em alguns pontos, do que ele havia descrito – com trechos que se erguiam a pelo menos trezentos metros – e eles eram curiosamente estriados, ao modo que suponho ser característico dos relevos basálticos. Algo do tipo pode ser visto nas Salisbury Crags, em Edimburgo. O topo exibe todos os sinais de uma vegetação luxuriante, com arbustos perto da beirada e muitas árvores altas para trás. Não havia nenhum indício de vida que pudesse ser percebido.

Naquela noite armamos nosso acampamento imediatamente abaixo do penhasco – um ponto bastante agreste e desolado. Acima de nós, as escarpas não eram simplesmente perpendiculares, mas chegavam a formar ângulos negativos, de modo que escalá-las estava fora de cogitação. O alto e afilado pináculo de pedra que creio já ter mencionado nesta narrativa estava perto de nós. Ele parece uma torre de igreja ampla e rubra, com o topo no mesmo nível do platô, mas com um espaço enorme criando um fosso entre eles. No seu cume cresce uma grande árvore. Tanto o pináculo quanto aquele ponto do penhasco são relativamente baixos – algo entre cento e cinquenta e cento e oitenta metros de altura, creio eu.

— Era lá em cima – disse o professor Challenger, apontando a árvore – que o pterodáctilo se empoleirava. Escalei metade do caminho na pedra antes de abatê-lo. Sou levado a crer que um bom montanhista como eu poderia subir a rocha até o topo, embora fosse continuar, é claro, tão longe do platô quanto no começo.

Quando Challenger falou do pterodáctilo, olhei para o professor Summerlee, e pela primeira vez percebi sinais de um raio de credulidade e arrependimento. Não havia desdém em seus lábios finos, pelo contrário, tinha um olhar de empolgação e assombro contidos. Challenger também notou e deliciou-se com o primeiro gosto de vitória.

— É claro - disse ele com seu sarcasmo destrambelhado - que o professor Summerlee compreenderá que quando digo pterodáctilo, quero dizer cegonha... mas um tipo de cegonha sem penas, de pele coriácea, asas membranosas e dentes no bico - ele sorriu, piscou e fez uma mesura, até que seu colega lhe deu as costas e saiu dali.

Pela manhã, após um desjejum frugal com café e mandioca - precisávamos economizar provisões -, fizemos um conselho de guerra para decidir a melhor forma de subir no platô.

Challenger o presidiu com a solenidade de um juiz do Supremo Tribunal. Imagine-o sentado sobre uma rocha, o chapéu-palheta absurdamente infantil atrás da cabeça, o olhar altivo nos dominando por sobre as pálpebras caídas, a grande barba negra balançando conforme ele lentamente definia nossa situação presente e nossa movimentação futura.

Abaixo dele você veria nós três - eu, queimado de sol, jovem e revigorado pela caminhada ao ar livre; Summerlee, solene mas ainda crítico atrás de seu eterno cachimbo; lorde John, afiado como uma navalha, com sua figura alerta e flexível inclinada sobre o rifle, os olhos impacientes fixos no orador. Atrás de nós, agrupavam-se os dois mestiços morenos e o pequeno grupo de índios, enquanto à frente e acima impunham-se as imensas falésias de pedra avermelhada que nos separavam de nosso objetivo.

— Não preciso dizer - falou nosso líder - que em minha última visita esgotei todas as possibilidades de escalar esse penhasco, e no ponto em que fracassei não creio que ninguém tivesse êxito, pois sou um bom montanhista. Eu não tinha na ocasião equipamentos de montanhismo, mas tomei a precaução de trazê-los agora. Com o auxílio deles, acredito que eu consiga subir até o topo do pináculo; quanto ao penhasco principal, é perda de tempo tentar escalá-lo, já que se inclina para fora. Em minha última visita, eu tinha pressa, por causa da proximidade da estação chuvosa e da escassez de mantimentos. Essas limitações encurtaram meu tempo, então só posso afirmar que inspecionei cerca de dez quilômetros do penhasco a leste daqui, sem encontrar um caminho para subir. Então, o que faremos agora?

— Me parece haver um único caminho razoável - disse o professor Summerlee. — Se você explorou a leste, devemos viajar ao longo da base do penhasco para oeste, procurando um ponto acessível para a escalada.

— É isso aí - disse lorde John. — Há chances de que o platô não seja tão extenso; daremos a volta nele até encontrar um caminho para cima ou retornar ao ponto de partida.

— Já expliquei ao seu jovem amigo aqui - disse Challenger (ele se referia a mim como se eu fosse um estudante de dez anos de idade) - que é bastante improvável que haja um acesso fácil para o cume em qualquer lugar, pelo simples motivo de que, se houvesse, o topo não estaria isolado, e as condições que criaram uma interferência tão singular nas leis gerais da sobrevivência não teriam surgido. Ainda assim, admito que possa muito bem haver pontos em que um alpinista experiente consiga subir até o topo, e que um animal pesado e desajeitado seja incapaz de descer. É certo que *há* um ponto possível para subir.

— Como sabe disso, senhor? - perguntou Summerlee, áspero.

— Porque meu predecessor, o americano Maple White, de fato subiu. De que outro modo ele poderia ter visto o monstro que desenhou em sua caderneta?

— Aí suas conclusões se colocam à frente dos fatos comprovados - disse Summerlee, teimoso. — Eu admito a existência do seu platô porque o vi, mas ainda não estou convencido de que ele abrigue alguma forma de vida.

— O que o senhor admite ou deixa de admitir é de uma importância inimaginavelmente pequena. Fico contente que o platô, em si, tenha de fato se imposto sobre seu intelecto.

Ele lançou um olhar para o alto e então, para nossa surpresa, saltou da pedra, agarrou Summerlee pelo pescoço e obrigou-o a virar o rosto para cima.

— Agora, senhor! - gritou rouco de empolgação. — Será que assim o ajudo a compreender que há vida animal no platô?

Eu havia dito que um espesso franjado verde pendia das bordas do penhasco. Do meio dele, surgiu um objeto negro e lustroso. Conforme avançou, projetando-se sobre o abismo, vimos que se tratava de uma cobra muito grande, com uma cabeça peculiar em forma de pá. Ela se balançou e estremeceu sobre nós por um minuto, e a luz matinal brilhou sobre suas escamas lustrosas e sinuosas. Então lentamente se recolheu e desapareceu.

Summerlee ficara tão interessado que permanecera parado, sem resistência, enquanto Challenger virava sua cabeça para o alto. Agora ele afastava o colega e recobrava sua dignidade.

— Eu agradeceria, professor Challenger - disse ele -, se encontrasse um modo de fazer qualquer observação que venha a lhe ocorrer sem me segurar pelo queixo. Nem mesmo a aparição de uma píton muito ordinária parece justificar tais liberdades.

— Mesmo assim, há vida sobre o platô - seu colega retrucou triunfante. — E agora, após demonstrar essa importante conclusão de modo que tenha ficado clara para todos, por mais preconceituosos ou obtusos, minha opinião é que o melhor a fazer é levantar acampamento e viajar na direção oeste até que encontremos um modo de subir.

O terreno aos pés do penhasco era pedregoso e quebrado, de modo que o avanço foi lento e difícil. Subitamente, porém, encontramos algo que animou nossos corações. Era o local de um antigo acampamento, com várias latas vazias de carne de Chicago, uma garrafa etiquetada "brandy", um abridor de latas quebrado e um tanto de detritos de outros viajantes. Um jornal velho, amarrotado e em decomposição revelou-se o *Chicago Democrat*, embora a data houvesse se apagado.

— Não é meu – disse Challenger –, devia ser de Maple White.

Lorde John olhava curioso para uma grande árvore de xaxim que sombreava o acampamento.

— Vejam isso – falou. — Creio que era uma placa de aviso.

Um pedaço de madeira fora pregado na árvore de modo a apontar para oeste.

— Certamente é uma placa de aviso – disse Challenger. — O que mais? Ao se ver numa missão perigosa, nosso antecessor deixou este sinal para que qualquer grupo que o seguisse soubesse o caminho que tomou. Talvez encontremos outras indicações conforme avançarmos.

E de fato encontramos, mas de uma natureza terrível e muito inesperada. Logo abaixo do penhasco, crescia uma faixa considerável de bambus altos, como aquela que cruzamos em nossa viagem. Muitos caules chegavam a seis metros de altura, com pontas fortes e afiadas, de modo que, mesmo imóveis, eram lanças formidáveis. Quando passávamos ao longo dessa vegetação, meu olho captou o brilho de algo branco dentro dela. Ao meter minha cabeça por entre as hastes, me vi encarando uma caveira descarnada. O esqueleto inteiro estava lá, mas o crânio havia se desprendido e repousava a alguns centímetros da área aberta.

Com alguns golpes dos machetes de nossos índios, abrimos a área e pudemos estudar os detalhes dessa tragédia antiga. Apenas alguns pedaços de roupas podiam ser distinguidos, mas havia restos de botas sobre pés ossudos, e parecia bastante claro que o morto fora um europeu. Um relógio de ouro de Hudson, Nova York, e uma corrente segurando uma caneta-tinteiro repousavam entre os ossos. Havia também uma cigarreira de prata com a inscrição "J. C., de A. E. S." no tampo. O estado do metal permitia supor que a catástrofe acontecera não havia muito tempo.

— Quem será que era? – perguntou lorde John. — Pobre-diabo! Cada osso de seu corpo parece ter se quebrado.

— E o bambu passa entre as costelas quebradas - disse Summerlee. — É uma planta que cresce rápido, mas com certeza é inconcebível que o corpo já estivesse aqui enquanto as canas cresciam seis metros.

— Quanto à identidade do homem - disse o professor Challenger -, não tenho dúvidas. Quando subi o rio antes de encontrá-los na fazenda, fiz perguntas muito específicas sobre Maple White. Em Belém do Pará, não sabiam de nada. Por sorte, eu tinha uma informação específica, pois havia uma imagem em particular na caderneta em que aparecia almoçando com um certo clérigo em Rosário. Consegui encontrar o padre, e apesar de ter se mostrado um sujeito muito turrão, que se tornou absurdamente inoportuno quando apontei os efeitos corrosivos da ciência moderna sobre suas crenças, ele me deu algumas informações úteis. Maple White passou por Rosário há quatro anos, ou dois anos antes de eu encontrá-lo morto. Ele não estava sozinho na ocasião, pois havia um amigo, um americano chamado James Colver, que permaneceu no barco e não se encontrou com esse clérigo. Creio, portanto, que não há dúvida de que estamos vendo agora os restos desse James Colver.

— Tampouco pode haver dúvida - disse lorde John - quanto ao modo como encontrou sua morte. Ele caiu ou foi jogado do topo, e assim foi empalado. De que outra forma teria quebrado os ossos, e como poderia ter ficado preso nesses bambus de pontas tão mais altas que nossas cabeças?

Um silêncio recaiu sobre nós enquanto permanecíamos ao redor daqueles restos esmagados e percebíamos a verdade nas palavras de lorde John Roxton. Uma saliência do penhasco se projetava sobre a faixa de bambus. Sem dúvida ele havia caído de lá. Mas teria *caído*? Teria sido um acidente? Ou... Possibilidades terríveis e ameaçadoras sobre aquela terra desconhecida já começavam a se formar.

Fomos embora em silêncio e continuamos a costear a linha de penhascos, tão uniformes e contínuos quanto alguns daqueles gigantescos campos de gelo antárticos que vi descritos como se se prolongassem de um horizonte ao outro, elevando-se acima dos mastros dos navios de exploração. Em oito quilômetros não vimos nenhuma fenda ou abertura. E então de repente percebemos algo que nos encheu de uma nova esperança. Numa cavidade da rocha, protegida da chuva, uma seta tosca fora desenhada com giz, ainda apontando para oeste.

— Maple White outra vez – disse o professor Challenger. — Ele tinha o pressentimento de que passos dignos o seguiriam de perto.

— Ele tinha giz, então?

— Uma caixa de gizes coloridos estava entre os pertences que encontrei na mochila dele. Lembro que o branco fora usado até virar um toco.

— Isso é uma boa evidência, com certeza – disse Summerlee. — A nós cabe apenas aceitar essa orientação e seguir rumo a oeste.

Avançamos por mais oito quilômetros e voltamos a ver uma seta branca nas pedras. Estava num ponto em que a rocha do penhasco se abria pela primeira vez numa fenda estreita. Dentro da fenda havia um segundo sinal de orientação, que apontava diretamente para cima, com a ponta um pouco elevada, como se o local indicado ficasse acima do nível do chão.

Era um lugar solene, pois as paredes eram tão imensas e o risco de céu azul, tão estreito e escurecido por uma borda dupla de vegetação que apenas uma luz fraca e sombreada penetrava até a base. Havia várias horas que não comíamos e a jornada irregular e pedregosa nos deixara bastante desgastados, mas nossos nervos estavam tensos demais para nos permitirmos uma pausa. Contudo, pedimos que o acampamento fosse montado e, deixando os índios a organizá-lo, seguimos com os dois mestiços para a ravina estreita.

A não mais do que quinze metros da entrada, ela começava a se fechar rapidamente, até terminar num ângulo agudo, muito reto e escorregadio para uma subida. Certamente não era isso que nosso antecessor pretendia indicar. Demos meia-volta - a ravina inteira não tinha mais do que quatrocentos metros - e de súbito os olhos ágeis de lorde John recaíram sobre aquilo que procurávamos. Acima de nossas cabeças, em meio a sombras, havia um círculo de escuridão profunda. Com certeza só poderia ser a abertura de uma caverna.

Naquele ponto, a base do penhasco era calcada de pedras soltas, e não era difícil escalá-las. Quando alcançamos o topo, qualquer dúvida desapareceu. Não apenas havia uma abertura na rocha, como também estava marcado nela, outra vez, o símbolo da seta. Era este o ponto, o caminho por onde Maple White e seu malfadado colega haviam entrado.

Estávamos animados demais para retornar ao acampamento, queríamos fazer nossa primeira exploração logo de uma vez. Lorde John tinha uma lanterna elétrica na mochila, e isso nos serviria como iluminação. Ele avançou, lançando o pequeno círculo de luz amarelada à frente dele, enquanto seguíamos em fila em seu encalço.

A caverna fora evidentemente formada pela erosão da água, com as laterais lisas e o chão coberto por pedras arredondadas. Por sua altura, um homem só conseguia entrar curvado. Corria quase reta rocha adentro por uns cinquenta metros, e então inclinava-se para cima num ângulo de quarenta e cinco graus. Aos poucos, a inclinação foi ficando cada vez mais íngreme, e nos vimos escalando de joelhos, em meio a cascalhos soltos que escorregavam entre nós. De súbito, lorde Roxton exclamou:

— Está bloqueada!

Agrupados atrás dele, vimos, no brilho amarelado da luz, uma parede de basalto quebrado que se estendia até o teto.

— O teto desabou!

Em vão puxamos alguns pedaços. O único efeito foi que partes maiores se soltaram e ameaçaram rolar declive abaixo e nos esmagar. Era evidente que o obstáculo estava muito além de qualquer esforço que pudéssemos fazer para removê-lo. O caminho pelo qual Maple White havia subido não era mais acessível.

Desanimados demais para conversar, descemos os túneis escuros e refizemos nosso caminho de volta ao acampamento.

Antes que deixássemos a ravina, porém, ocorreu um incidente que se mostraria importante à luz do que veio depois.

Reunimo-nos num grupinho no fundo do precipício, a uns quinze metros da entrada da caverna, quando de repente uma rocha enorme rolou para baixo, passando por nós com uma força tremenda. Foi por um triz, para todos nós. Não conseguíamos, por nossa conta, ver de onde a rocha viera, mas nossos criados mestiços, que ainda estavam à entrada da caverna, disseram que ela passara voando por eles e que, portanto, devia ter caído do topo. Olhando para o alto, não conseguimos ver nenhum sinal de movimento na selva verdejante que cobria o topo do penhasco, acima de nós. Não havia dúvida, porém, de que a pedra se destinava a nós, e que o incidente, portanto, com certeza indicava a presença da humanidade – a malévola humanidade – sobre o platô.

Recuamos apressados para fora da fenda, nossas mentes repletas dessa nova revelação e do peso que ela colocava sobre nossos planos. A situação já era difícil o bastante antes, mas se os obstáculos da natureza seriam aumentados pela oposição deliberada do homem, então nosso caso era de fato sem esperanças. E, mesmo assim, quando olhávamos para aquele formidável franjado de verdor no alto, apenas algumas centenas de metros acima de nossas cabeças, não havia entre nós quem concebesse a ideia de retornar a Londres antes que a tivéssemos explorado até o fim.

Ao discutir a situação, determinamos que o melhor caminho seria continuar a costear o platô na esperança de encontrar outros meios de atingir o topo. A linha de penhascos, que havia diminuído consideravelmente em altura, já começava a se direcionar do oeste para o norte, e se tomássemos isso como a representação do arco de um círculo, a circunferência completa não poderia ser assim tão grande. Na pior das hipóteses, então, estaríamos de volta ao ponto de partida em alguns dias.

A marcha que executamos naquele dia totalizou cerca de trinta e cinco quilômetros, sem que houvesse nenhuma mudança em nossas perspectivas. Devo mencionar que nosso aneroide[51] mostrava que, pela inclinação contínua da subida desde que abandonamos nossas canoas, havíamos nos elevado a não menos que novecentos metros acima do nível do mar. Há, portanto, uma mudança considerável tanto na temperatura quanto na vegetação. Estamos livres daquela miríade de insetos que são a ruína das viagens tropicais. Algumas palmeiras ainda sobrevivem, e muitas árvores de xaxim, mas a selva amazônica ficou inteiramente para trás. Era prazeroso ver as corriolas, passifloras e begônias, todas me fazendo lembrar de casa, aqui entre estas pedras inóspitas. Havia uma begônia vermelha da mesma cor daquela que é cultivada em vasos nas janelas de uma certa propriedade em Streatham... mas estou divagando em reminiscências pessoais.

Naquela noite – falo ainda do primeiro dia de nossa circum-navegação do platô –, nos aguardava uma grande experiência, que cimentou de vez qualquer dúvida que pudéssemos ter sobre as maravilhas ao nosso redor.

Ao ler isto você perceberá, meu caro sr. McArdle, que pela primeira vez o jornal não me mandou numa busca inútil, e que uma reportagem inimaginavelmente boa nos aguarda, assim que o professor permitir que façamos uso deste relato. Não ousarei publicar esses artigos a não ser que consiga trazer minhas provas de volta à Inglaterra, ou serei considerado o maior Münchausen jornalístico de todos os tempos. Não tenho dúvidas de que o senhor pensa do mesmo modo, e que não ousaria apostar toda a credibilidade da *Gazette* nesta aventura, a não ser que possamos confrontar o coro de críticas e ceticismo que artigos como este precisam necessariamente elucidar. Esse incidente maravilhoso, que renderá uma bela manchete para o velho jornal, ainda deve, portanto, aguardar sua vez na gaveta editorial.

E ainda assim tudo foi rápido como um raio, sem deixar vestígio algum, exceto em nossas convicções.

O que ocorreu foi o seguinte: lorde John abateu uma cutia – animalzinho parecido com um pequeno porco –, entregou metade dela aos índios, e cozinhávamos a outra metade na fogueira. Há uma friagem no ar após o anoitecer, e estávamos todos próximos ao fogo. Era uma noite sem lua, mas com algumas estrelas, e podíamos ver a planície até certa distância. Bem, de repente, saindo da escuridão, saindo da noite, algo fez um mergulho em rasante, como um aeroplano. Por um instante, nosso grupo inteiro se viu coberto por asas de couro, e eu tive a visão momentânea de um pescoço longo e serpenteado, um olho vermelho feroz e cobiçoso e um bico grande e estalante, repleto, para meu assombro, de dentes pequenos e lustrosos. No instante seguinte aquilo havia desaparecido – assim como nosso jantar. Uma imensa sombra negra, com seis metros de comprimento, planou pelo ar; por um instante as asas do monstro taparam as estrelas, e então ele desapareceu sobre o cume do penhasco acima de nós. Todos nos sentamos em silêncio ao redor do fogo, como os heróis de Virgílio quando as harpias[52] descem sobre eles. Summerlee foi o primeiro a falar.

— Professor Challenger – disse ele em tom solene, oscilando de emoção –, devo-lhe minhas desculpas. Senhor, eu estava completamente errado, e peço que perdoe o que já é passado.

Foram belas palavras, e os dois homens pela primeira vez se cumprimentaram. Ao menos isso foi ganho com nossa primeira visão de um pterodáctilo.[53] Para aproximar dois homens como eles, valeu ter o jantar roubado.

Mas se existe vida pré-histórica no platô, ela não é superabundante, pois não tivemos nenhum outro vislumbre dela nos três dias seguintes. Durante esse tempo, percorremos uma terra árida e hostil, onde se alternavam desertos pedregosos e brejos desolados, repletos de aves selvagens, a norte e a leste do desfiladeiro. Desta direção o lugar é realmente inacessível e, se não fosse por uma saliência rochosa que corria pela base do precipício, teríamos que ter dado meia-volta. Por várias vezes ficamos cobertos até o peito pela lama e pelo limo de um antigo mangue semitropical. Para piorar, o lugar parecia ser o favorito para a procriação de jararacas, a cobra mais venenosa e agressiva da América do Sul. Repetidamente, essas criaturas horríveis disparavam se retorcendo na nossa direção pela superfície do brejo pútrido, e foi somente mantendo os rifles sempre a postos que pudemos ficar a salvo delas. Uma depressão em forma de funil no mangue, de uma cor verde viva devido ao líquen que apodrecia nela, ficará para sempre em minha mente, como uma memória de pesadelo. Devia ser um ninho especial para aquelas pragas, pois os barrancos pareciam vivos, com cobras que se retorciam na nossa direção, já que é particularidade da jararaca sempre atacar um homem à primeira vista.[54] Havia cobras demais para abatermos todas, então saímos correndo em disparada até ficarmos exaustos. Nunca vou me esquecer de quando olhávamos para trás, mesmo já longe, e ainda víamos as cabeças e os pescoços de nossas horríveis perseguidoras subindo e descendo entre os juncos. No mapa que estamos elaborando, batizamos o local de Manguezal das Jararacas.

Os penhascos do lado mais distante haviam perdido seus tons avermelhados, assumindo uma cor de chocolate; a vegetação era mais dispersa no topo, e sua altura baixara para algo em torno de cem metros, mas não encontramos nenhum ponto que pudéssemos escalar. Eram ainda mais impossíveis do que no primeiro local que havíamos encontrado: absolutamente íngremes, como dá para ver na fotografia que tirei a partir do deserto pedregoso.

— Mas é certo - disse eu, quando discutíamos a situação - que a chuva deve escoar de alguma forma. Deve haver canais de água por entre as rochas.

— Nosso jovem amigo tem lampejos de lucidez - disse o professor Challenger, dando-me tapinhas no ombro.

— A chuva deve ir para algum lugar - repeti.

— E ele se apega a isso. O único porém é que provamos de modo conclusivo, por meio de observações, que não há nenhum curso d'água descendo das rochas.

— Para onde ela vai, então? - insisti.

— Creio que seja razoável assumir que não flui para fora, mas para dentro.

— Então há um lago no centro.

— Assim eu suponho.

— É mais do que provável que o lago seja uma velha cratera - disse Summerlee. — A formação inteira é, claro, altamente vulcânica. Mas, seja como for, eu esperaria descobrir que a superfície do platô se inclina para dentro, com um considerável lençol d'água no centro, que deve escoar por algum canal subterrâneo para os brejos do Manguezal das Jararacas.

— Ou a evaporação pode preservar algum equilíbrio - observou Challenger, e os dois homens de ciência começaram a divagar em um de seus costumeiros debates científicos, tão compreensíveis quanto o chinês para um leigo.

No sexto dia, completamos nossa primeira volta ao redor dos penhascos e nos vimos novamente no primeiro acampamento, ao lado do pináculo isolado de rocha. Éramos um grupo desconsolado, pois nada poderia ter sido mais detalhado do que nossa investigação, e tínhamos a certeza absoluta de que não havia um único ponto onde mesmo o ser humano mais hábil pudesse ter a esperança de escalar o penhasco. O local que Maple White marcara com giz como seu próprio caminho de acesso havia ficado totalmente impenetrável.

O que faríamos então? Nossos estoques de provisões, complementados por nossas armas, estavam aguentando bem, mas chegaria o dia em que precisariam ser repostos. A chuva era esperada para dali a dois meses, quando então seríamos levados para fora do nosso acampamento. A rocha era mais dura que mármore, e qualquer tentativa de cortar um caminho ao longo de uma altura tão grande era mais do que nosso tempo e recursos permitiriam. Não é de espantar que nos olhássemos com melancolia naquela noite, buscando nossos cobertores quase sem dar uma palavra. Lembro que minha última recordação, ao me deitar para dormir, é Challenger agachado perto da fogueira como um monstruoso sapo-boi, a cabeça grande entre as mãos, aparentemente mergulhado na mais profunda reflexão e totalmente alheio ao boa-noite que lhe desejei.

Mas foi um Challenger muito diferente que encontramos pela manhã – um Challenger que exalava um brilho de contentamento e autoestima. Veio ter conosco quando nos reuníamos para o desjejum, com uma falsa modéstia suplicante no olhar, como quem dissesse: "Eu sei que mereço todos os elogios que puderem dar, mas peço que poupem meus rubores e não digam nada". Sua barba eriçava-se exultante, o peito estufado, as mãos metidas nos bolsos da jaqueta. Era provável que, em seus devaneios, ele às vezes se visse enfeitando o pedestal vazio da Trafalgar Square,[55] acrescentando mais um aos muitos horrores das ruas de Londres.

— Eureca! – gritou, os dentes brilhando através da barba. — Cavalheiros, podem me parabenizar, ou podemos parabenizar-nos uns aos outros. O problema está resolvido.

— Você encontrou um caminho para subir?

— Me arrisco a pensar que sim.

— E onde?

Como resposta, ele apontou para o pináculo de pedra à nossa direita.

Nossos queixos - o meu, pelo menos - caíram conforme o observamos. Tínhamos a garantia de nosso colega de que o pico poderia ser escalado. Mas um horrível abismo o separava do platô.

— Nunca conseguiremos atravessá-lo - gaguejei.

— Podemos ao menos chegar ao topo - disse ele. — Quando estivermos lá em cima, eu posso vir a demonstrar-lhes que os recursos de uma mente inventiva ainda não se exauriram.

Após o desjejum, desempacotamos o embrulho em que nosso líder trouxera seus acessórios de escalada. Dele, retirou uma bobina de uma corda muito leve e resistente, com quinze metros de comprimento, ganchos de ferro, grampos e outros apetrechos. Lorde John era um montanhista experiente, e Summerlee havia feito escaladas árduas várias vezes, de modo que eu seria o novato em escaladas do grupo; mas minha força e agilidade poderiam compensar minha falta de experiência.

Não era uma tarefa muito dura, na verdade, embora alguns momentos fizessem meus cabelos se arrepiarem na nuca. A primeira metade da escalada foi perfeitamente fácil, mas dali para cima tornou-se cada vez mais íngreme, até que, nos últimos quinze metros, estávamos literalmente nos agarrando com os dedos a pequenas bordas e fendas na rocha. Eu não teria conseguido, e tampouco Summerlee, se Challenger não tivesse alcançado o topo (era extraordinário ver tanta agilidade em uma criatura tão desajeitada) e afixado a corda ao redor do tronco da árvore considerável que crescia ali. Tendo esse suporte, logo fomos capazes de vencer o paredão escarpado, até nos encontrarmos sobre a pequena plataforma gramada de oito metros de diâmetro que formava o topo.

Minha primeira impressão, quando recuperei o fôlego, foi da vista extraordinária da região que tínhamos atravessado. A planície brasileira parecia se espraiar inteira abaixo de nós, estendendo-se adiante até terminar em névoas azuis opacas, para além do horizonte. Em primeiro plano estava o longo declive, polvilhado de pedras e pontuado pelos xaxins; mais além, a meio caminho, olhando por sobre a colina, eu podia ver a massa verde e amarela de bambus que havíamos atravessado; e então, gradualmente, a vegetação aumentava para formar a imensa floresta que se estendia até onde os olhos alcançavam, e por mais uns bons três mil quilômetros.

Eu estava ainda me embebedando desse panorama maravilhoso quando a mão pesada do professor recaiu sobre meu ombro.

— Por aqui, meu jovem amigo - disse ele -, *vestigia nulla retrorsum.*[56] Nunca olhe para trás, mas sempre para nosso objetivo glorioso.

O nível do platô, percebi ao me virar, era exatamente o mesmo em que estávamos, e a margem verdejante de arbustos, com árvores ocasionais, estava tão próxima que era difícil aceitar que continuasse tão inacessível. Numa estimativa feita por alto, o vão que nos separava era de quinze metros, mas não faria diferença se fossem quinze quilômetros. Segurei-me com um braço ao redor do tronco da árvore e me inclinei sobre o abismo. Lá embaixo estavam as figuras escuras de nossos criados, olhando para nós. O paredão que encarava à minha frente era absolutamente íngreme.

— Isso é de fato curioso - disse a voz rouca do professor Summerlee.

Virei-me e descobri que ele examinava com grande interesse a árvore à qual eu me agarrava. Aquela casca macia e aquelas folhas pequenas e elípticas pareciam familiares aos meus olhos.

— Ora - gritei -, é uma faia!

— Exatamente - disse Summerlee. — Uma conterrânea em terras distantes.

— Não apenas uma conterrânea, meu bom senhor - disse Challenger. — Mas também, se me permite alargar seu sorriso, uma aliada de primeira grandeza. A faia será nossa salvadora.

— Meu São Jorge! - gritou lorde John. — Uma ponte!

— Exato, meus amigos, uma ponte! Não foi por nada que fiquei uma hora inteira na noite passada focando minha mente na situação. Lembro de ter dito uma vez, ao nosso jovem amigo ali, que G. E. C. está no seu melhor quando é colocado contra a parede. Na noite passada, vocês admitirão, estávamos todos contra a parede. Mas, quando a força de vontade e o intelecto andam juntos, sempre há uma saída. Precisávamos encontrar algo que nos servisse de ponte, que pudesse se largar sobre o abismo. Contemplem-na!

Era com certeza uma ideia brilhante. A árvore tinha uns bons dezoito metros de altura, e bastava cair do modo certo para cobrir o precipício com facilidade. Challenger havia pendurado a machadinha do acampamento no ombro ao subir. Agora a estendia a mim.

— Nosso jovem amigo tem os músculos e os tendões - disse ele. — Creio que caberá a ele essa tarefa. Devo pedir, contudo, que vocês gentilmente se abstenham de pensar por si próprios e façam exatamente o que lhes for dito.

Com a orientação dele, fui tirando uns talhos de cada lado da árvore, para garantir que cairia como queríamos. Ela já tinha uma forte inclinação natural na direção do platô, então não foi difícil. Por fim, me pus a trabalhar duro no tronco, me revezando com lorde John. Em pouco mais de uma hora, escutou-se um estalo alto, a árvore balançou para a frente e então caiu, enterrando seus galhos nos arbustos do outro lado. O tronco cortado rolou bem para a beira de nossa plataforma, e por um instante terrível pensávamos que estaria perdida. Contudo, equilibrou-se a poucos centímetros da borda, e ali estava nossa ponte para o desconhecido.

Sem dizer uma palavra, todos cumprimentamos o professor Challenger, que em resposta levantou seu chapéu de palha e fez uma mesura para cada um.

— Eu peço a honra - disse ele - de ser o primeiro a cruzar para a terra desconhecida... um tema adequado, sem dúvida, para alguma pintura histórica futura.

Ele já havia se aproximado da ponte quando lorde John pousou a mão sobre seu ombro.

— Meu caro amigo - disse ele. — Isso é algo que não posso permitir.

— Não pode permitir! - a cabeça foi para trás e a barba, para a frente.

— Quando se trata de assuntos científicos, caso não saiba, eu sigo sua liderança, pois o senhor é um homem da ciência. Mas cabe ao senhor me seguir quando entra no meu departamento.

— Seu departamento, senhor?

— Todos temos nossas profissões, e a militança é a minha. E aqui estamos, ao que me parece, prestes a invadir uma nova terra, que pode ou não estar repleta de inimigos de toda espécie. E entrar nela às cegas, por falta de um pouquinho de bom senso e paciência, não é minha ideia de chefia.

A repreensão fora sensata demais para ser desconsiderada. Challenger sacudiu a cabeça e os ombros pesados.

— Bem, senhor, e o que propõe?

— Até onde sei, aqueles arbustos podem muito bem esconder uma tribo de canibais esperando pelo almoço - disse lorde John, olhando para além da ponte. — É melhor ter um pouco de precaução antes de entrar na panela; então nos contentaremos em supor que nenhum perigo nos aguarda, e ao mesmo tempo agiremos como se houvesse. Portanto, Malone e eu vamos descer outra vez e trazer os quatro rifles, junto com Gomez e os outros. Aí um homem poderá fazer a travessia enquanto os demais lhe dão cobertura, até que ele confirme ser seguro para o grupo todo atravessar.

Challenger sentou-se sobre o toco cortado e grunhiu impaciente; mas Summerlee e eu concordávamos que lorde John fosse nosso líder quando detalhes práticos do tipo estivessem em questão. A escalada tornara-se uma tarefa mais simples agora que a corda pendia ao longo da parte mais difícil da subida. Em uma hora, havíamos subido os rifles e a espingarda. Os mestiços também subiram e, por ordem de lorde John, carregaram um fardo com provisões, para o caso de nossa primeira expedição ser longa. Todos nós tínhamos uma bandoleira de munição também.

— Agora, Challenger, se você realmente insiste em ser o primeiro... - disse lorde John, quando todos os preparativos estavam prontos.

— Estou em grande débito com você, por sua graciosa permissão - respondeu, irritado, pois nunca houve homem mais intolerante a qualquer forma de autoridade. — Já que você teve a bondade de permitir, certamente tomarei o papel de pioneiro neste momento.

Sentado sobre o tronco com uma perna pendendo sobre o abismo de cada lado e a machadinha pendurada às costas, Challenger atravessou e logo chegou ao outro lado. Ergueu-se e chacoalhou os braços no ar.

— Enfim! - gritou. — Enfim!

Eu o encarei ansioso, com um vago temor de que um destino terrível pudesse saltar sobre ele da cortina de vegetação logo atrás. Mas estava tudo quieto, salvo por um estranho pássaro multicolorido que voou de perto de seus pés e desapareceu entre as árvores.

Summerlee foi o segundo. A resistência que demonstra sob uma aparência tão frágil é uma coisa maravilhosa. Ele insistiu em levar dois rifles pendurados às costas, para que ambos os professores estivessem armados quando completasse a travessia. Fui o seguinte, e fiz força para não olhar para baixo, para o terrível abismo sobre o qual passava. Summerlee me estendeu a coronha de seu rifle, e no instante seguinte consegui agarrar sua mão. Quanto a lorde John, ele o atravessou de pé – digo, caminhando, sem nenhum apoio! Deve ter nervos de aço.

E lá estávamos, nós quatro, pisando a terra dos sonhos, o mundo perdido de Maple White. Parecia a todos ser nosso momento de supremo triunfo. Quem teria imaginado que seria o prelúdio de nosso supremo desastre? Deixe-me explicar em poucas palavras como o golpe devastador caiu sobre nós.

Havíamos dado as costas para a beirada e penetrado cerca de cinquenta metros na mata fechada, quando por trás de nós veio um estrondo assustador. Num impulso, corremos de volta pelo caminho por onde viéramos. A ponte se fora!

Quando olhei para baixo, para a base do penhasco, vi o volume embolado de tronco e galhos estilhaçados. Era nossa faia. Teria a beirada da plataforma desmoronado, deixando-a cair? Por um momento, essa explicação passou por nossas cabeças. No momento seguinte, do outro lado do pináculo rochoso à frente, um rosto moreno, o rosto do mestiço Gomez, ergueu-se devagar. Sim, era Gomez, mas não mais o Gomez do sorriso humilde e expressão enigmática. Ali estava um rosto de olhos faiscantes e feições distorcidas, o rosto convulso pelo ódio e pelo prazer louco da vingança executada.

— Lorde Roxton! – ele gritou. — Lorde John Roxton!

— Então – disse nosso colega. — Aqui estou.

Uma gargalhada ecoou através do abismo.

— Sim, aí está você, cão inglês, e aí você ficará! Eu esperei e esperei, e agora minha oportunidade surgiu. Você achou difícil subir, pois achará ainda mais difícil descer. Tolos malditos, vocês estão presos, todos vocês!

Estávamos chocados demais para falar. Só conseguíamos ficar parados ali, olhando com assombro. Um grande galho quebrado sobre a grama mostrava como ele fizera a alavanca que usou para derrubar nossa ponte. O rosto desapareceu, mas logo surgiu novamente, ainda mais frenético do que antes.

— Quase matamos você com a pedra nas cavernas - gritou -, mas assim é melhor. Mais devagar e mais terrível. Seus ossos vão embranquecer aí em cima, e ninguém encontrará seus corpos nem virá enterrá-los. E enquanto estiver agonizando, lembre-se de Lopez, que você matou cinco anos atrás, no rio Putumayo. Eu sou o irmão dele e, haja o que houver, morro feliz, pois sua memória foi vingada! - ergueu um punho furioso contra nós, e então ficou tudo em silêncio.

Tivesse o mestiço apenas executado a vingança e fugido, estaria tudo bem com ele. Foi aquele impulso latino tolo e irrefreável de ser dramático que provocou sua queda. Roxton, o homem que fizera por merecer o nome de Flagelo de Deus em três países, não era homem de ser provocado sem consequências. O mestiço descia pelo lado mais distante do pináculo, mas, antes que pudesse chegar ao chão, lorde John correu para a beira do platô e buscou um ponto de onde pudesse ver seu alvo. Houve um único estouro de seu rifle e, embora não tenhamos visto nada, escutamos um grito e depois o baque distante do corpo em queda. Roxton voltou até nós com um rosto de granito.

— Tenho sido tolo e cego - disse, amargo. — Foi minha tolice que trouxe esses apuros a todos. Se tivesse lembrado o quanto essa gente tem boa memória para rixas de sangue, ficaria de guarda.

— E quanto ao outro? Foi preciso dois deles para alavancar aquela árvore para o abismo.

— Eu devia ter atirado nele, mas deixei que escapasse. Ele pode não ter tomado parte nisso. Ou talvez tivesse sido melhor se o matasse também, pois ele deve ter ajudado, como você disse.

Agora que sabíamos de suas ações, cada um de nós conseguia lembrar de algum ato sinistro do mestiço - seu desejo constante de saber nossos planos, o flagrante quando nos escutava do lado de fora da barraca, seus olhares furtivos de ódio que, de vez em quando, algum de nós pegava de surpresa. Ainda estávamos discutindo a questão, empenhados em ajustar nossas mentes às novas condições, quando uma cena singular na planície abaixo capturou nossa atenção.

Um homem de roupa branca, que só podia ser o mestiço sobrevivente, corria como um homem corre quando a Morte dita seu passo. Atrás dele, a apenas alguns metros, seguia a grande figura ebânea de Zambo, nosso dedicado negro. Ainda olhávamos quando ele saltou às costas do fugitivo e agarrou-lhe o pescoço com o braço. Os dois rolaram juntos no chão. No instante seguinte, Zambo se ergueu, olhou para o homem prostrado e então, balançando a mão com alegria para nós, veio correndo em nossa direção. A figura branca permaneceu imóvel no meio da grande planície.

Nossos dois traidores haviam sido eliminados, mas a maldade que fizeram sobreviveria a eles. Não havia meio possível de voltarmos ao pináculo. Fomos nativos do mundo; agora éramos nativos do platô, duas coisas separadas e isoladas uma da outra. Ali estava a planície que levava às canoas. Acolá, além do nebuloso horizonte violeta, o riacho que conduzia de volta à civilização. Mas o elo entre ambos estava perdido. Nenhuma inventividade humana poderia sugerir um meio de cruzar o vazio que se abria entre nós e nossas vidas passadas. Um instante alterara todas as condições de nossa existência.

Foi nesse momento que eu soube de qual material meus três camaradas eram feitos. Eles estavam sérios, é verdade, e pensativos, mas com uma serenidade invencível. Por ora, só podíamos nos sentar entre os arbustos e esperar, pacientes, pela chegada de Zambo. Por fim, seu rosto negro e honesto surgiu sobre as rochas e sua figura hercúlea ergueu-se no topo do pináculo.

— O que faço agora? - gritou. — Me digam que eu faço.

Era uma questão mais fácil de perguntar do que de responder. Só uma coisa estava clara: ele era nosso único elo confiável com o mundo exterior. Não nos deixaria em hipótese alguma.

— Não, não - gritou. — Não vou abandonar vocês. O que quer que aconteça, estarei aqui. Mas não dá para segurar os índios. Já disseram várias vezes, tem curupira vivendo nesse lugar, e vão voltar para casa. Agora que vocês se foram, não consigo segurá-los.

Era fato consumado que nossos índios demonstravam de muitas formas, recentemente, que estavam apreensivos com a viagem e ansiosos para retornar. Concluímos que Zambo falava a verdade, e que teria sido impossível para ele mantê-los.

— Faça com que esperem até amanhã, Zambo - eu gritei. — Assim consigo mandar uma carta de volta junto com eles.

— Muito bem, *mister*! Prometo que eles vão esperar até amanhã - disse o negro. — Mas o que faço por vocês agora?

Havia muita coisa que ele poderia fazer, e admiravelmente o fiel camarada fez. Antes de tudo, sob nossas orientações, desenrolou a corda do tronco e atirou uma ponta na nossa direção. Não era mais grossa que a de um varal de roupas, mas era resistente, e embora não pudéssemos fazer uma ponte com ela, seria de valor inestimável se fosse preciso escalar alguma coisa. Então ele amarrou sua ponta da corda no pacote de mantimentos que fora levado para cima, e conseguimos atravessá-lo até nós. Isso nos daria meios de sobreviver por uma semana pelo menos, mesmo se não encontrássemos mais nada. Por fim ele desceu e subiu de volta trazendo dois outros pacotes de mantimentos sortidos – uma caixa de munição e outras coisas diversas, que conseguimos atravessar atirando a corda para ele e puxando-a de volta. Já anoitecia quando ele enfim desceu, com a confirmação final de que conseguiria manter os índios por lá até a manhã seguinte.

E foi assim que passei quase a totalidade desta primeira noite no platô escrevendo sobre nossas experiências à luz de uma única vela.

Jantamos e acampamos bem na beira do penhasco, saciando nossa sede com duas garrafas de Apollinaris[57] que estavam em uma das caixas. É essencial que encontremos água, mas creio que até mesmo o próprio lorde John já teve aventuras suficientes para um único dia, e nenhum de nós se sente inclinado a dar o primeiro passo para dentro do desconhecido. Evitamos acender uma fogueira ou produzir qualquer som desnecessário.

Amanhã (ou mesmo hoje, pois, enquanto escrevo, já amanhece) faremos nossa primeira entrada nessa terra estranha. Quando terei a chance de escrever novamente – ou se escreverei novamente –, não sei dizer. Enquanto isso, posso ver que os índios continuam em seu lugar, e tenho certeza de que o fiel Zambo estará ali, pronto para pegar minha carta. Só espero que ela chegue ao destino.

P.S.: Quanto mais penso, mais desesperadora nossa situação parece. Não vejo possibilidade alguma de voltarmos. Se houvesse uma árvore alta perto da beira do platô, poderíamos derrubá-la e fazer uma ponte de volta, mas não há nenhuma por cinquenta metros. Nem unindo nossas forças conseguiríamos trazer um tronco que servisse a esse propósito. A corda, claro, é curta demais para descermos por ela. Não, nossa situação é sem esperanças! Sem esperanças!

10.
Aconteceram as coisas mais maravilhosas

Aconteceram conosco as coisas mais maravilhosas, e continuam acontecendo. Todo o papel de que disponho consiste de cinco cadernetas velhas e um monte de folhas avulsas, e tenho somente uma caneta-tinteiro; mas enquanto conseguir mover minha mão, continuarei registrando nossas experiências e impressões, pois, se somos os únicos homens de toda a raça humana a ver essas coisas, é de enorme importância que eu as registre enquanto estão frescas na minha memória, e antes que esse destino que se insinua sobre nós de fato se realize e nos sobrepuje. Se Zambo levará estas cartas pelo rio no final, ou se por algum milagre eu mesmo conseguirei trazê-las de volta, ou, finalmente, caso algum explorador destemido, seguindo nossos passos, talvez com a vantagem de um monoplano aperfeiçoado,[58] venha a encontrar este monte de manuscritos – de qualquer jeito, vejo que tudo que escrevo está destinado a se imortalizar como um verdadeiro clássico da aventura.

Na manhã seguinte, depois de ficarmos ilhados no platô por obra do vilanesco Gomez, começamos uma nova etapa de nossa experiência. E o primeiro incidente não foi do tipo que me fizesse ter uma opinião muito favorável sobre este lugar por onde vagamos. Quando me levantava de uma soneca curta após o dia clarear, meus olhos recaíram sobre uma aparição das mais singulares em minha perna. Minha calça havia levantado um pouco, expondo alguns centímetros de minha pele, acima da meia. Ali repousava uma grande uva roxa.

Espantado com essa visão, me inclinei para tirá-la dali, quando, para meu horror, ela estourou entre meu polegar e o indicador, esguichando sangue por todo lado. Meu grito de nojo atraiu os dois professores para meu lado.

— Muito interessante - disse Summerlee, inclinando-se sobre minha canela. - Um enorme carrapato, que ainda está, creio eu, por ser classificado.

— Os primeiros frutos de nossos trabalhos - disse Challenger, com seu modo pedante e estrondoso. — Não podemos chamá-lo senão de *Ixodes maloni*. A pequena inconveniência de ser mordido, meu jovem amigo, não será, tenho certeza, um contrapeso se comparado ao glorioso privilégio de ter seu nome inscrito nos registros imortais da zoologia. Uma pena que você tenha esmagado esse belo espécime bem no momento da ingurgitação.

— Bicho imundo! - exclamei.

O professor Challenger ergueu as grandes sobrancelhas em protesto e colocou uma mão tranquilizadora em meu ombro.

— Você deveria cultivar um olho científico e o desapego da mente científica - disse ele. — Para um homem de temperamento filosófico como eu, o carrapato, com probóscide em forma de bisturi e estômago dilatável, é um trabalho da natureza tão belo quanto o pavão ou, no caso, a aurora boreal. Me dói ouvi-lo falar dele de modo tão depreciativo. Não tenho dúvida de que, com o devido esforço, conseguiremos outro espécime.

— Quanto a isso não há dúvida - disse Summerlee, soturno. - Pois um deles acaba de desaparecer dentro do seu colarinho.

Challenger saltou no ar urrando feito um touro, rasgando freneticamente o casaco e a camisa para arrancá-los. Summerlee e eu ríamos tanto que mal podíamos ajudá-lo. Por fim, expusemos aquele torso monstruoso (cento e quarenta centímetros, pela fita métrica). Seu corpo era todo coberto de pelos pretos, uma selva da qual pinçamos o carrapato errante antes que o mordesse. Mas os arbustos ao redor estavam repletos dessa praga horrível, e estava bastante claro que deveríamos levantar acampamento.

Antes de tudo, porém, era necessário fazer nossas combinações com o fiel negro, que prontamente apareceu no pináculo com uma boa quantidade de latas de cacau e biscoitos, que arremessou na nossa direção. Do estoque que permaneceu embaixo, foi-lhe ordenado que guardasse o suficiente para mantê-lo por dois meses. Os índios deveriam ficar com o restante, como recompensa por seus serviços e como pagamento por levarem nossas cartas de volta ao Amazonas. Algumas horas mais tarde nós os vimos ao longe na planície, em fila única, cada um com um fardo sobre a cabeça, fazendo o caminho de volta pela trilha por onde viemos. Zambo ocupou a pequena barraca na base do pináculo e lá permaneceu, nosso único elo com o mundo exterior.

Agora, precisávamos decidir os próximos passos. Mudamos de posição; saímos dos arbustos infestados de carrapatos para uma pequena clareira, densamente rodeada de árvores por todos os lados. No centro havia algumas rochas achatadas, perto de uma excelente fonte de água, e ali sentamos num conforto límpido enquanto fazíamos os primeiros planos para invadir essa nova terra. Pássaros piavam por entre a vegetação – um deles, em especial, com um grito peculiar que era novo para nós –, mas para além desses sons não havia sinais de vida.

A primeira precaução foi fazer uma lista de nossas próprias reservas, de modo que soubéssemos com o que podíamos contar. Com as coisas que nós trouxéramos e aquelas que Zambo nos passou pela corda, estávamos razoavelmente bem supridos. Mas o mais importante era que, em face dos perigos que podiam vir a nos cercar, tínhamos quatro rifles e mil e trezentos cartuchos, além da espingarda, mas não mais do que cento e cinquenta balas de revólver. Em termos de provisões, tínhamos o suficiente para várias semanas, além de bastante tabaco e alguns equipamentos científicos, incluindo um grande telescópio e bons binóculos. Reunimos essas coisas todas na clareira, e, como primeira precaução, cortamos com facas e machadinhas uma quantidade de espinheiros, que agrupamos em um círculo de quinze metros de diâmetro. Este seria o nosso quartel-general por enquanto - nosso refúgio contra perigos súbitos e depósito de provisões. Forte Challenger, foi como o chamamos.

Era já meio-dia quando nos colocamos em segurança, mas o calor não era opressivo, e o aspecto geral do platô, tanto em temperatura quanto em vegetação, era quase temperado. Podiam ser encontradas faias, carvalhos e mesmo bétulas entre o emaranhado de árvores que nos rodeavam. Uma enorme árvore de ginkgo biloba, elevando-se acima das demais, cobria o forte que construímos com seus grandes galhos e folhas. Continuamos a discussão à sua sombra, quando lorde John, que havia rapidamente assumido o comando no momento da ação, nos deu suas opiniões.

— Enquanto não formos vistos ou ouvidos por nenhum homem ou fera, estaremos seguros - disse ele. — No momento em que souberem que estamos aqui, nossos problemas começam. Não há sinal de que já tenham nos notado. Então o jogo certamente é nos escondermos por um tempo e espiar a região. É bom dar uma boa olhada em nossos vizinhos antes de sair fazendo visitas.

— Mas precisamos avançar - me arrisquei a dizer.

— É claro, meu rapaz! Nós vamos avançar. Mas com bom senso. Não devemos nunca ir a uma distância que não nos permita voltar à base. Acima de tudo, não devemos nunca, exceto em caso de vida ou morte, disparar nossas armas.

— Mas *você* disparou ontem - disse Summerlee.

— Bem, não pude evitar. Contudo, o vento estava forte e soprando na direção contrária. É pouco provável que o som tenha viajado muito para dentro do platô. A propósito, como devemos chamar este lugar? Suponho que caiba a nós dar-lhe um nome.

Houve várias sugestões, mais ou menos felizes, mas Challenger teve a palavra final.

— Só posso pensar num nome - disse ele. — Vamos chamá-lo pelo nome do pioneiro que o descobriu. É a Terra de Maple White.

E a Terra de Maple White foi nomeada assim no mapa que se tornara minha tarefa especial. Será assim, confio, que aparecerá num futuro atlas.

Penetrar pacificamente a Terra de Maple White era, para nós, a questão que urgia. Vimos com nossos próprios olhos evidências de que o lugar era habitado por criaturas desconhecidas, e havia a caderneta de Maple White para mostrar que monstros mais pavorosos e perigosos ainda podiam aparecer. O esqueleto empalado nos bambus - que não poderia ter ido parar lá se não tivesse sido jogado do alto - sugerira que também podia haver habitantes humanos, e de natureza malévola. Ilhados sem possibilidade de fuga nesta terra, nossa situação era claramente cheia de perigos, e nossa razão endossava qualquer medida de cautela que a experiência de lorde John pudesse sugerir. Ainda assim, certamente seria impossível ficarmos parados à beira desse mundo de mistério, quando nossas próprias almas agitavam-se impacientes para seguir adiante e descobrir seu âmago.

Bloqueamos então a entrada de nossa zareba,[59] usando vários arbustos de espinheiros para fechá-la, e deixamos o acampamento com os mantimentos rodeados por essa cerca protetora. Depois, devagar e com cautela, avançamos pelo desconhecido, seguindo o curso do pequeno córrego que vinha da nossa fonte, pois ele sempre poderia servir como guia para nosso retorno.

Mal tínhamos começado e topamos com sinais de que realmente havia maravilhas esperando por nós. Após algumas centenas de metros de floresta densa – contendo muitas árvores um tanto desconhecidas para mim, mas que Summerlee, o botânico do grupo, reconheceu como formas de coníferas e plantas cicadáceas há muito extintas no mundo abaixo –, entramos em uma região onde o córrego se alargava e formava um pântano considerável. Caniços altos de um tipo peculiar – chamados equissetáceas, ou cavalinhas – cresciam densos à nossa frente, com samambaias arbóreas espalhadas entre eles, todos balançando ao vento intenso. De súbito lorde John, que caminhava à frente, parou com a mão erguida.

— Vejam só isso! Meu São Jorge, deve ser a pegada do pai de todos os pássaros!

Uma enorme pegada com três dedos estava impressa na lama macia à nossa frente. A criatura, fosse lá o que fosse, havia cruzado o pântano e seguido para dentro da floresta. Todos paramos para examinar a marca monstruosa. Se de fato fosse um pássaro – e que animal poderia deixar uma pegada daquelas? –, tinha a pata maior que a de um avestruz, e, por essa escala, sua altura deveria ser enorme. Lorde John olhou ansioso ao redor e deslizou dois cartuchos para dentro do rifle.

— Aposto meu bom nome como *shikari*[60] – disse ele – que é uma pegada recente. A criatura não passou por aqui há mais que dez minutos. Vejam como a água ainda escorre para dentro dessa marca profunda! Por Júpiter! Olhem, aqui está a pegada de um pequeno!

Com certeza, marcas menores, com a mesma forma, corriam em paralelo com as grandes.

— Mas o que você conclui disso? – clamou o professor Summerlee, triunfante, apontando para o que parecia ser a enorme marca de uma mão humana, com cinco dedos, entre as marcas com três.

— Wealden! - gritou Challenger em êxtase. — Eu os vi nas placas de Wealden. É uma criatura que caminha ereta sobre pés de três dedos, e de vez em quando coloca uma de suas patas dianteiras de cinco dedos no chão. Não é um pássaro, meu caro Roxton... não é um pássaro.

— Uma fera?

— Não. É um réptil... um dinossauro. Nada mais poderia ter deixado uma pegada assim. Eles desconcertaram um nobre médico em Sussex há noventa anos;[61] mas quem no mundo poderia manter a esperança... esperança... de ter uma visão como essa?

Suas palavras morreram num sussurro, e ali ficamos todos em um deslumbramento imóvel. Seguindo as marcas, saímos do pântano e passamos por uma cortina de mato e árvores. Mais adiante, havia uma clareira, e, nela, cinco das mais extraordinárias criaturas que já vi. Agachamo-nos entre os arbustos para observá-las à vontade.

Eles eram cinco, como eu disse, dois adultos e três jovens. De tamanho, eram enormes. Mesmo os bebês pareciam elefantes, enquanto os dois maiores suplantavam qualquer criatura que eu já tivesse visto. Tinham a pele cor de ardósia, escamosa como a de um lagarto, cintilando onde o sol batia.[62] Todos estavam sentados, equilibrando-se sobre a cauda larga e poderosa e as enormes patas traseiras de três dedos, enquanto puxavam para si os galhos que queriam com as patas dianteiras, de cinco dedos. Pareciam cangurus monstruosos,[63] com seis metros de comprimento e pele de jacaré-negro; não tenho ideia de uma comparação melhor para fazer.

Não sei quanto tempo ficamos imóveis, de olho naquele espetáculo maravilhoso. Um vento forte soprava na direção contrária e estávamos bem escondidos, então não havia chance de sermos descobertos. De tempos em tempos, os menorzinhos brincavam ao redor dos pais dando pulinhos desajeitados, os grandes corpos saltando no ar e caindo com baques surdos contra o chão. A força dos pais parecia não ter limites, pois um deles, com dificuldade de alcançar um galho folhoso que crescia numa árvore de altura considerável, pôs as patas dianteiras ao redor do tronco e o derrubou como se fosse uma muda. A ação serviu, creio eu, para mostrar não apenas como seus músculos eram bem desenvolvidos, mas também como seu cérebro era pequeno, já que a árvore caiu sobre sua cabeça, provocando uma série de ganidos e provando que, por maior que ele fosse, havia um limite para o que conseguia suportar. Aparentemente, o incidente o fez pensar que a vizinhança pudesse ser perigosa, pois foi lentamente se recolhendo para fora da floresta, seguido por seu companheiro e os três enormes filhotes.[64] Vimos o brilho cinzento de sua pele entrando pelo arvoredo, e as cabeças ondulando bem acima do matagal. Depois, sumiram de vista.

Olhei para meus colegas. Lorde John observava de pé, com o dedo no gatilho do rifle, sua alma ávida de caçador brilhando nos olhos ferozes. O que ele não teria dado para pendurar uma cabeça daquelas entre os remos cruzados sobre a lareira em seu retiro no Albany! Ainda assim, seu bom senso o contivera, pois toda a exploração das maravilhas dessa terra desconhecida depende de a nossa presença permanecer oculta de seus habitantes. Os dois professores se mantinham num êxtase silencioso. Em sua empolgação, haviam inconscientemente segurado um ao outro pela mão, e estavam como dois garotinhos diante de uma maravilha; as bochechas de Challenger comprimidas num sorriso angélico, e o rosto sarcástico de Summerlee por um momento suavizado pelo deslumbre e pela reverência.

— *Nunc dimittis!*[65] - enfim gritou. — O que dirão disso na Inglaterra?

— Meu caro Summerlee, vou lhe dizer com muita confiança exatamente o que dirão disso na Inglaterra - falou Challenger.

— Dirão que você é um mentiroso dos infernos e um charlatão da ciência, exatamente como você e os outros disseram de mim.

— Mesmo com fotografias?

— Falsificações, Summerlee! Falsificações grosseiras!

— Mesmo com um espécime?

— Ah, aí talvez possamos convencê-los! Malone e sua escória da rua Fleet já podem cantar nossas glórias. Vinte e oito de agosto... o dia em que vimos cinco iguanodontes numa clareira da Terra de Maple White. Escreva isso no seu diário, meu jovem amigo, e mande para o seu tabloide.

— E se prepare para receber de troco um pé editorial no seu traseiro - disse lorde John. — As coisas são vistas de uma forma um pouco diferente na latitude de Londres, meu-jovem-bom-rapaz. Muitos homens jamais contam suas histórias, pois não esperam que acreditem neles. Quem pode culpá-los? Para nós mesmos, tudo isso parecerá um sonho em um mês ou dois. *O que* você disse que eram?

— Iguanodontes - respondeu Summerlee. — Dá para encontrar suas pegadas por toda a areia de Hastings, em Kent e em Sussex. O sul da Inglaterra era repleto deles quando havia vegetação úmida o suficiente para mantê-los. O clima mudou, e as criaturas morreram. Aqui parece que o clima não mudou, e as criaturas sobreviveram.

— Se conseguirmos sair desta com vida, tenho que levar uma cabeça comigo - disse lorde John. — Meu Deus, aquele pessoal da Somalilândia e de Uganda ficaria verde se visse isso! Não sei o que vocês acham, mas me ocorre que estamos andando sobre gelo fino o tempo todo.

Eu tinha a mesma sensação de mistério e perigo ao nosso redor. Nas sombras entre as árvores parecia haver uma constante ameaça, e ao olhar para as copas sombreadas um vago terror rastejava no meu coração. É verdade que as criaturas monstruosas que havíamos visto eram brutamontes desajeitados e inofensivos, e era pouco provável que ferissem alguém, mas quais outros sobreviventes poderiam viver neste mundo de maravilhas... que horrores ferozes e vigorosos estariam prontos para saltar sobre nós de seus esconderijos entre rochas e matagais? Eu sabia pouca coisa da vida pré-histórica, mas tinha a clara lembrança de um livro que lera sobre criaturas que teriam feito com nossos tigres e leões o que um gato faz aos camundongos. E se também pudesse haver coisas assim nas brenhas da Terra de Maple White?

Estávamos destinados a descobrir, naquela mesma manhã – nossa primeira na nova terra –, quais eram os estranhos perigos que espreitavam ao nosso redor. Foi uma aventura repulsiva, que detesto lembrar. Se, como disse lorde John, a clareira dos iguanodontes permanecerá conosco como um sonho, então certamente o pântano dos pterodáctilos será para sempre nosso pesadelo. Deixe-me contar exatamente o que aconteceu.

Atravessamos a floresta muito lentamente, em parte porque lorde Roxton agia como batedor antes de nos deixar avançar, e em parte porque a cada dois passos um de nossos professores caía, com um grito de assombro, diante de uma flor ou de um inseto que os presenteava com uma nova espécie. Viajamos por quatro ou cinco quilômetros, se tanto, nos mantendo à direita do fluxo do córrego, quando fomos dar numa abertura considerável entre as árvores. Um cinturão de mato levava a um emaranhado de rochas – o platô inteiro era polvilhado de pedregulhos. Caminhávamos devagar na direção dessas rochas, entre moitas que chegavam à altura de nosso peito, quando percebemos o som estranhamente grave de chilreios e assovios, que preenchiam o ar com uma algazarra constante e pareciam vir de algum lugar imediatamente à nossa frente. Lorde John ergueu a mão em um sinal para que parássemos e seguiu seu caminho com agilidade, curvando-se e correndo até a linha das rochas.

Nós o vimos espiar por sobre elas e fazer um gesto de espanto. Então ele ficou encarando alguma coisa como se houvesse esquecido de nós, tão arrebatado estava pelo que via. Finalmente, fez sinal para que nos aproximássemos, mantendo a mão erguida para pedir cautela. Toda a sua postura me fazia sentir que algo maravilhoso, porém perigoso, estava logo à frente.

Rastejamos até o seu lado e olhamos por cima das rochas. O lugar que observávamos era um poço, e pode ter sido, em seus primórdios, um dos buracos abertos pela explosão vulcânica no platô. Era de formato bojudo e, no fundo, a uns cem metros de onde estávamos, havia piscinas de águas paradas, esverdeadas pelos liquens e franjadas de junco. Era um lugar esquisito por si só, mas seus ocupantes faziam com que parecesse uma cena dos sete círculos de Dante. O lugar abrigava uma colônia de pterodáctilos. Centenas deles se congregavam ao alcance de nossos olhos. A área rasa ao redor da margem estava inteira dominada pelos filhotes, todos com suas mães horrorosas chocando ovos amarelos e coriáceos. Dessa massa viva obscena e reptiliana, com asas batendo e rastejando, vinham clamores chocantes que preenchiam o ar, e um horrível e mefítico cheiro de mofo que nos deixou enojados. Logo acima, porém, empoleirados cada qual em sua própria pedra, altos, cinzentos e murchos, mais parecendo espécimes mortos e ressecados do que criaturas vivas, sentavam-se os machos horríveis, absolutamente imóveis, salvo pelo rolar dos olhos ou um estalar ocasional dos bicos, que se fechavam como ratoeiras quando uma libélula passava. As asas enormes e membranosas fechavam-se ao dobrar de seus antebraços, de modo que se sentavam como grandes velhas enroladas em hediondos xales cinzentos, a cabeça feroz se projetando para cima. Grandes e pequenas, não menos que milhares dessas criaturas imundas repousavam na cratera à nossa frente.

Nossos professores com muito gosto ficariam ali o dia todo, de tão encantados que estavam com essa oportunidade de estudar a vida de uma era pré-histórica. Eles indicaram os peixes e pássaros mortos que jaziam entre as rochas como prova do tipo de alimentação dessas criaturas, e os escutei cumprimentando-se um ao outro por terem esclarecido por que se encontravam tantos ossos desses dragões alados em certas áreas bem definidas, como na formação de Cambridge Greensand, observando que, como os pinguins, eles levavam uma vida gregária.

Contudo, por fim Challenger, virando-se para provar algum ponto que Summerlee havia contestado, levantou a cabeça acima da rocha e quase trouxe a destruição para todos nós. Em instantes, o macho mais próximo assoviou um guincho agudo, batendo os seis metros de envergadura de suas asas de couro e elevando-se no ar. As fêmeas e os pequenos amontoaram-se todos perto da água, enquanto o círculo inteiro de sentinelas alçava voo, uma atrás da outra, rumo ao céu. Era um espetáculo maravilhoso ver uma centena de criaturas tão grandes e de aparência tão pavorosa dardejarem todas sobre nós, como andorinhas, com um bater de asas certeiro e cortante, mas logo percebemos que não poderíamos nos demorar ali. Os grandes animais começaram a voar em círculos num imenso anel, como se para se certificar da exata extensão que o perigo poderia ter. Então o voo foi baixando e o círculo se estreitando, até que estavam zunindo ao nosso redor; o ruído seco do bater de suas enormes asas cor de ardósia preenchendo o ar com uma barulheira que me fez pensar no aeródromo de Hendon em dia de corrida.

— Corram para a floresta e fiquem juntos – gritou lorde John, dando bordoadas com o rifle. — Esses brutos não estão para brincadeira!

No momento em que tentamos fugir, o círculo se fechou sobre nós, até que as pontas das asas dos mais próximos quase tocassem nosso rosto. Batíamos neles com a coronha das armas,

mas não havia parte sólida ou vulnerável para atingir. Então, de repente, daquele círculo sussurrante e prateado, despontou um pescoço comprido, e um bico afiado veio em nossa direção. Foi seguido por outro e mais outro. Summerlee soltou um grito e pôs a mão no rosto, de onde escorria sangue. Senti uma pontada na minha nuca e fiquei tonto com o choque. Challenger caiu, e, quando parei para ajudá-lo a levantar, fui atingido por trás outra vez e caí por cima dele. No mesmo instante escutei o barulho do rifle de caça de lorde John e, ao olhar para trás, vi uma das criaturas com uma asa quebrada se debatendo no chão, cuspindo e gorgolejando sangue com o bico aberto, revirando os olhos injetados, feito um demônio numa pintura medieval. Com o som súbito do tiro, seus colegas elevaram-se, e agora circulavam acima de nossas cabeças.

— Agora – gritou lorde John –, corram por sua vida!

Atabalhoados, corremos pelo matagal, e, ao alcançar as árvores, as harpias caíram sobre nós outra vez. Summerlee foi derrubado, mas o levantamos e corremos entre os troncos. Uma vez ali, estávamos a salvo, pois aquelas asas enormes não passavam pelo espaço entre os galhos. Enquanto mancávamos de volta, frustrados e feridos, por muito tempo podíamos vê-los contra o profundo céu azul, voando sobre nós em círculos à grande altura, agora não parecendo maiores do que pombos, seus olhos sem dúvida ainda acompanhando nosso progresso. Por fim, quando alcançamos a floresta mais densa, eles desistiram da perseguição e não os vimos mais.

— Uma experiência das mais interessantes e convincentes – disse Challenger, quando paramos ao lado do riacho para que lavasse seu joelho machucado. — Ficamos excepcionalmente bem informados, Summerlee, sobre os hábitos de um pterodáctilo irado.

Summerlee limpava o sangue de um corte na testa, enquanto eu estancava um ferimento feio no músculo do pescoço. O ombro do casaco de lorde John estava cortado, mas os dentes da criatura haviam apenas arranhado sua carne.

— É digno de nota - continuou Challenger - que nosso jovem amigo aqui tenha recebido uma bela estocada, enquanto a casaca de lorde John só pode ter sido rasgada por uma mordida. Em meu próprio caso, fui golpeado na testa por uma asa, de modo que tivemos uma demonstração admirável de diversos modos de ataque.

— Foi uma corrida por nossas vidas - disse lorde John, sério -, e não consigo pensar num tipo de morte mais podre do que ser sobrepujado por uma praga imunda dessas. Lamento ter disparado meu rifle mas, por Júpiter! Não tinha muita escolha.

— Não estaríamos aqui se você não tivesse atirado - eu disse, convicto.

— Não deve nos prejudicar em nada - disse ele. — Nesta mata deve haver muitos barulhos altos, de árvores quebrando ou caindo, que soariam iguais ao disparo de uma arma. Mas agora, se querem minha opinião, já tivemos emoções suficientes por um dia, e é melhor voltarmos para pegar um pouco de desinfetante na caixa de primeiros-socorros do acampamento. Quem sabe que tipo de veneno essas feras podem ter naquelas mandíbulas horríveis?

Mas com certeza homem algum jamais teve um dia como aquele, desde o início dos tempos. Algumas surpresas fresquinhas nos aguardavam. Quando, ao seguir o curso do córrego, enfim chegamos à clareira e avistamos a cerca de espinhos de nosso acampamento, pensamos que a aventura havia terminado. Mas ainda teríamos que matutar sobre um ocorrido antes que pudéssemos descansar. O portão do Forte Challenger se mantinha intocado, as paredes estavam intactas, mas ainda assim havíamos sido visitados em nossa ausência por alguma criatura estranha e poderosa. Não havia nenhuma pegada que revelasse traços de sua natureza, apenas o galho curvado da enorme árvore de ginkgo sugeria a forma como poderia ter entrado e saído; mas havia ampla evidência de sua força malevolente no estado de nossas provisões. Estavam espalhadas pelo chão inteiro, e uma lata de carne havia sido estilhaçada e esvaziada de seu conteúdo. Uma caixa de munição fora reduzida a lascas, e uma das cápsulas de metal jazia retalhada ao lado. Outra vez a sensação de um vago horror recaiu sobre nossas almas, e olhamos assustados ao redor, para as sombras escuras que nos circundavam, onde alguma forma terrível poderia se esconder. Como foi bom escutar a voz de Zambo nos saudando! Fomos até a beira do abismo e o vimos sentado, sorrindo para nós no topo do pináculo oposto.

— Tudo certo, Mr. Challenger, tudo certo! - ele gritou. — Vou ficar aqui. Sem medo. Vocês sempre me encontrarão quando precisarem.

Seu rosto negro e honesto, e a imensa paisagem à nossa frente, que nos transportava de volta a meio caminho do afluente do Amazonas, nos ajudaram a lembrar que estávamos realmente sobre a Terra no século XX, e que não havíamos sido transportados por alguma mágica para um planeta primitivo em estado original e selvagem. Como era difícil conceber que a linha violeta no horizonte avançava sobre o grande rio, onde navios a vapor deslizavam, e as pessoas conversavam sobre os assuntos comezinhos da vida, enquanto nós, ilhados entre criaturas de eras passadas, nada podíamos fazer senão olhar em sua direção e ansiar por tudo o que ela significava!

Mais uma memória deste dia maravilhoso permanece comigo, e encerrarei esta carta com ela. Os dois professores, com seus temperamentos sem dúvida piorados pelas feridas, discordavam quanto a nossos agressores serem do gênero pterodáctilo ou dimorfodonte,[66] e palavras fortes foram proferidas. Para evitar suas altercações eu me afastei um pouco, e estava sentado fumando sobre o tronco de uma árvore caída, quando lorde John veio na minha direção.

— Olha só, Malone – disse ele –, você lembra daquele lugar onde as feras estavam?

— Com muita clareza.

— Um tipo de cratera vulcânica, não era?

— Exatamente.

— Você notou o solo?

— Pedras.

— Mas, circundando a água... onde havia os juncos?

— Era um solo azulado. Parecia argila.

— Exato. Uma cratera vulcânica, cheia de argila azul.

— E o que tem isso? – perguntei.

— Ah, nada, nada – disse ele, e caminhou de volta para onde as vozes dos briguentos homens de ciência se elevavam num dueto prolongado, a nota alta e estridente de Summerlee subindo e descendo ao sonoro contrabaixo de Challenger. Eu não teria mais pensado na observação de lorde John não fosse por tê-lo escutado murmurando consigo mesmo, naquela noite: "Argila azul... argila numa cratera vulcânica!". Foram as últimas palavras que ouvi antes de mergulhar num sono exausto.

11.
Minha vez de ser o herói

Lorde John Roxton estava certo quando cogitou que poderia haver uma característica particularmente tóxica na mordida das horríveis criaturas que nos atacaram. Na manhã seguinte à primeira aventura no platô, tanto eu quanto Summerlee tivemos muita dor e febre, enquanto o joelho de Challenger ficara tão inchado que ele mal conseguia mancar. Ficamos no acampamento o dia todo, e lorde John assumiu para si a tarefa, com a ajuda que conseguíamos dar, de aumentar a altura e a espessura da muralha de espinheiros, nossa única defesa. Lembro que, durante todo o dia, fui assombrado pela sensação de ser observado de perto, ainda que não soubesse dizer por quem ou como.

A impressão era tão forte que falei dela ao professor Challenger, que a considerou uma excitação cerebral provocada pela febre. Várias vezes olhei discretamente ao redor, com a convicção de que estava prestes a ver algo, apenas para dar com o emaranhado sombrio da cerca ou a sombra cavernosa e solene da grande árvore curvada sobre nossas cabeças. E, ainda assim, crescia cada vez mais forte em minha mente o sentimento de que algo de malévolo estava muito próximo. Lembrei da superstição indígena do curupira – o maligno e sorrateiro espírito das florestas –, e poderia imaginar que sua presença terrível assombrava os que invadiam seu retiro mais sagrado e remoto.

Naquela noite (nossa terceira na Terra de Maple White) tivemos uma experiência que deixou uma impressão temerosa em nossa mente e nos fez agradecer a lorde John por ter se empenhado tanto em tornar nosso retiro impenetrável. Dormíamos todos ao redor das brasas da fogueira, quando fomos despertados – ou, devo dizer, arrancados do sono – por uma sucessão dos guinchos e gritos mais pavorosos que já escutei. Não conheço nenhum som com o qual pudesse comparar esse rumor impressionante, que parecia vir de algum ponto a uma centena de metros do acampamento. Era de estourar os tímpanos, como o apito de uma locomotiva; mas enquanto o apito é um som mecânico, limpo e cortante, este era mais profundo em volume e vibrava no timbre mais extremo de agonia e horror. Cobrimos as orelhas com as mãos para tapar aquele chamado de abalar os nervos. Comecei a suar frio, e meu coração padecia com o desespero daquilo. Todos os sofrimentos de uma vida torturada, todas as estupendas acusações celestiais, inúmeros pesares, pareciam se centrar e se condensar naquele único grito agonizante e medonho. E então, por baixo desse som estridente e ressonante, surgiu outro, mais intermitente, como uma gargalhada baixa e cavernosa, um gorgolejo festivo, rosnado e gutural que formava um acompanhamento grotesco para o grito com o qual se mesclava. Por três ou quatro minutos intermináveis, o dueto assustador continuou, enquanto toda a vegetação se agitava com a movimentação de pássaros assustados. E de repente parou, tão subitamente quanto começara. Por um longo tempo ficamos sentados num silêncio horrorizado. Então lorde John jogou um punhado de gravetos sobre o fogo, cujo brilho rubro iluminou as faces intensas de meus companheiros e bruxuleou sobre os grandes galhos acima de nós.

— O que foi isso? – sussurrei.

— Vamos saber pela manhã – disse lorde John. — Era perto... na altura do pântano.

— Tivemos o privilégio de escutar alguma tragédia pré-histórica, o tipo de drama que ocorria entre os juncos nas margens de alguma lagoa jurássica, quando o dragão maior pegava o menor em meio à lama – disse Challenger, com mais solenidade do que jamais ouvi em sua voz. — Foi com certeza benéfico ao homem que tenha chegado mais tarde na ordem da criação. Havia forças espalhadas nestes primeiros tempos que nenhuma técnica ou coragem poderiam enfrentar. O que uma lança, funda ou arco poderiam contra forças como essas que se soltaram nesta noite? Mesmo com um rifle moderno, todas as probabilidades estão com o monstro.

— Acho que eu apostaria mais no meu amiguinho aqui - disse lorde John, acariciando seu rifle expresso. — Mas a fera certamente teria uma boa chance.

Summerlee ergueu a mão.

— Silêncio - clamou. — Será que ouvi algo?

Do silêncio que se fez emergiu então uma batida regular e profunda. Eram os passos de algum animal - o ritmo de patas macias, porém pesadas, pisando o chão com cautela. Espreitou lentamente ao redor do acampamento, e então parou próximo ao nosso portão. Houve um sibilar lento, subindo e descendo - a respiração da criatura. Apenas nossa frágil cerca nos separava desse horror noturno. Cada um buscou seu rifle, e lorde John puxou um pequeno arbusto e abriu uma fresta na cerca.

— Meu São Jorge! - sussurrou. — Acho que consigo vê-lo!

Eu me inclinei e lancei um olhar por cima de seu ombro através da fresta. Sim, eu também conseguia ver. Sob a sombra escura da árvore havia uma sombra ainda mais escura, negra, rudimentar, vaga - uma forma rastejante, cheia de vigor e ameaça selvagens. Não era mais alto que um cavalo, mas o contorno obscuro sugeria força e porte imensos. O silvo ofegante, regular e volumoso como o exaustor de uma máquina, sugeria um organismo monstruoso. Quando fez um movimento, pensei ter visto o brilho de um terrível par de olhos verdes. Houve um sussurro inquieto, como se ele rastejasse devagar para a frente.

— Acho que vai dar o bote! - falei, engatilhando meu rifle.

— Não atire! Não atire! - murmurou lorde John. — O barulho de uma arma no silêncio da noite vai ser ouvido por quilômetros. Guarde como último recurso.

— Se passar pela cerca estamos fritos - disse Summerlee, e sua voz explodiu num riso nervoso enquanto falava.

— Não, não vai passar - disse lorde John. — Segurem até o último instante. Talvez eu consiga dar um jeito nesse camarada. Pelo menos vou tentar.

Foi um ato de coragem como nunca vi um homem realizar. Ele se inclinou sobre a fogueira, pegou um galho em chamas e, no instante seguinte, passou pela abertura que fez na cerca. A coisa se moveu para a frente com um rosnado terrível. Sem hesitar, lorde John correu na sua direção com passos leves e ágeis e atirou o galho em chamas contra o rosto do animal. Por um momento tive a visão de uma máscara horrível, como a de um sapo gigante, com uma pele áspera e leprosa, a boca frouxa e empapada de sangue fresco. No momento seguinte, escutou-se um baque no matagal, e nosso visitante sinistro havia ido embora.

— Imaginei que ele não fosse encarar o fogo - disse lorde John, rindo, ao retornar e atirar o galho entre as achas da fogueira.

— Você não devia ter corrido esse risco - dissemos.

— Não havia mais nada a fazer. Se ele se metesse entre nós, iríamos atirar uns nos outros tentando derrubá-lo. Por outro lado, se tivéssemos disparado por cima da cerca, ferindo-o, ele logo cairia em cima de nós... e não desistiria tão fácil. No geral, creio que nos saímos muito bem. Mas o que era aquilo?

Nossos sábios se entreolharam com alguma hesitação.

— Quanto a mim, sou incapaz de classificar a criatura com alguma segurança - disse Summerlee, acendendo o cachimbo na fogueira.

— Ao recusar se comprometer você demonstra nada menos que a devida prudência científica - disse Challenger com sólida condescendência. — Eu mesmo não estou preparado para ir mais longe do que afirmar, em termos gerais, que nós certamente quase estivemos em contato esta noite com alguma espécie de dinossauro carnívoro. Eu já havia expressado minha expectativa de que algo desse tipo pudesse existir no platô.

— Precisamos ter em mente – pontuou Summerlee – que há muitas formas de vida pré-históricas que nunca apareceram para nós. Seria precipitado supor que poderemos nomear tudo o que viermos a encontrar.

— Exatamente. Uma classificação aproximada é o melhor que podemos tentar. Amanhã algumas evidências adicionais podem nos ajudar em uma identificação. Enquanto isso, podemos retomar nosso sono interrompido, simplesmente.

— Mas não sem uma sentinela – disse lorde John, decidido. — Não podemos nos dar ao luxo de correr riscos numa terra como esta. Turnos de duas horas para cada um de nós.

— Então vou terminar meu cachimbo com o primeiro turno – disse o professor Summerlee, e desde então nunca mais nos arriscamos a ficar sem um vigia.

Pela manhã, não levou muito tempo até que descobríssemos a fonte da horrível agitação que nos acordara à noite. A clareira dos iguanodontes havia sido o cenário de uma matança horrível. Pelas poças de sangue e enormes nacos de carne espalhados por todo lado sobre a relva verde, a princípio imaginamos que um grande número de animais havia sido morto, mas, ao examinar os vestígios mais de perto, descobrimos que a carnificina toda envolvia apenas um dos monstros desajeitados, que fora literalmente rasgado em pedaços por uma criatura não maior do que ele, mas talvez mais feroz.

Nossa dupla de professores se deixou absorver em argumentações, examinando pedaço por pedaço, e em cada um encontravam marcas de dentes selváticos e garras enormes.

— Nossas conclusões devem se manter em aberto – disse o professor Challenger com um grande naco de carne esbranquiçada sobre o joelho. — Os indícios são consistentes com a presença de um tigre-dentes-de-sabre, como os que ainda se encontram nas rochas de nossas cavernas, mas a criatura avistada era sem dúvida maior e de aspecto mais reptiliano. Na minha opinião, eu o declararia um alossauro.[67]

— Ou um megalossauro[68] - disse Summerlee.

— Exato. Qualquer um dos grandes dinossauros carnívoros preencheria os requisitos.[69] Entre eles se encontram todos os mais terríveis tipos de vida animal que já amaldiçoaram a Terra ou abençoaram um museu - ele gargalhou alto da própria ideia; ainda que tivesse pouco senso de humor, qualquer piada tosca que saísse de seus lábios o levava a dar rugidos de satisfação.

— Quanto menos barulho melhor - disse lorde Roxton, seco. — Não sabemos quem ou o que pode estar por perto. Se esse camarada voltar para o café da manhã e nos pegar aqui, não vai ser muito engraçado. A propósito, o que é essa marca na perna do iguanodonte?

Sobre a pele opaca, escamosa e cor de ardósia, em algum ponto da espádua, havia um círculo negro peculiar, feito com uma substância que parecia betume. Ninguém sabia dizer o que significava, embora Summerlee fosse da opinião de que havia visto algo similar em um dos filhotes dois dias antes. Challenger não disse nada, mas assumiu uma postura pomposa e cheia de si, de quem diria algo se alguém lhe perguntasse, o que lorde John finalmente fez, pedindo-lhe diretamente sua opinião.

— Se vossa senhoria graciosamente permitir que eu abra minha boca, ficarei feliz em expressar meus sentimentos - disse ele com elaborado sarcasmo. — Não é de meu hábito fazer uso dos modos que parecem ser costumeiros à vossa senhoria. Não estava ciente de que era necessário pedir sua permissão antes de sorrir para um gracejo inofensivo.

Não foi antes de receber um pedido de desculpas que nosso amigo sensível consentiu em apaziguar-se. Quando enfim seu ego foi amaciado, dirigiu-se a nós de uma certa distância, sentado num tronco caído, e, como era seu hábito, falou como se transmitisse a mais preciosa informação a uma turma de centenas de pessoas.

— No que diz respeito à marca - disse -, estou inclinado a concordar com meu amigo e colega, professor Summerlee, de que as manchas são de asfalto. Como este platô é, por sua própria natureza, altamente vulcânico, e o asfalto é uma substância que se associa às forças plutônicas, não duvido que exista em estado líquido, e que essas criaturas tenham entrado em contato com ele. Um problema muito mais importante é a existência do monstro carnívoro que deixou seus rastros nesta clareira. Sabemos por alto que este platô não é maior do que a média de um condado inglês. Neste espaço confinado, algumas criaturas, na maior parte tipos que já deixaram de existir no mundo lá embaixo, viveram juntas por anos incontáveis. Então, para mim está bastante claro que, em um período de tempo tão longo, seria de esperar que as criaturas carnívoras, ao se multiplicarem sem controle, teriam exaurido sua fonte de alimento e sido forçadas ou a modificar seus hábitos alimentares, ou a morrer de fome. Isso já vimos que não foi o caso. Só podemos imaginar, portanto, que o equilíbrio da natureza é preservado por algum controle que limita o número dessas criaturas ferozes. Um dos muitos problemas interessantes, portanto, e que aguarda nossa solução, é descobrir que controle seria esse e como ele opera. Arrisco-me a dizer que talvez tenhamos oportunidades futuras de estudar os dinossauros carnívoros mais de perto.

— E eu me arrisco a dizer que talvez não - comentei.

O professor apenas ergueu as grandes sobrancelhas, como um mestre que lida com a observação irrelevante de um moleque.

— Talvez o professor Summerlee tenha uma observação a fazer - disse ele, e os dois eruditos içaram-se juntos a uma rarefeita atmosfera científica, na qual as possibilidades de modificação da taxa de nascimento eram pesadas contra o declínio do suprimento de comida como controle na luta pela sobrevivência.

Naquela manhã, mapeamos uma pequena porção do platô, evitando o pântano dos pterodáctilos e nos mantendo a leste de nosso córrego, em vez de a oeste. Nessa direção a região ainda era densamente arborizada, com tanto matagal que nosso avanço fora bastante lento.

Eu vinha lidando até ali com os terrores da Terra de Maple White, mas ela tinha outro lado a ser visto, pois durante toda aquela manhã vaguei por entre flores adoráveis – a maioria, percebi, de tons brancos ou amarelos, pois, como explicaram nossos professores, essas eram as cores primitivas das flores. Em diversos lugares o chão estava completamente coberto por elas, e, conforme andávamos afundados até os tornozelos naquele tapete maravilhoso e maleável, o perfume era quase inebriante em sua doçura e intensidade. A abelha inglesa doméstica zumbia por tudo ao nosso redor. Muitas das árvores por baixo das quais passávamos tinham os galhos curvados pelo peso das frutas, algumas de tipos familiares, outras de variedades novas. Observando quais delas eram bicadas pelos passarinhos, evitamos o perigo de envenenamento e acrescentamos uma deliciosa variedade ao nosso estoque de comida. Na selva que atravessamos, havia inúmeros caminhos abertos pelas feras selvagens, e nos lugares mais pantanosos vimos uma profusão de estranhas pegadas, incluindo várias de iguanodontes. À certa altura, vimos várias dessas grandes criaturas pastando em um bosque, e lorde John, com seu binóculo, pôde perceber que também estavam marcadas com asfalto, ainda que em partes do corpo diferentes daquela que examinamos pela manhã. O que esse fenômeno significava, não podíamos imaginar.

Avistamos muitos animais pequenos, como porcos-espinhos, um tamanduá escamoso e um porco selvagem, de cor malhada e com longas presas curvas. De uma abertura entre as árvores, vimos o contorno de uma colina verde a certa distância, e ao longo dela um grande animal pardo corria a considerável velocidade. Passou tão rápido que não fomos capazes de dizer o que era, mas, se fosse um veado, como alegou lorde John, então deveria ser tão grande quanto aqueles monstruosos alces irlandeses que às vezes ainda aparecem em escavações nos brejos de minha terra natal.

Desde a misteriosa visita recebida no acampamento, sempre voltávamos a ele com certo receio. Dessa vez, contudo, encontramos tudo em ordem. Ao final daquela tarde, tivemos uma grande discussão sobre nossa situação presente e nossos planos futuros, em cuja descrição devo me deter, já que conduziu a uma nova ideia, que nos permitiu adquirir uma noção mais completa da Terra de Maple White do que se tivéssemos explorado o território por semanas. Foi Summerlee quem iniciou o debate. Ele passou o dia todo em queixumes, e, em dado momento, um comentário de lorde John sobre o que deveríamos fazer na manhã seguinte fez toda a sua amargura subir-lhe à cabeça.

— O que devemos fazer hoje, amanhã e sempre – disse ele – é encontrar uma saída desta armadilha em que caímos. Vocês estão todos fixados na ideia de adentrar esta terra. Eu acho que deveríamos estar planejando um modo de sair dela.

— Estou surpreso, senhor – Challenger trovejou, cofiando sua barba majestática –, que um homem de ciência se renda a um sentimento tão ignóbil. O senhor está numa terra que oferece a um naturalista ambicioso estímulos como nunca se viu antes desde que o mundo é mundo, e sugere abandoná-la antes que possamos adquirir não mais que um conhecimento superficial dela e de seu conteúdo. Eu esperava mais do senhor, professor Summerlee.

— O senhor se esquece - disse Summerlee, azedo - que tenho uma turma grande em Londres que, no momento, está à mercê de um *locum tenens*[70] extremamente ineficiente. Isso torna minha situação diferente da sua, professor Challenger, uma vez que, até onde sei, nunca foi confiado ao senhor nenhum trabalho educacional de responsabilidade.

— Realmente - disse Challenger -, sempre senti que seria um sacrilégio distrair um cérebro capaz das pesquisas mais elevadas com qualquer assunto menor. Foi por isso que direcionei minha mente de maneira firme contra qualquer proposta de compromisso escolar.

— Como por exemplo? - perguntou Summerlee com uma risadinha.

— Devo dizer - lorde John apressou-se em mudar o assunto - que acho que seria uma grande pena voltar a Londres antes de conseguir saber mais sobre este lugar do que sei agora.

— Eu não ousaria entrar na redação do meu jornal e encarar o velho McArdle - eu disse (o senhor vai desculpar a franqueza deste relato, não vai?). — Ele nunca me perdoará por ter deixado uma matéria tão inexplorada para trás. Além do mais, até onde sei não vale a pena discutir, já que não conseguiríamos descer nem que quiséssemos.

— Nosso jovem amigo - disse Challenger - compensa suas muitas lacunas mentais com uma dose de primitivo bom senso. Os interesses de sua profissão deplorável são irrelevantes para nós; mas, como ele observa, de todo modo não podemos descer, então discutir é um desperdício de energia.

— É um desperdício de energia fazer qualquer coisa - grunhiu Summerlee detrás de seu cachimbo. — Permitam-me lembrá-los que viemos aqui com uma missão muito bem definida, confiada a nós no encontro do Instituto Zoológico de Londres. Essa missão era confirmar a veracidade das declarações do professor Challenger. Essas declarações, sou forçado a admitir, agora estamos em posição de endossar. Portanto, nosso trabalho mais ostensivo está encerrado. Quanto aos detalhes que falta investigar acerca deste platô, são tão gigantescos que somente uma expedição maior, com equipamentos especiais, poderia esperar dar conta. Se tentarmos fazê-lo nós mesmos, o único resultado possível será nunca retornarmos com as importantes contribuições à ciência de que já dispomos. O professor Challenger buscou meios de nos colocar sobre o platô quando este parecia ser inacessível, e creio que devemos instá-lo agora a usar essa mesma inventividade para nos levar de volta ao mundo de onde viemos.

Confesso que conforme Summerlee expunha seu ponto de vista, ele me pareceu perfeitamente razoável. Até mesmo Challenger foi afetado pela colocação de que seus inimigos nunca seriam desmentidos se a confirmação de suas declarações não chegasse a quem duvidou delas.

— À primeira vista, a descida é um problema formidável - ele disse -, e ainda assim não tenho dúvida de que o intelecto pode resolvê-lo. Estou inclinado a concordar com nosso colega que uma estadia prolongada na Terra de Maple White seja desaconselhável no momento, e que a questão de nosso retorno precisará ser encarada em breve. Contudo, me recuso terminantemente a ir embora antes de havermos feito ao menos um exame superficial desta terra, e de podermos levar conosco, ao voltar, no mínimo algo que se pareça com um mapa.

O professor Summerlee bufou impaciente.

— Gastamos dois longos dias fazendo explorações - disse ele - e não sabemos mais sobre a geografia do lugar hoje do que quando começamos. Está claro que a terra é toda densamente arborizada e que levará meses para penetrá-la e aprender as relações de uma parte com a outra. Se houvesse uma montanha central poderia ser diferente, mas, até onde podemos ver, tudo são colinas que descem. Quanto mais longe formos, menos provável é que tenhamos uma vista geral.

Foi nesse momento que tive minha inspiração. Meus olhos se detiveram ao acaso sobre o enorme tronco retorcido da árvore de ginkgo que lançava seus grandes galhos sobre nós. Com certeza, se sua largura excedia a de todas as outras árvores, sua altura também excederia. E se as bordas do platô fossem de fato o ponto mais alto, então por que essa árvore grandiosa não poderia servir como uma atalaia de onde se avistaria a terra inteira? Desde a época em que eu corria solto, quando era criança na Irlanda, fui um ágil e destemido escalador de árvores. Meus colegas podiam ser os mestres das rochas, mas eu sabia que entre os galhos seria o melhor. Se conseguisse ao menos subir no galho gigante mais baixo, seria muito estranho não chegar ao topo. Meus colegas adoraram a ideia.

— Nosso jovem amigo - disse Challenger, estufando as maçãs vermelhas de suas bochechas - é capaz de esforços acrobáticos impossíveis para um homem de constituição mais sólida, ainda que talvez mais imponente. Eu aplaudo sua ideia.

— Meu São Jorge, rapaz, você matou a charada! - disse lorde John, dando-me um tapinha nas costas. — Não consigo imaginar como não pensamos nisso antes! Não nos resta mais que uma hora de luz do dia, mas se levar sua caderneta, pode conseguir fazer uns esboços rápidos do lugar. Se colocarmos aquelas três caixas de munição debaixo do galho, eu consigo erguê-lo até ele.

Ele subiu as caixas enquanto eu encarava o tronco, e estava me erguendo gentilmente quando Challenger saltou à frente e me deu um empurrão com sua mãozona que praticamente me atirou para cima da árvore. Segurei o galho com os dois braços e pedalei no ar enquanto dava um jeito de erguer meu tronco e depois meus joelhos sobre ele. Acima de minha cabeça havia três galhos excelentes, que pareciam degraus de escada, e um conveniente emaranhado de ramos mais além, de modo que fui subindo com tal velocidade que logo perdi o chão de vista e não via nada a não ser folhagens abaixo de mim. Às vezes, encontrava um obstáculo, como quando tive que escalar uma trepadeira de dois ou três metros, mas fiz um avanço excelente, e o ribombar da voz de Challenger parecia soar a uma grande distância lá embaixo. A árvore, contudo, era gigantesca, e, olhando para cima, eu não via a quantidade de folhas sobre minha cabeça diminuir. No galho que eu estava subindo, havia uma touceira densa e grossa, que me pareceu ser de vegetação parasítica. Inclinei a cabeça para ver o que havia além dela e quase caí da árvore de surpresa e horror com o que vi.

Um rosto me encarava de volta - a menos de um metro de distância. A criatura que o possuía estivera agachada detrás da touceira, e olhou por cima dela no mesmo instante que eu. Era um rosto humano - ou pelo menos mais humano do que qualquer macaco que eu já vira. Era longo, branco e marcado por espinhas, o nariz achatado e o maxilar proeminente, com uma faixa de pelos grossos contornando o queixo. Os olhos, debaixo de sobrancelhas espessas e pesadas, eram ferozes e bestiais, e quando ele abriu a boca para rosnar o que me pareceu uma praga contra mim, percebi que tinha dentes caninos curvos e afiados. Por um instante, vi ódio e ameaça naqueles olhos malignos. Então, rápido como um raio, veio uma expressão de medo esmagador. Houve um quebrar de galhos conforme ele mergulhava selvagemente no emaranhado verde. Vi de relance um corpo peludo como o de um porco vermelho, que então desapareceu em meio a um misto de folhas e galhos.

— O que houve? - Roxton gritou de baixo. — Algo errado com você?

— Vocês viram aquilo? - gritei, com os braços ao redor do galho e os nervos latejando.

— Escutamos um barulho, como se o seu pé tivesse escorregado. O que foi?

Eu estava tão chocado com a aparição súbita e estranha daquele homem-macaco que hesitei se deveria ou não descer e contar a experiência a meus companheiros. Mas eu já estava tão no alto da grande árvore que me pareceu humilhante voltar sem ter cumprido minha missão.

Então, depois de uma pausa prolongada para recuperar o fôlego e a coragem, continuei a subida. À certa altura, joguei meu peso sobre um galho podre e acabei dependurado e balançando por alguns segundos, mas em geral foi uma escalada fácil. Aos poucos, as folhas foram rareando ao meu redor, e eu percebi, pelo vento no meu rosto, que já estava acima de todas as árvores da floresta. Eu estava determinado, contudo, a não olhar ao redor antes que atingisse o ponto mais elevado, então subi até que estivesse tão alto que o último galho se curvasse ao meu peso. Ali me acomodei numa forquilha que veio a calhar e, equilibrando-me com segurança, pude contemplar a vista mais maravilhosa da terra estranha onde nos encontrávamos.

A oeste, o sol já se aproximava do horizonte, e o anoitecer era especialmente resplandecente e límpido, de modo que podia ver toda a extensão do platô diante de mim. Daquela altura, ele exibia um recorte oval, com cerca de cinquenta quilômetros de comprimento e trinta de largura. Sua forma geral era a de um funil raso, todas as laterais inclinando-se para uma lagoa de tamanho considerável no centro. Essa lagoa podia ter uns quinze quilômetros de circunferência, e se apresentava muito verde e bela à luz do entardecer, com uma borda grossa de juncos nas margens, e a superfície quebrada por vários bancos de areia amarelados, que brilhavam dourados ao sol suave. Havia um bom número de coisas longas e escuras, grandes demais para serem crocodilos e extensas demais para serem canoas, paradas na beira dessas porções de areia. Com meu binóculo, pude ver claramente que eram seres vivos, mas não podia imaginar de qual natureza.

No lado do platô em que estávamos, encostas de bosques, com clareiras ocasionais, espalhavam-se por oito ou nove quilômetros até a lagoa central. Eu podia ver, a meus pés, a clareira dos iguanodontes e, mais adiante, uma abertura circular entre as árvores que marcava o pântano dos pterodáctilos. No lado oposto, contudo, o platô apresentava um aspecto bem diferente. Lá os penhascos basálticos do lado externo repetiam-se na face interna, formando uma escarpa de sessenta metros de altura, com uma encosta arborizada abaixo. Ao longo da base dos penhascos vermelhos, a certa distância do chão, eu podia ver pelo binóculo muitos buracos escuros, que conjecturei serem entradas de cavernas. Na abertura de uma delas, brilhava algo branco, mas não consegui entender o que era. Fiquei sentado, mapeando a terra até o sol se pôr e tudo tornar-se tão escuro que eu já não conseguia distinguir os detalhes. Então, desci até meus companheiros, que me aguardavam ansiosos na base da grande árvore. Foi a minha vez de ser o herói da expedição. Planejara aquilo sozinho, e sozinho realizara; e aqui estava o mapa que nos pouparia um mês tateando às cegas entre perigos desconhecidos. Todos me cumprimentaram com solenidade. Antes de discutirmos os detalhes de meu mapa, porém, tive que contar a eles do meu encontro com o homem-macaco entre os galhos.

— Ele estava lá o tempo todo - eu disse.

— Como sabe disso? - perguntou lorde John.

— Porque aquela sensação de que algo malévolo estava nos observando não me largava nunca. Comentei isso com o senhor, professor Challenger.

— Nosso jovem amigo certamente disse algo do tipo. Ele também é, de nós, o único dotado daquele temperamento celta que o torna sensível a essas impressões.

— Toda a teoria da telepatia... - começou Summerlee, enchendo seu cachimbo.

— É muito ampla para ser discutida agora - disse Challenger, decidido. — Agora, me diga - acrescentou, com ares de um padre que se dirige à sua congregação -, por acaso reparou se a criatura era dotada de polegar opositor?

— Não era.

— Tinha cauda?

— Não.

— O pé era preênsil?

— Não creio que ele teria conseguido escapar tão rápido por entre os galhos se não conseguisse se agarrar com os pés.

— Na América do Sul existem, se não me falha a memória... você poderá confirmar esta observação, professor Summerlee... cerca de trinta e seis espécies de macacos, mas o macaco antropoide é desconhecido. Ficou claro, contudo, que ele existe aqui nesta terra, e que não é da variedade peluda, como o gorila, que nunca foi avistado fora da África ou do Leste - (me senti inclinado a acrescentar, enquanto o olhava, que havia visto um primo em primeiro grau dele em Kensington). — Esse é de um tipo barbado e descolorido, e a última característica aponta para o fato de passar seus dias em isolamento arbóreo. A questão que devemos desvendar é se ele se aproxima mais do macaco ou do homem. Se o caso for este último, ele bem pode se aproximar daquilo que o vulgo tem chamado de "elo perdido".[71] Resolver esse problema é nosso dever imediato.

— Nada disso - disse Summerlee, abrupto. — Agora que temos o mapa, graças à inteligência e à agilidade do sr. Malone - (não posso evitar citar suas palavras) -, nosso primeiro e único dever é sair sãos e salvos deste lugar horrível.

— Os confortos da civilização – grunhiu Challenger.

— Os anais da civilização, senhor. É nossa tarefa registrar o que vimos e deixar as próximas explorações para outros. Vocês todos concordaram com isso antes de o sr. Malone conseguir o mapa.

— Bem – falou Challenger –, admito que minha mente ficará mais tranquila quando me certificar de que os resultados de nossa expedição foram transmitidos a nossos amigos. Como desceremos deste lugar, ainda não faço ideia. Contudo, nunca encontrei um problema que meu cérebro inventivo não fosse capaz de resolver, e prometo a vocês que amanhã voltarei minha atenção para a questão de nossa descida.

E com isso encerramos o assunto. Naquela noite, à luz da fogueira e de uma única vela, o primeiro mapa do mundo perdido foi elaborado. Cada detalhe que eu havia percebido no topo de meu observatório foi desenhado em seu devido lugar. O lápis de Challenger contornou a grande área em branco que marcava a lagoa.

— Como devemos chamá-la? – perguntou.

— Por que não aproveita a oportunidade para perpetuar seu próprio nome? – disse Summerlee com o toque usual de acidez.

— Acredito, senhor, que meu nome será lembrado por razões mais pessoais na posteridade – disse Challenger, severo. — Qualquer ignorante pode perpetuar sua memória inútil impondo seu nome a uma montanha ou rio. Eu não preciso desses monumentos.

Summerlee, com um sorriso perverso, estava prestes a fazer um novo ataque quando lorde John se apressou em intervir.

— Cabe a você, meu jovem, nomear a lagoa – disse ele. — Você a viu primeiro e, meu São Jorge, se você decidir chamá-la de Lagoa Malone, ninguém teria mais direito.

— Certamente. Deixe nosso jovem amigo dar-lhe um nome – disse Challenger.

— Então - eu disse, corando, ouso dizer -, que seja batizada Lagoa Gladys.

— Não acha que Lagoa Central seria mais descritivo? - comentou Summerlee.

— Prefiro Lagoa Gladys.

Challenger me olhou com simpatia e balançou sua cabeçona em irônica reprovação.

— Garotos são garotos - disse ele. — Que seja Lagoa Gladys.

12. A floresta era pavorosa

Já disse – ou talvez não, pois minha memória anda me traindo nestes dias – que exultei de orgulho quando três homens do nível de meus colegas me agradeceram por ter salvado a situação, ou ao menos ter ajudado bastante. Como o mais novo membro da equipe, não apenas em idade, mas em experiência, personalidade, conhecimento e tudo o que faz um homem, eu estivera à sombra desde o começo. E agora estava me afirmando. A ideia me aqueceu. Ah, céus! O orgulho que vem antes da queda! Aquele brilhozinho de contentamento, aquela pitada de autoconfiança, estava por me guiar naquela mesma noite para a experiência mais pavorosa da minha vida, que acabou em um choque que faz meu coração doer só de lembrar.

Foi assim. Eu estava excessivamente empolgado pela aventura na árvore, e me pareceu impossível dormir. Summerlee estava de guarda, sentado recurvado diante de nossa fogueirinha, uma figura singular, pitoresca, o rifle nos joelhos e a barba, pontuda como a de um bode, balançando a cada movimento de sua cabeça. Lorde John repousava em silêncio, enrolado no poncho sul-americano que vestia, enquanto o ronco rascante de Challenger reverberava pela mata. A lua cheia brilhava clara, e o ar estava frio e fresco. Que noite para uma caminhada! E então, de repente me veio a ideia: por que não? Vamos supor que eu escapulisse discretamente, vamos supor que eu seguisse até o lago, vamos supor que eu retornasse no café da manhã com algum registro do lugar – isso não faria de mim um membro ainda mais digno da equipe? E então, se a vontade de Summerlee prevalecesse e encontrássemos um jeito de escapar, eu retornaria a Londres com informações em primeira mão sobre o mistério central do platô, que eu teria penetrado sozinho, entre todos eles. Pensei em Gladys, com seu "estamos cercados de heroísmos". Eu podia ouvir sua voz falando isso. Pensei em McArdle. Que belo artigo de três colunas para o jornal! Que trampolim para uma carreira! Um posto de correspondente na próxima grande guerra podia estar ao meu alcance.[72] Procurei uma arma – meus bolsos estavam cheios de cartuchos – e, afastando os arbustos de espinheiros do portão da zareba, saí rapidinho. Numa última olhada, vi que um Summerlee inconsciente, a mais inútil das sentinelas, ainda balançava o rosto em frente à fogueira feito um brinquedo mecânico esquisito.

Não tinha andado nem cem metros quando me arrependi profundamente da minha ousadia. Posso ter dito, em algum lugar desta crônica, que sou imaginativo demais para ser um verdadeiro homem de coragem, mas que tenho um receio enorme de parecer medroso. Foi esse o poder que me fez seguir adiante naquela hora. Eu não podia simplesmente voltar sem ter feito nada. Mesmo que meus colegas não chegassem a dar pela minha falta e nunca viessem a saber de minha fraqueza, restaria uma vergonha intolerável em minha própria alma. E, ainda assim, me arrepiei ao perceber a situação em que me encontrava, e, naquela hora, teria dado de bom grado tudo o que tinha por um modo honrado de sair dela.

A floresta era pavorosa. As árvores cresciam tão juntas, e suas copas se espalhavam tanto, que eu não conseguia ver a luz da lua, salvo quando, aqui e ali, os ramos mais altos formavam uma filigrana emaranhada contra o céu estrelado. Conforme os olhos se acostumam com a ausência de luz, se aprende que há diferentes graus de escuridão nas árvores – algumas são vagamente visíveis, mas entre elas havia sombras escuras como carvão, como na entrada de cavernas, que me faziam encolher de horror ao passar em frente delas. Eu pensava no grito desesperador do iguanodonte torturado – aquele grito pavoroso que havia ecoado pela floresta. Pensava, também, no vislumbre que tive, sob a luz da tocha de lorde John, daquele focinho inchado, verrugoso, empapado de sangue. E agora eu estava em seu campo de caça. A qualquer momento ele poderia dar o bote em mim, vindo das sombras – aquele monstro horrível e inominável. Parei, peguei um cartucho do bolso e abri a culatra da arma. Quando toquei o gatilho meu coração deu um pulo. Eu trouxera a espingarda, e não o rifle!

Novamente fui tomado pelo impulso de voltar. Aqui, com certeza, estava a mais perfeita razão para meu fracasso – uma razão pela qual ninguém pensaria mal de mim. Mas de novo o orgulho tolo lutou contra essa palavra. Eu não podia – não devia – falhar. Afinal, contra os perigos que eu poderia encontrar, um rifle provavelmente seria tão inútil quanto uma espingarda. Se voltasse ao acampamento para trocar a arma, não poderia esperar que conseguisse entrar e sair de novo sem ser visto. Dessa vez teria que dar explicações, e minha tentativa não seria mais totalmente por conta própria. Então, depois de hesitar um pouco, aparafusei firme minha coragem e continuei o caminho, com a arma inútil debaixo do braço.

A escuridão da floresta era alarmante, mas pior ainda era a brancura estática do luar sobre a clareira dos iguanodontes. Escondido entre os arbustos, olhei para ela. Nenhum dos grandes brutos estava à vista. Talvez a tragédia que recaíra sobre um deles houvesse afastado os demais de seu pasto. Na névoa prateada da noite, eu não conseguia divisar qualquer sinal de um ser vivo. Tomei coragem e atravessei a clareira rápido, e em meio à selva reencontrei o córrego que me servira de guia. Era uma companhia alegre, gorgolejando e rindo enquanto corria, como o bom e velho riacho no oeste da Irlanda onde eu pescava trutas à noite na infância. Se eu seguisse seu curso, deveria chegar à lagoa, e se o subisse de volta, regressaria ao acampamento. De vez em quando eu o perdia de vista no emaranhado de mato, mas seus respingos e tilintares estavam sempre ao alcance do ouvido.

Para quem desce a encosta, a mata vai ficando mais fina, e arbustos com árvores ocasionais tomam o lugar da floresta. Pude fazer um bom progresso, portanto, e conseguia ver sem ser visto. Passei perto do pântano dos pterodáctilos, e, ao fazê-lo, foi com um bater de asas seco, nítido e pesado que uma dessas grandes criaturas – eram seis metros ao menos, de ponta a ponta – levantou voo de algum lugar próximo a mim e deu voltas no ar. Quando passou contra a face da lua, a luz brilhou claramente através das asas membranosas; parecia um esqueleto voador contra o esplendor branco e tropical. Me agachei bem baixo entre os arbustos, pois sabia por experiências prévias que, com um único grito, a criatura poderia trazer uma centena de seus colegas repulsivos para cima de mim. Não foi antes que ele se acomodasse de novo que ousei seguir em minha jornada.

A noite estivera excessivamente quieta até ali, mas enquanto eu avançava fui tomando consciência de um rumor baixo, um murmúrio contínuo, em algum lugar à minha frente. O barulho crescia conforme eu avançava, até que afinal ficou claro que estava bem perto de mim. Quando parei, o som se manteve constante, de modo que pareceu vir de algo imóvel. Era como uma chaleira fervendo, ou o borbulhar de uma grande panela. Logo cheguei até a fonte daquilo pois, no centro de uma pequena clareira, encontrei um lago – ou piscina, no caso, pois não era maior que a base da fonte de Trafalgar Square – cheio de uma coisa preta como piche, cuja superfície subia e descia conforme grandes bolhas de gás estouravam. O ar acima oscilava com o calor, e o chão ao redor estava tão quente que mal aguentaria colocar minha mão sobre ele. Estava claro que a grande explosão vulcânica, que tinha elevado este estranho platô muitos anos atrás, não esgotara inteiramente suas forças. Eu já havia visto rochas escurecidas e amontoados de lava por todo lugar, despontando em meio à vegetação luxuriante, mas essa piscina de asfalto na selva era o primeiro sinal que tínhamos da existência de atividade nas encostas da cratera ancestral. Não havia tempo de examiná-la mais a fundo; precisava me apressar se quisesse estar de volta ao acampamento pela manhã.

Foi uma caminhada temerária, que ficará comigo pelo tempo que perdurar minha memória. Nas grandes clareiras banhadas pelo luar, me esgueirava ao longo das sombras nas margens. Na selva, seguia adiante, parando com o coração aos pinotes toda vez que escutava, como escutei com frequência, o som de galhos quebrados por alguma fera selvagem que passava. Vez ou outra, grandes sombras se avizinhavam por um instante e iam embora – sombras enormes e silenciosas, que pareciam espreitar sobre pés almofadados. Com frequência eu parava com a intenção de retornar, mas o orgulho sempre vencia o medo e me mandava seguir adiante até que meu objetivo fosse atingido.

Afinal (meu relógio mostrava que era uma da madrugada), vi o brilho da água entre as aberturas da selva, e dez minutos depois estava entre os juncos das margens da lagoa central. Como tinha muita sede, me abaixei e tomei um grande gole d'água, que era fresca e fria. Havia uma ampla trilha com muitas pegadas naquele ponto, de modo que me pareceu claro ser um bebedouro de animais. Perto da borda da água, havia um grande bloco isolado de pedra de lava. Subi nele e me deitei no topo, de onde tinha uma visão excelente em qualquer direção.

A primeira coisa que vi me encheu de assombro. Quando descrevi a vista do topo da grande árvore, eu disse que conseguira ver, no penhasco mais distante, muitos pontos negros, que pareciam entradas de cavernas. Agora, ao olhar para os mesmos penhascos, vi discos luminosos para todo lado, avermelhados e bem definidos, como as vigias de um navio de cruzeiro na escuridão. Por um momento, pensei que fosse o brilho da lava de alguma atividade vulcânica, mas não podia ser isso. Qualquer atividade vulcânica aconteceria com certeza embaixo, no buraco, e não no alto, entre as rochas. Qual era a alternativa, então? Era maravilhoso, e devia ser mesmo. Esses pontos avermelhados só podiam ser o reflexo de fogueiras dentro das cavernas – fogueiras que só podiam ter sido acesas pela mão do homem. Havia, portanto, seres humanos no platô. Que gloriosa justificativa para minha expedição! Eis aqui uma notícia para levar de volta a Londres conosco!

Por um longo tempo, fiquei deitado olhando aqueles borrões de luzes avermelhadas e oscilantes. Suponho que estivessem a uns quinze quilômetros de mim, e, mesmo dessa distância, dava para observar que, de tempos em tempos, eles piscavam ou sumiam atrás de alguém que passava em frente. O que eu não teria dado para engatinhar até lá, espiar para dentro das cavernas e levar de volta a meus camaradas algumas palavras sobre a aparência e a índole da raça que vivia naquele lugar tão estranho! Por ora isso estava fora de questão, mas certamente não poderíamos deixar o platô sem obter algum conhecimento definitivo sobre o assunto.

A Lagoa Gladys – minha própria lagoa – repousava como um lençol de mercúrio à minha frente, com o reflexo da lua brilhando luminoso no centro. Era rasa, pois em vários lugares vi bancos de areia baixos se elevando acima da água. Por toda parte, eu conseguia ver sinais de vida na superfície imóvel, às vezes meros anéis e marolas na água, às vezes o brilho de um grande peixe prateado no ar, às vezes o dorso arqueado, cor de ardósia, de algum monstro de passagem. À certa altura, vi uma criatura como um enorme cisne sobre um banco de areia amarelado, com um corpo desajeitado e um pescoço longo e flexível, rebolando pela margem. Logo ela mergulhou, e por algum tempo pude ver o pescoço arqueado e a cabeça dardejante ondulando sobre a água. Então submergiu, e não a vi mais.

Minha atenção foi logo afastada dessas visões distantes e trazida de volta para o que ocorria sob os meus pés. Duas criaturas que pareciam grandes tatus[73] haviam descido para o bebedouro e agacharam-se na beira da água, suas línguas longas e flexíveis como fitas vermelhas indo e vindo conforme bebiam. Um grande veado[74] com cornos e galhas, uma criatura magnífica que se portava como um rei, veio com uma corça e dois filhotes e bebeu ao lado dos tatus. Não existe um veado assim em lugar algum sobre a Terra, pois o alce ou o uapiti que eu já vira dificilmente teriam alcançado suas espáduas. Logo, ele deu um grunhido de alerta e foi embora com a família por entre os juncos, enquanto os tatus também corriam em busca de abrigo. Um recém-chegado, um animal dos mais monstruosos, vinha descendo a trilha.

Por um momento fiquei pensando onde havia visto aquela forma desajeitada, aquele dorso arqueado com bordas triangulares, aquela estranha cabeça de passarinho roçando o chão. Então me veio a lembrança. Era o estegossauro – a própria criatura que Maple White havia registrado em sua caderneta, e que fora a primeira a chamar a atenção de Challenger! Ali estava ele – talvez o mesmo espécime que o artista americano havia encontrado. O chão se abalava sob seu peso tremendo, e suas goladas de água ressoavam na quietude da noite. Por cinco minutos, ele esteve tão perto de minha pedra que, se esticasse a mão, eu poderia ter tocado as horríveis protuberâncias onduladas de suas costas. Então ele se afastou pesadamente e desapareceu entre as pedras.

Olhei o relógio e vi que eram duas e meia; já era hora, portanto, de começar minha jornada de volta. Não tive dificuldade alguma quanto à direção que deveria tomar, já que havia mantido o pequeno córrego à minha esquerda, e do rochedo onde eu me deitava ele se abria para a lagoa central à distância de uma pedrada. Parti, portanto, com o espírito elevado, pois sentia que havia feito um bom trabalho e que levava de volta para meus colegas um belo pacote de notícias. A mais importante de todas, é claro, era o avistamento das cavernas iluminadas e a certeza de que alguma raça de trogloditas as habitava. Mas, além disso, eu poderia falar com conhecimento sobre a lagoa central. Podia confirmar que ela estava cheia de criaturas estranhas; e tinha visto várias formas de vida primitiva terrestre que ainda não havíamos encontrado. Enquanto caminhava, eu refletia que poucos homens no mundo poderiam ter passado uma noite mais estranha, ou ter, em um tempo tão curto, contribuído mais para o conhecimento humano.

Eu me esbaforia colina acima, revirando essas ideias na mente, e já tinha alcançado um ponto que podia ser a metade do caminho para casa, quando minha cabeça foi trazida de volta ao momento por um barulho estranho atrás de mim. Era algo entre uma fungada e um grunhido, grave, profundo e excessivamente ameaçador. Evidentemente, alguma criatura estranha estava por perto, mas não dava para ver nada, então apertei o passo e segui caminho. Havia percorrido um quilômetro ou quase, quando, de repente, o som se repetiu, ainda atrás de mim, porém mais alto e mais ameaçador do que antes. Meu coração parou de bater quando me dei conta que a fera, qualquer que fosse, deveria com certeza estar atrás de *mim*. Minha pele gelou e meus cabelos se eriçaram à ideia. Era parte da estranha luta pela existência que os monstros se despedaçassem uns aos outros, mas que pudessem se voltar para o homem moderno, que pudessem deliberadamente rastrear e caçar o humano predominante, era um pensamento espantoso e aterrorizante. Lembrei novamente do rosto babando sangue que avistamos no brilho da tocha de lorde John, como uma visão horrível do mais profundo círculo do Inferno de Dante. Com os joelhos tremendo e olhos aflitos, parei e observei a trilha banhada pelo luar que corria abaixo de mim. Tudo estava quieto feito uma paisagem de sonho. Clareiras prateadas e áreas negras na mata – não via nada além disso. Então, saído do silêncio, iminente e ameaçador, veio mais uma vez aquele coaxar gutural e grave, muito mais alto e próximo do que antes. Não podia mais haver dúvida. Havia algo na minha cola e estava chegando mais perto a cada minuto.

Fiquei paralisado, ainda olhando o terreno que havia atravessado. Então, de repente, eu o vi. Algo se moveu entre as moitas, no lado mais distante da clareira por onde eu havia acabado de passar. Uma grande sombra negra se desprendeu e saltou direto para a claridade da lua. Digo "saltou" deliberadamente, pois a fera se movia como um canguru, pulando ereta sobre as poderosas pernas traseiras, enquanto as dianteiras eram mantidas dobradas à frente. Era de um tamanho e poder enormes, como um elefante de pé, mas, apesar do corpanzil, seus movimentos eram bastante ágeis. Por um momento, ao ver sua forma, torci para que fosse um iguanodonte, que eu sabia ser inofensivo; mas mesmo ignorante como eu era, logo vi que se tratava de uma criatura bem diferente. Em vez da cabeça gentil de cervo do grande comedor de folhas de três dedos, essa fera tinha um rosto largo de sapo, bojudo, como aquela que havia nos alarmado no acampamento. Seu grito feroz e a terrível energia com que caçava confirmavam que esse era com certeza um dos grandes dinossauros carnívoros, a fera mais horrível que já andou sobre esta terra. O imenso animal avançava aos saltos e a cada vinte metros, mais ou menos, se inclinava à frente, apoiando-se nas patas dianteiras, e levava o nariz ao solo. Estava farejando meu rastro. Às vezes, por um momento, o perdia. Então o retomava e avançava saltitando rápido pelo caminho que eu havia tomado.

Mesmo agora, quando penso naquele pesadelo, o suor irrompe em minha testa. O que eu podia fazer? Eu tinha à mão uma arma de caçar passarinhos. Que serventia teria aquilo? Olhei ao redor, desesperado por uma pedra ou árvore, mas eu estava em um matagal sem nada mais alto que arbustos, enquanto a criatura atrás de mim, eu sabia, poderia pôr abaixo uma árvore comum como se fosse um caniço. Minha única chance era fugir. Eu não conseguia me mover com agilidade naquele terreno irregular e acidentado, mas, ao olhar em volta, em desespero, vi uma trilha de chão batido bem marcada à minha frente. Havíamos visto algumas dessas, caminhos de vários animais selvagens, em nossas expedições. Pela trilha, talvez eu tivesse alguma chance, pois era bom corredor e estava em excelente forma. Joguei fora a espingarda inútil, me preparei e corri um quilômetro como nunca fizera antes nem faria depois. Minhas pernas doíam, meu peito arfava, eu sentia que minha garganta estava prestes a estourar pela falta de ar, mas com aquele horror atrás de mim, corri e corri e corri. Por fim parei, quase incapaz de me mexer. Por um momento, pensei que o havia despistado. O caminho estava quieto atrás de mim. E então de repente, com um estouro e um rasgão, com a batida de pés gigantes e o resfolegar de pulmões monstruosos, a fera estava atrás de mim de novo. Estava bem no meu encalço. Eu estava perdido.

Que louco fui de demorar tanto para fugir! Até ali, ele havia me caçado pelo faro, movimentando-se lentamente. Mas quando comecei a correr, ele acabou me vendo de fato. Dali em diante, me caçou com a visão, já que a trilha lhe mostrava para onde eu estava indo. Agora, enquanto eu dava a volta por uma curva, ele disparou, com grandes saltos. O luar brilhou naqueles grandes olhos injetados, na fileira de dentes enormes em sua boca aberta, nas garras reluzentes dos braços curtos e poderosos. Com um grito de terror, me virei e corri desesperado pela trilha. Atrás de mim, a respiração grossa e ofegante da criatura soava mais e mais alta. Seus passos pesados estavam perto de mim. A todo instante, eu esperava sentir o aperto de suas garras em meu pescoço. E então, de súbito, veio um barulho, eu caí no espaço e tudo o mais ficou escuro e calmo.

No que emergi de meu desmaio – que não pode, acredito, ter durado mais do que alguns minutos –, senti o mais horrível e penetrante dos fedores. Tateando no escuro, cheguei em algo que se parecia com um grande naco de carne, enquanto minha outra mão se fechava sobre um osso largo. Acima de mim havia um círculo de céu estrelado, me mostrando que eu estava no bojo de um fosso profundo. Devagar, me pus de pé e tateei meu corpo todo. Estava duro e dolorido da cabeça aos pés, mas não havia membro que não se movesse, nem junta que não dobrasse. Conforme as circunstâncias de minha queda retornavam ao meu cérebro confuso, eu olhava ao redor aterrorizado, esperando ver a silhueta daquela cabeça pavorosa contra o céu pálido. Não havia, contudo, nenhum sinal do monstro, nem eu conseguia escutar nenhum som vindo de cima. Comecei, portanto, a caminhar ao redor devagar, investigando em cada direção para descobrir o que poderia ser o estranho lugar no qual eu oportunamente caíra.

Era, como eu disse, um fosso, com paredes muito inclinadas e uma base de cerca de seis metros. O fundo estava repleto de grandes nacos de carne, a maior parte no mais avançado estado de putrefação. A atmosfera era venenosa e horrível. Depois de andar e tropeçar entre esses restos podres, esbarrei de repente em algo duro e descobri uma estaca ereta firmemente afixada no centro do fosso. Era tão alta que eu não conseguia tocar o topo com a mão, e parecia estar coberta de gordura.

Súbito, lembrei que eu tinha uma lata de Vestas[75] de cera no meu bolso. Risquei um deles e consegui enfim formar uma opinião sobre o lugar em que havia caído. Não poderia haver dúvidas quanto à sua natureza. Era uma armadilha – feita pela mão do homem. A estaca no centro, com três metros de altura, era afiada na ponta, e estava negra com o sangue seco das criaturas que já havia empalado. Os restos espalhados ao redor eram fragmentos das vítimas, que haviam sido cortadas de modo a desimpedir a estaca para o próximo que caísse nela. Lembrei de quando Challenger declarara que o homem não poderia sobreviver no platô, já que não seria capaz de enfrentar os monstros que vagavam nele com suas armas pífias. Mas agora ficava muito claro como conseguiam fazê-lo. Das entradas estreitas das cavernas, os nativos, fossem eles quem fossem, faziam refúgios onde os imensos sáurios não podiam entrar, e com seus cérebros desenvolvidos conseguiam preparar aquelas armadilhas, cobertas de galhos, ao longo das trilhas que marcavam o caminho dos animais, acabando com eles a despeito de sua força e agilidade. Como sempre, o homem era o mestre.

A parede íngreme do fosso não era difícil a ponto de impedir um homem ágil de escalá-la, mas hesitei muito antes de me colocar de novo ao alcance da criatura pavorosa que quase havia dado cabo de mim. Como ter certeza de que ela não estaria espreitando no amontoado de arbustos mais próximo, esperando minha reaparição? Contudo, me animei ao lembrar de uma conversa entre Challenger e Summerlee sobre os hábitos dos grandes sáurios. Ambos concordavam que o monstro era praticamente desprovido de cérebro, que não havia espaço para a razão em suas pequenas cavidades cranianas,[76] e que, se haviam desaparecido do resto do mundo, era com certeza devido à sua própria estupidez, que tornou impossível para eles se adaptar a mudanças climáticas.[77]

Para esperar por mim, a criatura teria que levar em conta o que me ocorrera, e isso significava atribuir a ela a capacidade de estabelecer uma relação de causa e consequência. Com certeza era mais provável que uma criatura descerebrada, agindo apenas por um vago instinto predatório, desistisse da caçada quando eu desaparecesse e, após uma pausa de assombro, fosse embora em busca de outra presa. Escalei até o topo do fosso e olhei em volta. As estrelas desapareciam, o céu clareava, e o vento frio da manhã soprava agradável em meu rosto. Eu não conseguia ver nem ouvir sinal de meu inimigo. Subi devagar, saí e me sentei no chão por algum tempo, pronto para voltar correndo ao refúgio caso algum perigo aparecesse. Então, tranquilizado pela absoluta quietude e pela claridade crescente, fui na cara e na coragem e, discretamente, segui de volta pelo caminho de onde viera. A alguma distância, trilha abaixo, resgatei minha arma e, logo depois, dei de cara com o riacho que me servia de guia. E assim, olhando sem parar para trás, apavorado, segui para casa.

E, de súbito, algo me lembrou meus companheiros ausentes. No ar matutino, limpo e calmo, ressoou a nota dura e cortante de um único tiro de rifle. Parei e escutei, mas não houve mais nada. Por um momento, fiquei preocupado ao pensar que algum perigo súbito poderia ter caído sobre eles. Mas então uma explicação mais simples e natural veio à minha mente. Já era dia claro. Sem dúvida minha ausência havia sido notada. Imaginando que eu me perdera na floresta eles dispararam esse tiro para me guiar para casa. É verdade que havíamos feito uma resolução estrita sobre disparos, mas se achassem que eu podia estar em perigo, eles não hesitariam. Agora cabia a mim me apressar o máximo possível para tranquilizá-los.

Eu estava cansado e estropiado, então meu progresso não foi tão rápido quanto gostaria; mas enfim cheguei a regiões que reconhecia. Lá estava o pântano dos pterodáctilos à minha esquerda; ali estava, à minha frente, a clareira dos iguanodontes. Logo, eu devia estar no último cinturão de árvores que me separava do Forte Challenger. Elevei a voz numa saudação alegre, para espantar os temores. Nenhuma saudação veio em resposta. Meu coração pesou com aquela calma assustadora. Apertei o passo numa corrida. A zareba estava diante de mim como eu havia deixado, mas o portão estava aberto. Entrei às pressas. Sob a luz fria da manhã, meus olhos toparam com uma visão de medo. Nossos pertences estavam esparramados pelo chão numa confusão selvagem, meus colegas haviam desaparecido, e perto das brasas ainda mornas da fogueira, a grama fora manchada de vermelho em uma horrível poça de sangue.

Fiquei tão atônito com esse choque súbito que, por algum tempo, devo quase ter perdido a razão. Tenho uma vaga lembrança, como a que se tem de um sonho ruim, de correr pelas matas ao redor do campo vazio, chamando loucamente por meus companheiros. Nenhuma resposta voltou das sombras silenciosas. O pensamento horrível de que poderia nunca mais vê-los, de que poderia estar abandonado e sozinho naquele lugar pavoroso, sem um jeito de descer para o mundo abaixo, de que poderia viver e morrer naquele país de pesadelos, me levou ao desespero. Poderia ter arrancado os cabelos e batido a cabeça de aflição. Só então me dava conta do quanto havia me acostumado a buscar apoio em meus companheiros, na autoconfiança serena de Challenger e na frieza magistral e bem-humorada de lorde John Roxton. Sem eles, eu era uma criança no escuro, indefesa e impotente. Eu não sabia qual direção tomar ou o que fazer primeiro.

Depois de algum tempo, durante o qual me sentei perplexo, decidi que tentaria descobrir qual infortúnio repentino teria caído sobre meus companheiros. A aparência desordenada do acampamento revelava que houvera alguma espécie de ataque, e o tiro de rifle sem dúvida marcava a hora em que ocorrera. O fato de ter soado apenas um tiro mostrava que tudo acontecera rapidamente. Os rifles ainda estavam no chão, e um deles – o de lorde John – tinha o cartucho vazio na culatra. Os cobertores de Challenger e Summerlee ao lado da fogueira sugeriam que eles continuaram dormindo o tempo todo. As caixas de munição e de comida estavam esparramadas ao redor numa bagunça selvagem, junto com nossas pobres câmeras e as chapas, mas não faltava nada. Por outro lado, todas as provisões que estavam à vista – e lembro que havia uma quantidade considerável delas – tinham sumido. Foram animais, portanto, e não nativos, que fizeram a incursão; pois certamente os nativos teriam levado tudo.

Mas, se foram vários animais, ou um único e terrível, então que fim haviam levado meus colegas? Um animal feroz certamente poderia tê-los matado e deixado seus restos. É verdade que havia aquela poça de sangue horrível, indicando violência. Um monstro como aquele que me perseguira à noite levaria uma vítima embora com a mesma facilidade com que um gato carrega um rato. Nesse caso, os demais teriam ido atrás dele. Mas, se fosse assim, eles teriam com certeza levado os rifles. Quanto mais eu tentava solucionar o caso em meu cérebro confuso e cansado, menos conseguia encontrar qualquer explicação plausível. Procurei ao redor na floresta, mas não encontrei nenhuma pegada que pudesse me levar a uma conclusão. Acabei me perdendo, e foi apenas por sorte que, depois de vagar por uma hora, encontrei o acampamento outra vez.

Subitamente um pensamento veio trazer um pouco de conforto ao meu coração. Eu não estava completamente sozinho no mundo. Lá embaixo, na base do penhasco, e à distância de um chamado, aguardava o fiel Zambo. Fui até a beira do platô e olhei para baixo. Como era de esperar, ele estava agachado entre os cobertores ao lado da fogueira de seu pequeno acampamento. Mas, para minha surpresa, um segundo homem estava sentado à sua frente. Por um instante meu coração pulou de alegria, pois pensei que um de meus colegas havia encontrado um caminho seguro até lá embaixo. Mas uma segunda olhada afastou a esperança. O sol nascente brilhou vermelho sobre a pele do homem. Era um índio. Gritei alto e balancei meu lenço. Zambo olhou para cima, sacudiu a mão e se pôs a subir o pináculo. Em pouco tempo, estava parado próximo a mim escutando com profundo pesar a história que lhe contei.

— Com certeza foi o diabo que os levou, Mr. Malone - disse ele. — Vocês entraram na terra do diabo, senhor, e ele pega todo mundo para ele. Tenha cuidado, Mr. Malone, e desça logo, ou ele vai pegar o senhor também.

— Como vou descer, Zambo?

— Pega as trepadeiras das árvores, Mr. Malone. Jogue-as para cá. Eu amarro no tronco e a gente faz uma ponte.

— Pensamos nisso. Não há trepadeiras aqui que aguentem nosso peso.

— Mande buscar cordas, Mr. Malone.

— Mandar quem, e onde?

— Manda buscar na aldeia dos índios, senhor. Tem muita corda de couro na aldeia dos índios. Tem um índio ali embaixo, manda ele lá.

— Quem é ele?

— Um dos nossos índios, senhor. O outro bateu nele e levou seu pagamento. Ele voltou. Está pronto para levar cartas, trazer cordas... qualquer coisa.

Levar uma carta! Por que não? Talvez ele possa conseguir ajuda; quando nada, vai garantir que nossas vidas não tenham se desperdiçado em vão, e que as notícias de tudo o que conquistamos para a ciência cheguem aos nossos amigos em casa. Tenho duas cartas prontas, já aguardando. Vou passar o dia escrevendo a terceira, com as minhas últimas experiências. O índio poderá levar este relato de volta ao mundo. Pedi que Zambo voltasse ao entardecer, e passei meu dia triste e solitário inteiro registrando minhas aventuras da noite anterior. Também escrevi uma nota para ser entregue a qualquer mercador branco ou capitão de vapor que o índio encontrasse, implorando-lhes que providenciem cordas e nos enviem, já que nossa vida depende disso. Joguei os documentos para Zambo à tardinha, junto com minha carteira, contendo três soberanos ingleses.[78] Eram para o índio, e lhe prometi o dobro se ele regressasse com as cordas.

Assim, o senhor entenderá, meu caro sr. McArdle, como esta comunicação chega ao senhor, e também saberá a verdade, caso nunca volte a ouvir sobre seu correspondente desafortunado. Esta noite estou muito cansado e deprimido para fazer qualquer plano. Amanhã tenho que pensar em algum modo de me manter perto deste acampamento, mas ainda assim procurar ao redor vestígios de meus amigos infelizes.

13.
Uma visão que nunca vou esquecer

Quando o sol já ia se pondo sobre aquela jornada melancólica, vi a figura solitária do índio na vasta planície à minha frente – nossa única e tênue esperança de salvação –, e o observei até que desaparecesse na névoa crescente do anoitecer que se punha, rosada do crepúsculo, entre mim e o rio distante.

Já estava bem escuro quando enfim voltei ao nosso combalido acampamento; minha única visão, ao olhar para trás, era o brilho vermelho da fogueira de Zambo, o único ponto de luz no vasto mundo abaixo, assim como era sua presença fiel em minha alma taciturna. E, contudo, eu não me sentia tão feliz desde que fora atingido por esse golpe esmagador, pois era bom pensar que o mundo saberia o que havíamos feito, de modo que, na pior hipótese, nossos nomes não pereceriam com nossos corpos, mas entrariam para a posteridade associados ao resultado de nossos esforços.

Era assombroso dormir naquele acampamento malfadado; contudo, fazê-lo na selva era ainda mais desencorajador. Tem de ser um ou outro. De um lado, a prudência me alertava que deveria ficar de guarda, mas a exaustão, por outro, dizia que não precisava fazer nada disso. Subi num dos galhos da grande árvore de ginkgo, mas não havia onde me apoiar em sua superfície arredondada, e eu certamente acabaria caindo e quebrando o pescoço no momento em que pegasse no sono. Então desci e ponderei sobre o que fazer. Finalmente, fechei a porta da zareba, acendi três fogueiras separadas em um triângulo e, após um farto jantar, caí num sono profundo, só interrompido por um despertar estranho e muito bem-vindo. De manhã cedo, logo ao raiar do dia, uma mão repousou sobre meu braço; acordei com todos os nervos à flor da pele e a mão buscando o rifle, mas soltei um grito de alegria quando vi, na fria luz cinzenta, lorde John Roxton ajoelhado ao meu lado.

Era ele - e, ainda assim, não era. Eu o vira pela última vez em sua postura calma, correto nos modos, empertigado nas roupas. Agora estava pálido e com os olhos esbugalhados, a respiração ofegante como se tivesse corrido rápido por muito tempo. O rosto magro estava arranhado e ensanguentado, as roupas pendiam em farrapos e o chapéu se perdera. Encarei-o com assombro, mas ele não me deu tempo para perguntas. Ia falando e agarrando nossas provisões ao mesmo tempo.

— Rápido, meu jovem! Rápido! - exclamou. — Cada minuto conta. Pegue os rifles, pegue os dois. Estou com os outros dois. Agora, todos os cartuchos que conseguir carregar. Encha os bolsos. Agora, comida. Meia dúzia de latas deve dar. Assim está bom! Não fale nem pense. Mexa-se, ou será nosso fim!

Ainda meio dormindo e incapaz de imaginar o que aquilo tudo significava, me vi andando enlouquecido atrás dele pela floresta, um rifle em cada braço e uma pilha com vários mantimentos nas mãos. Ele atravessou o matagal mais espesso até chegar a um denso amontoado de arbustos. Sem se importar com os espinhos, precipitou-se e atirou-se para dentro, me puxando para baixo e para o seu lado.

— Pronto! - ofegou. — Acho que estamos seguros aqui. Com certeza eles vão para o acampamento. Será a primeira ideia deles. Mas isso vai confundi-los.

— O que está acontecendo? - perguntei assim que recuperei o fôlego. — Onde estão os professores? E quem está atrás de nós?

— Os homens-macacos - disse. — Meu Deus, que brutamontes! Não erga a voz, eles têm ouvidos grandes... e olhar aguçado também, mas nenhum olfato, até onde posso dizer, então não acho que possam nos farejar. Onde você esteve, meu jovem? Fez bem em ficar fora disso.

Em poucas palavras, sussurrei o que eu havia feito.

— Isso é muito ruim - disse ele ao saber do dinossauro e do fosso. — Não é o melhor lugar para descansar. Mas eu não fazia ideia do que podia acontecer até esses diabos nos surpreenderem. Os canibais da Papua me pegaram uma vez, mas eles eram uns Chesterfields[79] comparados a essa turba.

— Como aconteceu?

— Foi de manhã cedo. Nossos amigos estudiosos estavam se espreguiçando. Ainda nem tinham começado a discutir. E, de repente, choveu macaco. Eles desceram em bloco, pareciam maçãs caindo da árvore. Foram se juntando no escuro, suponho, até tomar completamente a grande árvore sobre nós. Atirei na barriga de um deles, mas, antes que nos déssemos conta de onde vinham, nos derrubaram no chão. Estou chamando-os de macacos, mas eles carregam paus e pedras nas mãos e tagarelam uns com os outros, e ainda nos amarraram pelas mãos com trepadeiras, então estão à frente de qualquer animal que eu já tenha visto nas minhas viagens. Homens-macacos... é isso que eles são... Elos perdidos, e eu preferia que continuassem perdidos. Levaram embora o colega ferido... sangrava feito um porco... e então se sentaram ao nosso redor, e se alguma vez vi o instinto frio de um assassino, foi no rosto deles. Eram uns camaradas grandões, do tamanho de homens e bem mais fortes. Tinham uns olhos cinzentos, vidrados de curiosidade debaixo de tufos vermelhos, e ficaram ali sentados, simplesmente, exultando sem parar. Challenger não é nenhum covarde, mas até ele ficou intimidado. Deu um jeito de se pôr de pé, e gritou que parassem com aquilo e acabassem logo com tudo. Acho que perdeu a cabeça um pouco com a brusquidão de tudo, pois gritou e os amaldiçoou feito um lunático. Se fossem uma fileira de seus jornalistas favoritos, não os teria xingado mais.

— Bem, e o que eles fizeram? – eu estava arrebatado pela estranha história que meu companheiro sussurrava em meu ouvido, seus olhos argutos disparando de um lado para o outro e sua mão agarrando sem parar o rifle engatilhado.

— Pensei que seria nosso fim, mas, pelo contrário, isso os pôs num novo rumo. Tagarelaram e conversaram todos ao mesmo tempo. E então um deles se pôs frente a Challenger. Pode sorrir, meu jovem, mas dou minha palavra de que os dois poderiam ser parentes. Eu não teria acreditado se não tivesse visto com meus próprios olhos. Esse macaco velho... o chefe deles... era uma espécie de Challenger vermelho, com todos os traços da "beleza" de nosso amigo, só um pouquinho mais exagerados. Tinha o corpo curto, com ombros largos, peito grande, sem pescoço, um grande tufo de barba vermelha, as sobrancelhas peludas, aquele olhar de "o que você quer, seu maldito!", e o resto do repertório todo. Quando o homem-macaco confrontou Challenger e pôs a pata sobre seu ombro, o quadro ficou completo. Summerlee foi à histeria, rindo até chorar. O homem-macaco riu também, ou ao menos soltou um cacarejo dos infernos, e se puseram a nos arrastar pela floresta. Não tocaram nas armas e nas outras coisas, imagino que as acharam perigosas, mas levaram embora toda a comida que estava à vista. Summerlee e eu ganhamos um tratamento duro no caminho, e aqui estão minhas roupas e minha pele para provar, pois nos fizeram seguir em linha reta pelos espinheiros junto com eles, que têm uma pele grossa como couro. Mas Challenger se deu bem. Quatro deles o colocaram nos ombros, e ele foi carregado feito um imperador romano. O que foi isso?

Era um estranho som de estalidos ao longe, parecendo castanholas.

— Ali estão eles! - disse meu companheiro, metendo cartuchos no segundo expresso de cano duplo. — Deixe todas bem carregadas, meu-jovem-bom-rapaz, porque não vamos nos entregar, nem pensar! É essa a bagunça que eles fazem quando ficam animados. Meu São Jorge! Eles vão ter motivo para se animar se nos encontrarem. Não vai ter "A última batalha dos Greys"[80] aqui. "Com os rifles presos em suas mãos rijas, num círculo de mortos e moribundos", como cantou um idiota qualquer.[81] Está conseguindo escutá-los agora?

— Bem longe.

— Aquele grupinho ali não vai dar nem para o cheiro, mas imagino que estejam procurando pela floresta inteira. Bem, eu estava contando minha história sofrida. Logo chegamos à cidade deles... umas mil cabanas feitas com galhos e folhas, num grande bosque perto da beira do penhasco. Fica a uns cinco ou seis quilômetros daqui. Os animais imundos me cutucaram tanto com as patas que achei que nunca mais fosse me sentir limpo. Eles nos amarraram... o camarada que cuidou de mim sabia dar nós de contramestre... e lá ficamos nós com os pés para cima, debaixo de uma árvore, com um brutamontes de guarda, de clava na mão. Quando digo "nós" quero dizer Summerlee e eu. O velho Challenger estava em cima de uma árvore, comendo pinhão, na boa vida. Devo dizer que ele deu um jeito de conseguir umas frutas para nós, e afrouxou nossas cordas com as próprias mãos. Se você o visse sentado naquela árvore, de camaradagem com seu irmão gêmeo e cantando "toquem, sinos selvagens"[82] com aquela voz de contrabaixo, porque qualquer tipo de música parecia deixá-los de bom humor, você teria achado graça; mas nós não estávamos com muito ânimo para risos, como você pode imaginar. Eles estavam inclinados, até certo ponto, a deixá-lo fazer o que quisesse, mas para nós impuseram um limite bem claro. Era um grande consolo para todos saber que você estava solto por aí e que tinha consigo os registros.

"Pois agora, meu jovem, vou contar algo que vai surpreendê-lo. Você disse que viu sinais humanos, fogos, armadilhas e que tais. Bem, nós vimos os próprios nativos. São uns pobres-diabos, sujeitinhos cabisbaixos, e têm motivo para isso. Parece que os humanos dominam um lado do platô, para lá, onde você viu as cavernas, e os homens-macacos dominam este lado, e há uma guerra sangrenta entre eles permanentemente. Essa é a situação, até onde pude acompanhar. Bem, ontem os homens-macacos puseram as mãos numa dúzia de humanos e os trouxeram como prisioneiros. Você nunca ouviu um falatório ou gritaria como aquela na vida. Os homens eram uns camaradinhas vermelhos, e haviam sido mordidos e arranhados de tal modo que mal podiam andar. Os homens-macacos mataram dois deles ali mesmo, e então... simplesmente arrancaram o braço de um deles... foi perfeitamente bestial. Os camaradinhas são corajosos, e mal soltaram um pio. Mas isso nos deixou absolutamente nauseados. Summerlee desmaiou, e nem Challenger conseguia aguentar mais. Acho que já foram embora, não acha?"

Escutamos com atenção, mas nada exceto o chamado dos pássaros quebrava a profunda paz da floresta. Lorde Roxton continuou sua história.

— Creio que você fez a escapada da sua vida, meu-jovem-bom-rapaz. Foi a captura dos índios que tirou *você* da cabeça deles, ou eles teriam voltado com certeza ao acampamento atrás de você, para capturá-lo. É claro que, como você disse, eles estavam nos observando daquela árvore desde o começo e sabiam perfeitamente que faltava um de nós. Contudo, só conseguiam pensar nessa nova leva; e foi assim que eu, e não esse bando de macacos, o encontrou pela manhã. Bem, vimos um negócio horrível logo depois. Meu Deus! Que pesadelo é isso tudo! Você lembra da grande fileira de bambus afiados lá embaixo, onde encontramos o esqueleto do americano? Ela fica bem debaixo da Cidade dos Macacos, e é ali que eles jogam os prisioneiros. Imagino que haja pilhas de esqueletos por lá, se procurarmos. Eles têm uma espécie de praça de desfiles no topo, e fazem uma cerimônia especial para a ocasião. Um por um, obrigam os pobres coitados a pular lá de cima, já que a diversão é ver se eles se arrebentam em pedaços ou se são empalados pelos bambus. Eles nos levaram para ver, a tribo inteira se enfileirou na beirada. Quatro índios pularam, e os bambus os atravessaram feito agulhas de tricô num tablete de manteiga. Não espanta termos encontrado o esqueleto daquele pobre ianque com a cana crescendo pelas costelas. Foi horrível, mas bem interessante também. Ficamos todos fascinados ao ver eles darem o salto, mesmo sabendo que seríamos os próximos a andar na prancha.

"Bem, não fomos. Eles guardaram seis índios para hoje, foi o que entendi, mas desconfio de que seríamos nós as estrelas do show. Challenger talvez se livrasse, mas Summerlee e eu estávamos no programa. Mais da metade da linguagem deles é feita de sinais, e não foi difícil entendê-los. Então achei que estava na hora de dar no pé. Eu vinha tramando isso, e tinha uma ou duas ideias claras na mente. Era tudo comigo, já que Summerlee é um inútil e Challenger, não muito melhor. No único momento em que se encontraram, ficaram discutindo, porque não conseguiam concordar quanto à classificação científica dos diabos ruivos que nos capturaram. Um dizia que eram driopitecos de Java, o outro, que eram pitecantropos.[83] Loucura, é o que digo... lunáticos, os dois. Mas, como falei, eu tinha pensado em uma ou duas coisas que poderiam ajudar. Uma é que esses brutamontes não podiam correr tão rápido quanto um homem em campo aberto. Eles têm pernas curtas e arqueadas, veja só, e corpos pesados. Mesmo Challenger conseguiria tomar uma boa distância deles, e eu e você seríamos perfeitos Shrubbs.[84] Outro ponto é que eles não sabem nada sobre armas. Acho que jamais chegaram a entender como o camarada que acertei se machucou. Se conseguíssemos chegar até nossas armas, não há limite para o que poderíamos fazer.

"Então, me libertei hoje de manhã, derrubei meu guarda com um chute na barriga e corri para o campo. Lá encontrei você e as armas, e aqui estamos nós."

— Mas, e os professores? - exclamei consternado.

— Bem, temos que voltar e pegá-los. Eu não podia trazê-los comigo. Challenger estava em cima da árvore, e Summerlee não tem condições de fazer esse esforço. A única chance era pegar as armas e tentar um resgate. É claro que podem matá-los, só por vingança. Não acho que tocarão em Challenger, porém não diria isso de Summerlee. Mas teriam dado cabo dele de qualquer modo. Disso estou certo. Então não piorei nada quando saí correndo. Mas temos o dever de honra de voltar e tirá-los de lá, ou ficar ao lado deles. Então você pode escolher, meu-jovem-bom-rapaz, pois, de um jeito ou de outro, vai ser antes do anoitecer.

Tentei imitar aqui o modo agitado de lorde Roxton falar, com frases curtas e fortes, os sarcasmos, o tom despreocupado que acompanha tudo. Mas ele era um líder nato. No que o perigo engrossa, seu jeito vistoso aumenta, a fala se torna mais picante, os olhos frios brilham com fogo ardente, e o bigode de Dom Quixote fica ouriçado de empolgação. Seu amor pelo perigo, seu apreço intenso pelo drama de uma aventura - que ficam mais intensos por serem mantidos à rédea curta -, sua visão consistente de que cada perigo na vida é um esporte, um jogo feroz entre você e o destino, com a morte como penalidade, fazem dele um companheiro maravilhoso nessas horas. Não fosse pelo medo quanto ao destino de nossos companheiros, teria sido um verdadeiro prazer me atirar com um homem assim naquela aventura. Estávamos levantando da moita onde nos escondíamos quando súbito o senti segurar meu braço.

— Meu São Jorge - ele murmurou -, aí vêm eles!

De onde estávamos deitados podíamos ver abaixo um corredor marrom, ladeado de verde, formado por troncos e galhos. Ao longo dele, passava um grupo de homens-macacos. Andavam em fila única, com as pernas flexionadas e as costas curvas, suas mãos de vez em quando tocando o chão, e as cabeças virando para a esquerda e a direita conforme trotavam pelo caminho. O trote agachado ocultava sua altura, mas tinham um metro e meio mais ou menos, com braços longos e troncos enormes. Vários carregavam pedaços de pau, e à distância pareciam uma fila de seres humanos muito peludos e deformados. Por um instante, tive uma visão clara deles. Então desapareceram entre os arbustos.

— Não foi desta vez - disse lorde John, que havia engatilhado o rifle. — O melhor que podemos fazer é ficar quietinhos até que eles desistam da busca. Então vamos ver se conseguimos voltar à cidade deles e atingi-los no ponto fraco. Vamos dar-lhes uma hora e então marcharemos.

Ocupamos o tempo abrindo uma lata de comida e garantindo nosso desjejum. Lorde Roxton não comera nada além de algumas frutas desde a manhã anterior, e comeu feito um esfomeado. Então, enfim, com nossos bolsos avolumados pelos cartuchos e um rifle em cada mão, partimos em nossa missão de resgate. Antes de sair, marcamos cuidadosamente o pequeno esconderijo entre as moitas e sua posição em relação ao Forte Challenger, de modo que pudéssemos encontrá-lo de novo se fosse preciso. Atravessamos os arbustos em silêncio até chegar bem na beira do penhasco, perto do primeiro acampamento. Ali paramos, e lorde John me explicou seu plano.

— Enquanto estivermos entre as árvores mais robustas, esses porcos serão mais fortes que nós - disse ele. — Eles nos veem e nós não os vemos. Mas em campo aberto é diferente. Lá podemos nos mover mais rápido do que eles. Temos de ficar no descampado o máximo que pudermos. A beira do platô tem menos árvores grandes do que o interior. Então essa é a nossa linha de avanço. Vá devagar, mantenha os olhos abertos e o rifle pronto. Acima de tudo, enquanto restar um cartucho, não deixe que o aprisionem. Essa é minha última palavra, meu jovem.

Quando atingimos a borda do penhasco, olhei por cima da beirada e vi nosso bom e velho Zambo sentado numa pedra fumando, logo abaixo de nós. Eu teria dado o mundo para chamá-lo e contar a ele sobre nossa situação, mas era muito perigoso, ainda mais se nos escutassem. O bosque parecia repleto de homens-macacos, várias vezes escutamos seu curioso falatório estalado. Às vezes mergulhávamos no amontoado de touceiras mais próximo e ficávamos imóveis até que o barulho parasse. Nosso avanço, portanto, foi bastante lento, e ao menos duas horas devem ter se passado até que eu percebesse, pelos movimentos cautelosos de lorde John, que devíamos estar perto de nosso destino. Ele sinalizou para que me deitasse quieto, e ele próprio se arrastou à frente. Em um minuto já estava de volta, com o rosto estremecendo de ansiedade.

— Venha - disse ele. — Venha rápido. Rezo a Deus que já não estejamos atrasados demais!

Eu me via tremer de agitação nervosa ao me mover adiante e me deitar ao lado dele, olhando por cima das moitas para a clareira que se espraiava à nossa frente.

Foi uma visão que guardarei até meus últimos dias - tão estranha, tão impossível, que não sei como farei para que você a compreenda, nem para que eu mesmo acredite nela daqui a alguns anos, se eu viver para me sentar outra vez no salão do clube Savage e olhar para a solidez sombria das margens do Tâmisa. Sei que então tudo parecerá um pesadelo selvagem, um delírio de febre. Assim vou registrá-lo agora, enquanto ainda está fresco em minha memória, e pelo menos um homem, aquele que está deitado ao meu lado na grama úmida, vai saber se estou mentindo.

Um amplo espaço aberto se estendia à nossa frente – ao longo de algumas centenas de metros –, todo coberto de relva verde e samambaias que cresciam até a beira do penhasco. Ao redor dessa clareira havia um semicírculo de árvores com cabanas peculiares de folhagem empilhadas umas sobre as outras entre os galhos. Um viveiro, onde cada ninho seria uma pequena casa, ilustra melhor a ideia. A abertura das cabanas e os galhos das árvores estavam tomados por uma multidão do povo macaco, que pelo tamanho julguei serem as fêmeas e os filhotes da tribo. Eles formavam o plano de fundo do quadro, todos observando com ávido interesse a mesma cena que nos fascinara e desnorteara.

Na área aberta, próximo à beira do penhasco, havia se reunido uma multidão de algumas centenas dessas criaturas ruivas peludas, muitas enormes, e todas horríveis de se olhar. Havia uma certa disciplina entre elas, pois nenhuma tentava quebrar a linha que formavam. À frente se mantinha de pé um pequeno grupo de índios – sujeitos pequenos, limpos e avermelhados, cuja pele brilhava como bronze polido sob a forte luz do sol. Um homem branco alto e magro estava de pé ao lado, cabisbaixo, braços cruzados, toda sua postura expressando horror e repulsa. Não havia como não reconhecer a forma angulosa do professor Summerlee.

À frente e ao redor desse combalido grupo de prisioneiros, estavam vários homens-macacos, que os vigiavam de perto e tornavam qualquer fuga impossível. Então, separados dos demais e perto da beira do penhasco, havia duas figuras tão estranhas e, sob tais circunstâncias, tão ridículas que captaram minha atenção. Uma era o nosso camarada, professor Challenger. Os restos de seu casaco ainda pendiam dos ombros, em tiras, mas a camisa fora toda rasgada, e a grande barba se fundia no emaranhado negro que cobria seu peito poderoso. Havia perdido o chapéu, e o cabelo, que crescera ao longo da viagem, esvoaçava numa desordem bárbara. Um único dia parecia tê-lo transformado do mais alto produto da civilização moderna no selvagem mais terrível da América do Sul. Ao lado estava seu mestre, o rei dos homens-macacos. Em tudo ele era, como lorde John havia dito, a própria imagem de nosso professor, com exceção dos pelos de cor vermelha em vez de negra. O mesmo físico atarracado, os mesmos ombros largos, o mesmo modo de pender os braços à frente, a mesma barba pontuda misturando-se ao peito hirsuto. Apenas acima das sobrancelhas, onde a testa inclinada e o crânio baixo e curvo do homem-macaco contrastavam com o cenho largo e o magnífico crânio do europeu, alguém poderia ver alguma diferença marcante. Em qualquer outro aspecto, o rei era uma paródia absurda do professor.

Registrei tudo isso, que me tomou tanto tempo para descrever, em alguns poucos segundos. Tínhamos coisas bem diferentes a pensar na ocasião, pois um verdadeiro drama estava em andamento. Dois dos homens-macacos haviam separado um dos índios do grupo e o arrastavam em direção à beira do penhasco. O rei ergueu a mão em um sinal. Eles pegaram o homem pelos braços e pernas, e por três vezes o balançaram para a frente e para trás com tremenda violência. Então, com um impulso assustador, atiraram o pobre coitado por sobre o precipício. E o fizeram com tanta força que ele descreveu um arco alto no ar antes de começar a cair. No que sumiu de vista, toda a congregação, exceto os guardas, correu em direção à beira do precipício, e houve uma longa pausa de silêncio absoluto, rompido por um grito louco de prazer. Eles se puseram a pular, jogando os longos braços peludos para cima e urrando de entusiasmo. Então se afastaram da beirada, colocaram-se novamente em linha e aguardaram pela próxima vítima.

Era a vez de Summerlee. Dois guardas o pegaram pelos pulsos e o puxaram com violência para a frente. Sua figura esguia e de membros compridos se debatia e tremia como um frango arrastado da gaiola. Challenger havia se virado para o rei e agitava as mãos freneticamente. Pedia, implorava, mendigava pela vida do colega. O homem-macaco rude o empurrou para o lado e balançou a cabeça. Foi o último movimento consciente que faria sobre a Terra. O rifle de lorde John disparou, e o rei tombou, uma coisa emaranhada e vermelha esparramada no chão.

— Atira neles! Atira, meu filho, atira! - gritou meu companheiro.

Há estranhas profundezas vermelhas na alma do mais comum dos homens. Tenho um bom coração por natureza, e me vi muitas vezes de olhos úmidos com o grito de uma lebre ferida. Ainda assim, a sede de sangue me dominou e me vi de pé, esvaziando uma câmara atrás da outra, abrindo a culatra para recarregar, fechando num clique, o tempo todo ululando e gritando com a mais pura ferocidade e prazer de matança. Com as quatro armas, nós dois fizemos uma devastação horrível. Ambos os guardas que seguravam Summerlee tombaram, e ele olhava espantado ao redor feito um bêbado, incapaz de compreender que era um homem livre. A densa turba de homens-macacos correu desorientada, tentando entender de onde vinha essa tempestade de mortes ou o que ela poderia significar. Eles acenaram, gesticularam, gritaram e tropeçaram nos que haviam tombado. Então, num súbito impulso, todos correram em uma multidão histérica, buscando as árvores como abrigo, deixando para trás o chão pontuado pelos colegas abatidos. Por um momento, os prisioneiros foram deixados de pé no meio da clareira.

O cérebro rápido de Challenger tomou conta da situação. Ele levantou o espantado Summerlee pelo braço, e ambos correram na nossa direção. Dois dos guardas saltaram atrás deles e tombaram com dois tiros de lorde John. Corremos ao descampado para encontrar nossos amigos e empurramos um rifle carregado para cada um. Mas Summerlee estava no fim de suas forças. Mal conseguia mancar. Os homens-macacos já se recuperavam do pânico. Vinham pela mata e ameaçavam cortar nosso caminho. Challenger e eu carregamos Summerlee, cada um o tomando por um braço, enquanto lorde John dava cobertura à nossa retirada, disparando sem parar conforme cabeças selvagens saíam da mata rosnando para nós. Por um quilômetro ou mais os brutamontes tagarelas estiveram em nosso encalço. Então a perseguição afrouxou, pois eles haviam conhecido nosso poder e desistiram de encarar o rifle infalível. Quando enfim alcançamos o acampamento, olhamos para trás e nos vimos sozinhos.

Foi o que nos pareceu, mas estávamos errados. Mal havíamos fechado a porta de espinheiros da zareba, e nos cumprimentávamos e nos atirávamos ofegantes pelo chão ao lado da fonte de água, quando escutamos o tamborilar de passos e, depois, um grito gentil e lamurioso no lado de fora de nossa porta de entrada. Lorde Roxton avançou, com o rifle nas mãos, e a escancarou. Ali, prostrados de rosto no chão, estavam as figurinhas vermelhas dos quatro índios sobreviventes, tremendo de medo de nós e ainda assim implorando por nossa proteção. Com um gesto expressivo das mãos, um deles apontou a floresta ao redor e indicou que estava cheia de perigos. Então, atirou-se à frente, se abraçou às pernas de lorde John e colocou o rosto entre elas.

— Meu São Jorge! - gritou nosso par, alisando o bigode com grande perplexidade. — Digo... o que raios vamos fazer com essa gente? Levantem-se, amiguinhos, e tirem a cara das minhas botas.

Summerlee estava sentado enchendo seu velho cachimbo com tabaco.

— Temos que colocá-los a salvo - disse ele. — Vocês nos tiraram das presas da morte. Palavra de honra! Foi um bom trabalho.

— Admirável - exclamou Challenger. — Admirável. Não somente nós enquanto indivíduos, mas toda a ciência europeia está em grande dívida de gratidão pelo que fizeram. Não hesito em dizer que o desaparecimento do professor Summerlee e o meu próprio teria deixado um vazio considerável na história da zoologia moderna. Nosso jovem amigo aqui e o senhor se saíram muitíssimo bem.

Ele nos agraciou com o velho sorriso paternal, mas as ciências europeias teriam ficado um tanto atônitas se tivessem visto seu filho escolhido, sua esperança para o futuro, com a barba emaranhada e descuidada, o peito nu e as roupas em frangalhos. Ele estava com uma lata de carne entre os joelhos, e sentara-se com um grande pedaço frio de cordeiro australiano entre os dedos. O índio olhou para ele, e então, com um gritinho, atirou-se ao chão e grudou-se à perna de lorde John.

— Não se apavore, meu belo rapaz - disse lorde John, dando tapinhas na cabeça descabelada à frente. — Ele não suporta sua aparência, Challenger, e meu São Jorge!, não me admira. Tudo bem, amiguinho, ele é humano, assim como o resto de nós.

— Francamente, senhor! - protestou o professor.

— Bem, sorte sua, Challenger, que você *é* um pouco fora do comum. Se não fosse tão parecido com o rei...

— Palavra de honra, lorde John, o senhor toma muitas liberdades.

— Bem, é um fato.

— Rogo, senhor, que mude de assunto. Seus apontamentos são irrelevantes e ininteligíveis. A questão diante de nós é o que faremos com estes índios. O óbvio seria escoltá-los até a casa deles. Se soubermos onde ela fica.

— Não há dificuldade quanto a isso - eu disse. — Eles vivem nas cavernas do outro lado da lagoa central.

— Nosso jovem amigo aqui sabe onde eles vivem. Creio que fica a alguma distância.

— Uns bons trinta quilômetros - eu disse.

Summerlee soltou um resmungo.

— Eu, de minha parte, nunca chegaria lá. O certo é que ainda escuto aqueles brutamontes gritando no nosso encalço.

Enquanto ele falava, dos recônditos sombrios da floresta escutamos o urro dos homens-macacos. Os índios voltaram a soltar um gemido fraco de medo.

— Temos que sair daqui, e rápido! - disse lorde John. — Você ajuda Summerlee, meu jovem. Esses índios carregarão as provisões. Vamos agora, então, antes que eles nos vejam.

Em menos de meia hora, havíamos alcançado nosso retiro no matagal e nos ocultamos. O dia todo escutamos o chamado empolgado dos homens-macacos na direção do antigo acampamento, mas nenhum deles seguiu nosso caminho, e os fugitivos exaustos, entre vermelhos e brancos, dormiram profunda e longamente. Eu cochilava ao entardecer quando alguém puxou minha manga, e dei com Challenger ajoelhado ao meu lado.

— Você mantém um diário sobre estes eventos e no fim espera publicá-los, sr. Malone - disse ele com solenidade.

— Estou aqui somente como jornalista - respondi.

— Exatamente. Você pode ter escutado algumas observações um tanto presunçosas de lorde John Roxton que parecem insinuar que há alguma... alguma semelhança...

— Sim, eu as escutei.

— Não preciso dizer que qualquer publicidade que se dê a tal ideia... qualquer leviandade em sua narrativa quanto ao ocorrido... seria tremendamente ofensiva para mim.

— Me manterei o mais próximo da verdade.

— As observações de lorde John com frequência são excessivamente extravagantes, e ele é capaz de atribuir as motivações mais absurdas ao respeito que as raças menos desenvolvidas sempre demonstraram pela dignidade e o caráter. Entende o que eu digo?

— Totalmente.

— Deixo o assunto à sua discrição - então, após uma longa pausa, acrescentou: — O rei dos homens-macacos era realmente uma criatura de grande distinção... uma personalidade notavelmente bonita e inteligente. Não lhe pareceu?

— Uma criatura das mais notáveis - disse eu.

E o professor, com o espírito apaziguado, voltou a dormir.

14.
As verdadeiras conquistas

Tínhamos imaginado que nossos perseguidores, os homens-macacos, não soubessem do esconderijo no matagal, mas estávamos prestes a descobrir nosso engano. Não se ouvia nenhum som na floresta – nem uma folha movendo-se entre as árvores –, e tudo era paz ao nosso redor, mas devíamos ter sido alertados, por nossa primeira experiência, do quanto essas criaturas são astutas, e da paciência que têm para vigiar e aguardar até que uma oportunidade surja. Seja qual for meu destino em minha vida, tenho certeza absoluta de que nunca estarei tão perto da morte quanto estive naquela manhã. Mas vou contar a coisa na devida ordem.

Acordamos todos exaustos após as emoções terríveis e a comida escassa do dia anterior. Summerlee ainda estava tão fraco que era um esforço para ele ficar de pé; mas o velho estava cheio de uma espécie de coragem intratável que o impedia de admitir a derrota. Fizemos um conselho, e acordamos que deveríamos aguardar quietos onde estávamos por uma ou duas horas, fazer nosso muito necessário desjejum, e então abrir caminho ao longo do platô e ao redor da lagoa central, até as cavernas que, segundo minhas observações, pareciam ser onde os índios viviam. Confiávamos que poderíamos contar com a palavra desses que havíamos resgatado para garantir uma recepção calorosa por parte de seus semelhantes. Então, com nossa missão cumprida e em posse de um conhecimento completo dos segredos da Terra de Maple White, voltaríamos todos os pensamentos ao problema vital de nossa fuga e retorno. Até mesmo Challenger estava pronto para admitir que deveríamos dar por concluído o motivo que nos trouxera, e que nosso primeiro dever, dali em diante, seria o de levar de volta à civilização as descobertas impressionantes que havíamos feito.

Agora podíamos observar com mais tranquilidade os índios que havíamos resgatado. Eram homens pequenos, ativos, rijos e bem constituídos, os cabelos lisos e negros amarrados num coque atrás da cabeça com tiras de couro, e suas tangas também eram de couro. Os rostos eram imberbes, bem formados e bem-humorados. Os lóbulos das orelhas, que pendiam rasgados e ensanguentados, mostravam terem sido perfurados para receber algum ornamento, que seus captores haviam arrancado. Sua fala, embora ininteligível para nós, era fluente entre eles, e conforme apontavam uns aos outros e diziam a palavra "Accala" várias vezes, entendemos que este era o nome de sua nação. Ocasionalmente, com rostos que se remoíam de medo e ódio, eles sacudiam o punho fechado para a mata ao redor e diziam: "Doda! Doda!", com certeza o termo para nomear os inimigos.

— O que acha deles, Challenger? - perguntou lorde John.

— Uma coisa para mim está bem clara: o camaradinha com a testa raspada é o cacique.

Era mesmo evidente que esse homem se destacava dos demais, e que eles nunca se arriscavam a se dirigir a ele sem todo sinal do mais profundo respeito. Ele parecia ser o mais novo de todos, e, ainda assim, tão orgulhoso e elevado era seu espírito que, quando Challenger pousou a mãozona sobre a cabeça dele, reagiu como um cavalo arisco e, com faíscas nos olhos negros, afastou-se do professor. Então, colocando a mão sobre o peito e mostrando grande dignidade, pronunciou a palavra "Maretas" várias vezes. O professor, inabalado, puxou pelo ombro o índio que tinha mais perto de si e passou a palestrar sobre ele como se fosse um espécime engaiolado em uma sala de aula.

— O tipo dessa gente – disse ele a seu modo sonoro –, a julgar-se pela capacidade craniana, ângulo facial ou qualquer outro aspecto, não pode ser considerado inferior; pelo contrário, devemos considerá-lo mais alto na escala do que muitas tribos sul-americanas que eu poderia mencionar. Não há hipótese que explique a evolução dessa raça neste lugar. Da mesma forma, tão grande é a distância que separa aqueles homens-macacos dos animais primitivos que sobreviveram sobre este platô, que é inadmissível pensar que possam ter se desenvolvido onde os encontramos.

— Então de onde raios eles vieram? – perguntou lorde John.

— Uma questão que será, sem dúvida, avidamente discutida em toda sociedade científica da Europa e das Américas – o professor respondeu. — Minha própria leitura da situação, se é que tem algum valor... – ao dizer isso inflou o peito enormemente e olhou com insolência ao redor –... é que a evolução tem avançado sob as condições peculiares desta terra até o estágio vertebrado, e os tipos antigos sobrevivem e vivem em companhia dos mais novos. Por isso encontramos criaturas modernas como a anta, um animal com uma linhagem e tanto, o grande veado e o tamanduá, em companhia de formas reptilianas do tipo jurássico. Até aí está claro. E agora chegamos aos homens-macacos e aos índios. O que a mente científica pensa sobre a presença deles? Só posso explicá-la como uma invasão externa. É possível que tenha existido um macaco antropoide na América do Sul, que em priscas eras encontrou um caminho até este lugar, e que evoluiu para as criaturas que temos visto, algumas das quais – ele olhou com dureza para mim – eram de aparência e forma que, se fossem acompanhadas pela inteligência correspondente, teriam, não hesito em dizer, vantagens sobre qualquer raça viva. Quanto aos índios, não posso duvidar que sejam imigrantes mais recentes, vindos de baixo, que sob a pressão da fome ou de conquistas, abriram caminho até aqui em cima. Confrontados por criaturas ferozes nunca vistas antes, refugiaram-se nas cavernas descritas por nosso jovem amigo, mas sem dúvida tiveram uma luta amarga para se impor contra as feras selvagens, especialmente os homens-macacos, que os considerariam invasores, e travaram uma guerra implacável com eles, com uma astúcia ausente nas feras maiores. Daí portanto o fato de estarem em número tão limitado. Bem, cavalheiros, decifrei a charada com clareza, ou ainda há algum ponto que gostariam de elucidar?

Da sua parte, o professor Summerlee estava muito deprimido para argumentar, ainda que tenha balançado a cabeça violentamente, como sinal de discordância geral. Lorde John apenas coçou os parcos cabelos, pontuando que não estava em condições de oferecer embate, já que não era da mesma categoria de peso. Da minha parte, interpretei meu papel de sempre, de descer as coisas para um nível estritamente prosaico e prático, ao observar que estava faltando um índio.

— Ele foi buscar água - disse lorde Roxton. — Nós lhe demos uma lata de carne vazia e ele partiu.

— Para o acampamento antigo?

— Não, para o riacho. Fica por ali, entre as árvores. Não deve estar a mais do que alguns metros. Mas é certo que o coitado está demorando.

— Vou lá procurá-lo - eu disse. Peguei meu rifle e caminhei na direção do córrego, deixando meus amigos terminarem o parco desjejum. Você deve achar arriscado que, mesmo para ir a uma distância tão curta, eu abandone o abrigo de nosso matagal amigo, mas deve se lembrar que estávamos a muitos quilômetros da Cidade dos Macacos, que até onde sabíamos as criaturas não haviam descoberto nosso esconderijo, e que, de todo modo, com um rifle em mãos eu não tinha medo deles. Ainda não havia descoberto sua astúcia, ou sua força.

Eu podia ouvir o murmúrio do córrego em algum lugar à minha frente, mas entre mim e ele havia um emaranhado de árvores e mato. Estava abrindo meu caminho através da mata, em um ponto fora do campo de visão de meus companheiros, quando, debaixo de uma das árvores, notei algo vermelho amontoado entre as moitas. Conforme me aproximei, fiquei chocado ao ver que era o cadáver do índio desaparecido. Ele jazia de lado, os braços erguidos e a cabeça torcida num ângulo anormal, de modo que parecia olhar por cima do próprio ombro. Soltei um grito para alertar meus amigos de que havia algo errado, corri à frente e me curvei sobre o corpo. Certamente meu anjo da guarda estava bem junto de mim, pois um instinto de medo, ou talvez um leve farfalhar nas folhas, me fez olhar para cima. Vi sair das grossas folhagens verdes, pendendo baixo sobre minha cabeça, dois braços musculosos cobertos de pelos vermelhos que desciam lentamente. Mais um instante e as grandes mãos furtivas estariam ao redor da minha garganta. Saltei para trás, mas, por mais rápido que eu fosse, as mãos eram mais rápidas ainda. Graças ao meu movimento ágil, elas erraram a agarrada fatal, mas uma alcançou minha nuca e a outra, meu rosto. Ergui as mãos para proteger minha garganta, e, no momento seguinte, a grande pata escorregou pelo meu rosto e se fechou sobre elas. Fui levemente erguido do chão, e senti uma pressão insuportável puxando minha cabeça para trás, até que a força sobre a coluna cervical fosse mais do que eu conseguia suportar. Meus sentidos falharam, mas eu continuei tentando me desvencilhar dela, afastando-a do meu queixo. Olhei para cima e vi o rosto pavoroso de olhos azul-claros, frios e inexoráveis, baixando para encontrar os meus. Havia algo hipnótico naqueles olhos terríveis. Eu não conseguia mais resistir. Quando a criatura sentiu que eu fraquejava em seu agarrão, dois caninos brancos brilharam por um momento em cada lado da boca maligna, e a garra se estreitou ainda mais sobre meu queixo, forçando para cima e para trás. Uma fina névoa opalina formou-se diante de meus olhos e pequenos sinos de prata ressoaram em meus ouvidos. Abafado e distante, escutei o tiro de um rifle, e esperei vagamente pelo choque quando fui largado sobre a terra, onde caí sem sentidos ou movimentos.

Quando acordei, me vi de costas sobre a grama, no nosso abrigo entre as moitas. Alguém trouxera água do córrego, e lorde John molhava minha testa, enquanto Challenger e Summerlee me seguravam e erguiam meu rosto, com a preocupação estampada nas faces. Por um momento, tive um vislumbre do espírito humano por trás de suas máscaras científicas. De fato fora o choque, mais do que qualquer ferimento, que me deixara prostrado, e em meia hora, apesar da cabeça latejando e do pescoço duro, eu estava sentado e pronto para outra.

— Mas essa foi por pouco, meu-jovem-bom-rapaz - disse lorde Roxton. — Quando escutei você gritar, corri e vi sua cabeça torcida e seus *stohwassers*[85] chutando no ar, pensei que seria um a menos no time. Na pressa deixei a fera escapar, mas ela largou você na mesma hora e correu feito um raio. Meu São Jorge! Quisera eu ter cinquenta homens com rifles. Eu acabaria com a turma infernal inteira e deixaria esta terra um pouco mais limpa do que a encontramos.

Estava claro que os homens-macacos haviam nos rastreado de algum modo, e que éramos observados por todo lado. Não havia muito o que temer deles durante o dia, mas era bem provável que nos atacassem à noite; então o quanto antes fôssemos embora de sua vizinhança, melhor. Por três lados ao nosso redor havia somente florestas, e lá nos veríamos em uma emboscada. Mas no quarto lado - aquele que descia em direção à lagoa - havia apenas relva baixa, com árvores esparsas e algumas clareiras. Era, a bem da verdade, a rota que eu havia tomado em minha jornada solitária, e nos levaria direto às cavernas dos índios. Com toda certeza, deveria ser este nosso caminho, portanto.

Mas um pesar nos restava: deixar para trás o velho acampamento, não apenas pelos mantimentos que continuavam lá, mas porque estaríamos perdendo contato com Zambo, nosso elo com o mundo exterior. Contudo, tínhamos um bom suprimento de munição e todas as nossas armas conosco, de modo que, no final das contas, podíamos tomar conta de nós mesmos por algum tempo, e esperávamos em breve ter uma chance de retornar e restaurar as comunicações com nosso negro. Ele havia prometido que ficaria lealmente onde estava, e não tínhamos dúvida de que era um homem de palavra.

No início da tarde começamos nossa jornada. O jovem cacique tomou a dianteira como guia, mas recusou-se indignado a carregar qualquer fardo. Atrás dele vinham os dois índios sobreviventes com nossas poucas posses sobre as costas. Nós quatro, os brancos, caminhávamos na retaguarda com os rifles carregados e prontos. Assim que partimos, veio de súbito da densa floresta silenciosa uma grande ululação dos homens-macacos, que pode ter sido tanto uma comemoração de triunfo por nossa partida quanto uma zombaria de desprezo por nossa fuga. Olhando para trás, víamos apenas a densa cortina de árvores, mas aquele grito prolongado nos mostrou quantos de nossos inimigos escondiam-se entre elas. Contudo, não vimos nenhum sinal de perseguição, e logo entramos em território aberto, fora do alcance deles.

Enquanto eu marchava, na retaguarda dos quatro, não pude deixar de achar graça da aparência de meus três companheiros à frente. Era esse o luxuoso lorde John Roxton que se sentara naquela noite no Albany, entre pinturas e tapetes persas, sob a iluminação cor-de-rosa de lâmpadas coloridas? E seria esse o imponente professor que gritava detrás da grande escrivaninha, em seu enorme escritório em Enmore Park? E, finalmente, poderia este ser aquela austera e empertigada figura que se levantou no evento do Instituto Zoológico? Nem três vagabundos que se achassem nas redondezas de Surrey poderiam parecer mais desesperados e estropiados. Estamos, é verdade, há apenas mais ou menos uma semana no topo do platô, mas todas as nossas roupas de reserva ficaram no acampamento abaixo, e a semana foi bastante severa conosco, embora um pouco menos comigo, que não passei pelas mãos dos homens-macacos. Meus três amigos haviam todos perdido os chapéus, e agora usavam lenços amarrados à cabeça, suas roupas pendiam em farrapos, e a barba por fazer nos rostos encovados dificilmente os ajudaria a ser reconhecidos. Tanto Summerlee quanto Challenger mancavam bastante, enquanto eu ainda arrastava os pés de fraqueza após o choque daquela manhã, e meu pescoço estava duro como uma tábua, devido à garra assassina que o apertara. Formávamos, de fato, uma equipe lamentável, e não me surpreendia ver nossos companheiros índios olharem ocasionalmente para trás com horror e assombro diante de nossos rostos.

No final da tarde alcançamos a margem da lagoa, e ao sair da mata e ver o lençol de água que se estendia adiante, nossos amigos nativos soltaram um grito agudo de alegria e apontaram ansiosos para a frente. Era, de fato, uma visão maravilhosa que se abria para nós. Navegando rápido pela superfície cristalina da lagoa, havia uma grande flotilha de canoas, vindo direto para a margem onde estávamos. Quando os avistamos pela primeira vez, estavam a alguns quilômetros de distância, mas dispararam à frente com grande rapidez, e logo chegaram tão perto que os remadores conseguiam nos distinguir. No mesmo instante, soltaram um grito trovejante de deleite, e os vimos erguendo-se nos assentos, sacudindo os remos e as lanças loucamente no ar. Então, voltando ao batente, remaram ao longo da porção restante de água, chegaram com as canoas às areias da margem, e se apressaram em nos alcançar, prostrando-se com altos gritos de saudação frente ao jovem cacique. Finalmente, um deles, um homem mais velho, com colar e braceletes de grandes contas de vidro lustroso, a pele de um magnífico animal sarapintado cor de âmbar cobrindo-lhe os ombros, adiantou-se aos demais e abraçou carinhosamente o jovem que havíamos salvado. Ele olhou para nós e fez algumas perguntas, e logo depois veio na nossa direção com muita dignidade e nos abraçou um por vez. Então, ao seu comando, toda a tribo se prostrou no chão à nossa frente em uma reverência. Eu mesmo me senti tímido e desconfortável diante dessa adoração obsequiosa, e vi o mesmo sentimento no rosto de Roxton e Summerlee, mas Challenger abriu-se como uma flor ao sol.

— Eles podem ser uns tipos subdesenvolvidos - disse, cofiando a barba e olhando ao redor. - Mas sua conduta em presença de superiores poderia servir de lição para alguns de nossos europeus mais avançados. É estranho como são corretos os instintos do homem natural!

Estava claro que os nativos haviam saído para a guerra, pois cada homem carregava uma lança - um longo bambu com ponta de osso -, arco e flechas, e uma espécie de clava ou machado de batalha feito de pedra, pendendo ao lado. Os olhares raivosos e sombrios para a floresta de onde havíamos vindo, e a repetição frequente da palavra "Doda", deixavam bem claro que aquilo era uma equipe de resgate que havia partido para salvar ou vingar o filho do velho cacique, o que concluímos que o rapaz fosse. Um conselho reunia toda a tribo, que se agachava formando um círculo, enquanto sentávamos próximos, em uma placa de basalto, e observávamos os procedimentos. Dois ou três guerreiros falaram, e finalmente nosso jovem amigo fez um discurso animado, com tantos detalhes e gestos eloquentes que entendíamos com clareza, como se soubéssemos seu idioma.

— Para que voltar? - disse ele. — Mais cedo ou mais tarde a coisa precisa ser feita. Seus companheiros foram assassinados. E daí que eu voltei vivo? Os outros foram mortos. Não há segurança para nenhum de nós. Agora estamos reunidos e prontos - então apontou para nós. — Estes homens estranhos são nossos amigos. São grandes guerreiros e odeiam os homens-macacos tanto quanto nós. Eles comandam - aqui ele apontou para o céu - o raio e o trovão. Quando teremos essa chance outra vez? Se avançarmos, ou morreremos agora, ou viveremos em segurança no futuro. Que outra forma temos de não voltar desonrados para nossas mulheres?

Os pequenos guerreiros vermelhos estavam atentos às palavras do orador, e quando este terminou, estouraram num rugido de aplausos, agitando suas armas rudes no ar. O velho cacique deu um passo à frente em nossa direção, e nos fez algumas perguntas, apontando para a floresta. Lorde John fez-lhe um sinal de que deveria aguardar pela resposta, e então se virou para nós.

— Bem, cabe a vocês resolverem o que fazer - disse ele. — Da minha parte, tenho contas a acertar com aquela macacada, e se a coisa terminar com eles varridos da face da Terra, acho que a Terra não se importaria. Vou com nossos amigos vermelhos e pretendo vê-los vitoriosos. O que me diz, meu jovem?

— É claro que eu vou.

— E você, Challenger?

— Certamente vou cooperar.

— E você, Summerlee?

— A mim parece que estamos nos afastando bastante do objetivo desta expedição, lorde John. Eu lhe garanto que, quando deixei minha cátedra em Londres, não pensei que fosse com o propósito de liderar um ataque de selvagens contra uma colônia de macacos antropoides.

— A que ponto descemos – disse lorde John, sorrindo. — Mas já que estamos aqui, qual é sua decisão?

— Parece-me um passo muito discutível – disse Summerlee, argumentativo até o fim –, mas se todos vocês vão, não vejo como poderia ficar para trás.

— Então está decidido – disse lorde John. Virou-se para o cacique, assentiu e deu um tapa no rifle.

O velho camarada nos tomou pelas mãos, um por vez, enquanto seus homens comemoravam mais efusivamente ainda. Era muito tarde para avançarmos naquela noite, então os índios se organizaram num bivaque rústico. Fogueiras começaram a brilhar e fumegar por todo lado. Alguns deles, que haviam desaparecido na selva, retornaram conduzindo um jovem iguanodonte. Como os demais, ele tinha uma marca de asfalto na espádua, e foi somente quando vimos um dos nativos avançar um passo à frente, com ares de proprietário, e dar permissão para que o animal fosse abatido, que entendemos, enfim, que as grandes criaturas eram propriedade privada, como um rebanho de gado, e que aqueles símbolos que tanto nos espantaram nada mais eram que as marcas dos donos. Indefesos, grandalhões e herbívoros, com membros grandes, mas um cérebro minúsculo, os iguanodontes podiam ser cercados e conduzidos até por uma criança. Em poucos minutos, o grande animal fora carneado, e seus filés pendiam sobre uma dúzia de fogueiras de campo, ao lado de grandes peixes de escamas ganoides[86] que haviam sido pescados no lago.

Summerlee se deitou na areia e dormiu, mas nós andamos pela beira da água, tentando aprender um pouco mais sobre esta terra estranha. Por duas vezes, encontramos poços de argila azul, como os que já havíamos visto no pântano dos pterodáctilos. Eram antigas crateras vulcânicas, que por alguma razão atiçavam um grande interesse em lorde John. O que atraiu Challenger, por outro lado, foi o borbulhar gorgolejante de um gêiser de lama, onde um estranho gás formava grandes bolhas que estouravam na superfície. Ele mergulhou um pedaço oco de junco no gêiser e gritou de alegria feito um colegial quando, ao tocá-lo com um fósforo aceso, causou uma pequena explosão e fez surgir uma chama azul na ponta do cano. Ficou ainda mais animado quando, fechando a extremidade do junco com uma bolsa de couro e preenchendo-a com o gás, conseguiu fazê-la flutuar no ar.

— Um gás inflamável, e sobretudo mais leve que a atmosfera. Devo dizer que sem dúvida contém uma proporção considerável de hidrogênio livre. Os recursos de G. E. C. não se exauriram, meu jovem amigo. Ainda demonstrarei como uma grande mente é capaz de moldar toda a natureza a seu favor – gabou-se ele com algum propósito secreto, mas não revelou mais nada.

Nada que pudéssemos ver sobre a margem me parecia mais maravilhoso do que o grande lençol de água à nossa frente. O tamanho e o barulho de nosso grupo haviam afastado todas as criaturas vivas do caminho, e salvo por uns poucos pterodáctilos, que voavam bem alto sobre nossas cabeças à espera de uma carniça qualquer, tudo estava calmo ao redor do acampamento. Mas nas águas rosadas da lagoa central, era diferente. Elas borbulhavam e ferviam com estranhas formas de vida. Grandes dorsos cor de ardósia, com barbatanas serrilhadas, surgiam com um floreio prateado e logo giravam para voltar às profundezas. Os bancos de areia ao longe eram salpicados de formas primitivas que se arrastavam, grandes tartarugas, estranhos sáurios e uma enorme criatura achatada, palpitante e convoluta, parecendo um tapete de couro negro gorduroso, que deslizou devagar a caminho do lago. Aqui e ali cabeças de grandes serpentes se projetavam para fora da água, navegando ágeis por ela com um colarzinho de espuma à frente e longas ondas rodopiantes atrás, subindo e descendo, conforme avançavam, com as graciosas ondulações de um cisne. Quando uma dessas criaturas se esgueirou para cima de um banco de areia, a algumas centenas de metros de nós, expondo abaixo do pescoço de serpente um corpo em forma de barril e grandes nadadeiras, Challenger e Summerlee – que havia se juntado a nós – irromperam em um dueto de espanto e admiração.

— Um plesiossauro![87] Um plesiossauro de água doce! – exclamou Summerlee. — Vivi para ter essa visão! Somos abençoados, meu caro Challenger, acima de todos os zoologistas desde que o mundo começou!

Não foi antes que a noite caísse, e que as fogueiras de nossos aliados selvagens brilhassem vermelhas nas sombras, que conseguimos arrastar nossos dois homens da ciência para longe dos fascínios da lagoa primitiva. Mesmo na escuridão, deitados na praia, ainda escutávamos de vez em quando o bufar e o mergulhar das grandes criaturas que viviam ali.

Ao amanhecer, nosso acampamento já estava desperto e, uma hora depois, começamos nossa memorável expedição. Com frequência, sonhava que poderia viver para ser um correspondente de guerra. Mas nem nos sonhos mais delirantes poderia ter imaginado a natureza da campanha que me caberia noticiar! Aqui vai então meu primeiro despacho do campo de batalha:

Nossos contingentes haviam sido reforçados durante a noite por novas levas de nativos que chegaram das cavernas, e poderíamos ser bem uns quatrocentos ou quinhentos quando avançamos. Uma leva de batedores foi enviada à frente e, atrás deles, todo o exército se pôs a caminho formado em uma sólida coluna, subindo a encosta da região de arbustos até que estivéssemos próximos dos limites da floresta. Ali eles se espalharam em uma longa linha dispersa de lanceiros e arqueiros. Roxton e Summerlee assumiram suas posições no flanco direito, enquanto Challenger e eu estávamos no esquerdo. Era uma horda da Idade da Pedra o que acompanhávamos para a batalha – nós, com a última palavra dos fabricantes de armas de St. James Street e da Strand.

Não tivemos de esperar muito pelo inimigo. Um clamor agudo e selvagem ergueu-se nos limites da floresta e, súbito, um corpo de homens-macacos avançou com tacapes e pedras em direção ao centro da linha de índios. Era uma jogada valente, mas insensata, pois aquelas grandes criaturas de pernas arqueadas eram lentas a pé, enquanto seus oponentes eram ágeis como gatos. Foi horrível de se ver, os brutamontes ferozes espumando pela boca com os olhos reluzentes, correndo e ofegando, mas errando seus inimigos esquivos invariavelmente, enquanto flecha após flecha se cravavam em sua pele. Um camarada grandão passou por mim rugindo de dor, com uma dúzia de setas grudadas no peito e entre as costelas. Por misericórdia, meti-lhe uma bala no crânio, e ele caiu esparramado por entre os aloés. Mas esse foi o único tiro disparado, pois o ataque fora no centro da linha, e ali os índios não precisaram de nenhuma ajuda nossa para repeli-lo. De todos os homens-macacos que correram para o descampado, não creio que algum tenha voltado para o abrigo.

Mas a situação ficou mais mortal quando avançamos por entre as árvores. Por uma hora ou mais após entrarmos no bosque, houve um combate desesperado no qual por algum tempo mal nos mantivemos. Saindo de dentro do mato em disparada, com clavas, os homens-macacos caíam sobre os índios e não raro derrubavam três ou quatro antes que eles os espetassem com suas lanças. Os golpes assustadores de clava esmigalhavam tudo o que atingiam. Um deles espatifou o rifle de Summerlee em pedaços, e o seguinte teria esmagado o crânio dele, se um índio não tivesse apunhalado a fera no coração. Outros homens-macacos atiravam pedras e toras de madeira de cima das árvores, e ocasionalmente jogavam-se eles próprios sobre nosso grupo, lutando furiosamente até tombar. Nossos aliados cediam à pressão, e se não fosse pelo poder de nossos rifles, certamente teriam dado no pé. Mas o velho cacique os reanimou bravamente e eles voltaram com tamanho ímpeto que foi a vez de os homens-macacos começarem a desistir. Summerlee estava desarmado, mas eu esvaziava o carregador tão rápido quanto conseguia disparar, e no flanco oposto escutávamos os tiros contínuos dos rifles de nossos companheiros. Então, num instante, veio o pânico e o colapso. Gritando e uivando, as grandes criaturas fugiram para todo lado pela mata, enquanto nossos aliados gritavam em deleite selvagem, correndo rápido atrás do inimigo em fuga. Todas as rixas de incontáveis gerações, todo o ódio e a crueldade de sua estreita história, todas as memórias de maus-tratos e perseguições seriam purgadas naquele dia. Enfim o homem reinaria supremo e o homem-fera encontraria para sempre o destino que lhe cabia. Correndo como podiam, os fugitivos eram muito lentos para escapar dos ágeis selvagens, e de cada canto do emaranhado de matagal escutávamos seus gritos exultantes, o vibrar das cordas nos arcos e o baque surdo dos homens-macacos sendo arrancados de seu esconderijo nas árvores.

Eu seguia os demais, quando percebi que lorde John e Challenger haviam se juntado a nós.

— Está acabado - disse lorde John. — Creio que podemos deixar o arremate para eles. Quanto menos virmos dessa parte, melhor dormiremos depois, talvez.

Os olhos de Challenger brilhavam com a ânsia por carnificina.

— É um privilégio - clamou, pavoneando-se feito um galo de rinha - estarmos presentes em uma típica batalha decisiva da história... as batalhas que determinaram o destino do mundo. O que é, meus amigos, a conquista de uma nação por outra? É insignificante. Todas produzem o mesmo resultado. Mas essas lutas ferozes, na aurora do tempo, em que os homens das cavernas resistiram contra os tigres, ou quando os elefantes descobriram que tinham um mestre, essas foram as verdadeiras conquistas… as vitórias que contam. Por uma estranha volta do destino, assistimos e até ajudamos a decidir uma dessas disputas. Agora, neste platô, o futuro passará a pertencer ao homem para sempre.

É preciso ter muita fé nos fins para justificar meios tão trágicos. Quando avançamos juntos pela floresta, vimos homens-macacos que jaziam aos montes, transpassados por lanças ou flechas. Aqui e ali, pequenos grupos de índios marcavam o ponto em que um dos antropoides fora encurralado e vendera sua vida a alto custo. Sempre à frente, escutávamos gritos e rugidos que mostravam o rumo da perseguição. Os homens-macacos foram conduzidos de volta à sua cidade, travou-se um confronto final lá, uma vez mais foram derrotados, e então estávamos a tempo de ver a terrível cena decisiva. Uns oitenta ou cem machos, os últimos sobreviventes, foram encurralados ao longo do mesmo descampado que leva à beira do precipício, a cena de nossos feitos dois dias antes. Quando chegamos, os índios haviam formado um semicírculo de lanceiros ao redor deles, e em um minuto estava tudo acabado. Trinta ou quarenta morreram ali mesmo. Os outros, gritando e se debatendo, foram atirados ao precipício, em direção aos afiados bambus quase duzentos metros abaixo, como seus prisioneiros haviam sido. O reino do homem estava para sempre garantido na Terra de Maple White, como dissera Challenger. Os homens-macacos machos foram exterminados. A Cidade dos Macacos foi destruída, as fêmeas e os jovens, levados para viver como escravos e a longa rivalidade de séculos incontáveis chegara ao seu sangrento final.

Para nós, a vitória trouxe muitas vantagens. Pudemos visitar nosso acampamento de novo e pegar os mantimentos. Uma vez mais também conseguimos nos comunicar com Zambo, aterrorizado pelo espetáculo da avalanche de macacos que caía da beira do penhasco.

— Fujam, *misters*, fujam! - ele gritou com os olhos esbugalhados. — O diabo vai pegar vocês se ficarem aí!

— É a voz da sanidade! - disse Summerlee com convicção. — Tivemos aventuras o bastante, e elas não foram condizentes nem com nosso caráter nem com nossa posição. Eu confio em sua palavra, Challenger. De agora em diante, você concentrará suas energias em nos tirar desta terra horrível e nos levar de volta à civilização.

15.
Nossos olhos viram grandes maravilhas

Escrevo este relato dia a dia, mas creio que antes de chegarmos ao fim, poderei dizer que, depois da tempestade, vem a bonança. Estamos detidos aqui sem ter em vista nenhum meio para fazer nossa retirada e, amargurados, nos irritamos com isso. Ainda assim, posso muito bem imaginar que chegará o dia em que seremos gratos por termos ficado presos aqui, contra nossa vontade, podendo ver um pouco mais das maravilhas deste lugar singular e das criaturas que o habitam.

A vitória dos índios e a aniquilação dos homens-macacos marcaram o ponto em que nossa sorte mudou. Dali em diante, éramos na prática os reis do platô, pois os nativos nos olhavam com um misto de medo e gratidão, por tê-los ajudado a destruir seus inimigos hereditários com nossos estranhos poderes. Para o seu próprio bem, provavelmente ficariam felizes, talvez, de ver partirem pessoas tão formidáveis e poderosas, mas eles mesmos não haviam sugerido nenhum meio para chegarmos às planícies lá embaixo. Até onde pudemos compreender seus sinais, já houvera um túnel por onde o lugar podia ser alcançado, a saída subterrânea que víramos abaixo. Fora através dele, sem dúvida, que tanto os homens-macacos quanto os índios haviam atingido o topo, em diferentes épocas, e Maple White e seu companheiro teriam tomado o mesmo caminho. Contudo, no ano anterior houvera um terrível terremoto, e a entrada superior do túnel desabara, desaparecendo por completo. Quando expressávamos por gestos o desejo de descer, os índios só conseguiam balançar a cabeça e dar de ombros. Talvez não possam nos ajudar a ir embora, mas também pode ser que não queiram.

Ao final da campanha vitoriosa, os sobreviventes do povo macaco foram conduzidos pelo platô (seus gemidos eram horríveis) e acomodados nas redondezas das cavernas dos índios, onde seriam, de agora em diante, uma raça servil vigiada por seus senhores. Eram uma versão primitiva, crua e grosseira dos judeus na Babilônia ou dos israelitas no Egito. À noite, podíamos escutar o longo choro vindo das árvores, como se um Ezequiel primevo lamentasse pela grandeza decaída e as glórias perdidas da Cidade dos Macacos. Cortadores de lenha e carregadores de água, eis o que seriam de agora em diante.

Dois dias depois da batalha, atravessamos o platô com nossos aliados e erguemos nosso acampamento aos pés do desfiladeiro. Os índios teriam compartilhado suas cavernas conosco, mas lorde John não consentiu de modo algum, pois isso nos colocaria em seu poder caso revelassem uma índole traiçoeira. Assim, mantivemos nossa autonomia, e as armas prontas para qualquer emergência, enquanto preservávamos relações absolutamente amigáveis. Também visitamos regularmente as cavernas, que eram lugares muito marcantes, ainda que não pudéssemos determinar se eram naturais ou feitas pelo homem. Todas do mesmo estrato, eram cavadas na rocha mais branda que ficava entre o basalto vulcânico do penhasco vermelho acima e o granito duro da base.

As entradas ficavam a cerca de vinte e cinco metros do chão, e eram acessadas por longas escadarias de pedra, tão estreitas e íngremes que nenhum animal grande poderia galgá-las. Por dentro, eram secas e aquecidas, e se estendiam colina adentro em passagens retas de comprimento variável, com paredes cinzentas homogêneas, decoradas com pinturas excelentes, feitas com bastões de carvão, representando os vários animais do platô. Se todas as criaturas vivas fossem varridas daquela terra, um explorador do futuro poderia encontrar, nas paredes daquelas cavernas, ampla evidência da estranha fauna – dinossauros, iguanodontes e peixes-lagartos – que andara até tão recentemente sobre o planeta.

Desde que soubemos que o imenso iguanodonte havia sido domesticado, que era mantido em rebanhos por seus donos e que não passava de um depósito de carne ambulante, passamos a supor que o homem havia instituído sua hegemonia no platô, mesmo só dispondo de armas primitivas. Estávamos prestes a descobrir que não era bem assim, e que, naquelas alturas, ele era apenas tolerado. Foi no terceiro dia após termos erguido acampamento perto das cavernas dos índios que a tragédia ocorreu. Challenger e Summerlee haviam ido juntos até a lagoa, onde alguns nativos, sob sua orientação, ocupavam-se em arpoar espécimes dos grandes lagartos. Lorde John e eu havíamos ficado no acampamento, enquanto um bom número de índios espalhava-se pela encosta gramada em frente às cavernas, ocupados em diferentes tarefas. Súbito, houve um grito agudo de alarme, com a palavra "Stoa" ecoando numa centena de bocas. De cada canto, homens, mulheres e crianças correram desesperados para se abrigar, apinhando-se escadarias acima numa debandada enlouquecida para dentro das cavernas.

Olhando para cima, podíamos vê-los nas rochas balançando os braços e acenando para que nos juntássemos a eles em seu refúgio. Pegamos ambos nossos rifles de caça e corremos para ver que perigo poderia ser aquele. Súbito, do cinturão de árvores mais próximo, surgiu um grupo de doze ou quinze índios que corriam por suas vidas, tendo em seu encalço dois daqueles monstros pavorosos que haviam atacado nosso acampamento e me perseguido em minha jornada solitária. Lembravam horríveis sapos em sua forma, e moviam-se numa sucessão de saltos, mas em tamanho eram incrivelmente volumosos, maiores que o maior dos elefantes. Nunca os havíamos visto à luz do dia, e de fato eram animais noturnos, exceto quando perturbados em seus ninhos, como esses haviam sido. Ficamos parados, espantados com a visão, pois sua pele manchada e áspera tinha uma curiosa iridescência de peixe, e a luz do sol os atingia com um brilho multicolor inconstante conforme se moviam.

Contudo, tivemos pouco tempo para observá-los, pois num instante haviam sobrepujado os fugitivos e realizavam um verdadeiro massacre entre eles. Seu método consistia em jogar todo o peso sobre um homem de cada vez, esmagando e mutilando as vítimas, para em seguida saltar atrás da próxima.[88] Os índios atacados gritavam de terror, no entanto, por mais que corressem, eram impotentes frente à determinação implacável e à agilidade horrível das criaturas monstruosas. Um atrás do outro, foram derrubados, e não havia mais do que meia dúzia de sobreviventes quando eu e meu companheiro conseguimos chegar em seu auxílio. Nossa ajuda, porém, foi de pouca utilidade, e só fez nos colocar sob o mesmo perigo. Descarregamos nossas armas à distância de uma centena de metros, disparando bala após bala contra as feras, mas sem mais resultado do que se estivéssemos atirando bolas de papel. Sua natureza lerda e reptiliana não dava a mínima para as feridas, e sua fonte de vida, espalhada ao longo da espinha dorsal sem nenhum centro nervoso específico, não podia ser atingida por nenhuma arma moderna. O máximo que podíamos fazer era deter seu avanço, distraindo a atenção deles com o barulho das armas, e assim dar tanto aos nativos quanto a nós mesmos o tempo para alcançar os degraus que nos levariam à segurança. Mas onde as balas cônicas explosivas do século XX não tinham utilidade, as flechas envenenadas dos nativos, mergulhadas no suco do estrofanto[89] e imersas em carne putrefata, poderiam funcionar. Essas flechas eram de pouca utilidade para o caçador que atacasse a fera, pois a ação do veneno em sua circulação torpe era lenta, e, antes que as forças lhe faltassem, ela poderia certamente dominar e massacrar o caçador. Agora, porém, enquanto os dois monstros nos perseguiam até o pé das escadas, uma saraivada de dardos caiu assoviando de cada fenda do penhasco sobre eles. Num minuto, ficaram crivados deles, e, ainda assim, sem esboçar nenhum sinal de dor, eles babaram e arranharam com raiva impotente os degraus que os levaria às vítimas; subiam desajeitados alguns metros e então escorregavam de volta até o chão. E enfim o veneno fez efeito. Um deles soltou um profundo gemido roncado e tombou a imensa cabeça bojuda na terra. O outro saltou ao redor, percorrendo um excêntrico círculo e gritando lamentos estridentes, e depois foi ao chão e retorceu-se em agonia por alguns minutos antes de endurecer e jazer imóvel também. Com gritos de triunfo, os índios desceram das cavernas em bandos e dançaram uma dança de vitória frenética ao redor dos cadáveres, numa alegria louca por terem matado outros dois de seus inimigos mais perigosos. Naquela noite esquartejaram e removeram os corpos, não para comer – pois o veneno continuava ativo –, mas para que ao menos não trouxessem pestilências. Os grandes corações reptilianos, porém, cada um do tamanho de um travesseiro, ficaram lá, batendo devagar e constantemente num pulsar delicado, em horrível sobrevida. Foi somente no terceiro dia que os gânglios se esgotaram e aquelas coisas pavorosas ficaram imóveis.

Um dia, quando eu tiver uma mesa melhor do que esta lata de carne, e ferramentas mais adequadas que um toco gasto de lápis e uma caderneta esfarrapada, escreverei um relato completo sobre os índios Accala – de nossa vida entre eles e dos vislumbres que tivemos das estranhas condições da maravilhosa Terra de Maple White. A memória, ao menos, jamais me trairá, pois enquanto houver um sopro de vida em mim, cada hora e cada ação desse tempo continuarão tão claras e concretas quanto as memórias que guardamos dos estranhos acontecimentos de nossa infância. Nenhuma nova impressão poderá apagar aquelas, tão profundamente marcadas ficaram. Quando chegar a hora, descreverei aquela maravilhosa noite de luar sobre o grande lago em que um jovem ictiossauro[90] – uma criatura estranha de se ver, meio foca, meio peixe, de olhos com coberturas ósseas em cada lado do focinho, e um terceiro olho fixo no topo da cabeça[91] – enrolou-se na rede de um índio e quase virou nossa canoa antes que chegássemos à margem; a mesma noite em que uma cobra-d'água verde deu um bote rápido e levou, enrolado nela, o timoneiro da canoa de Challenger. Contarei, também, da grande coisa noturna branca – até hoje não sabemos se era uma fera ou um réptil – que vivia num pantanal repugnante a leste do lago e esvoaçava ao redor, com um leve brilho fosforescente na escuridão. Os índios tinham tanto medo dela que não chegavam perto do lugar e, ainda que por duas vezes tenhamos feito expedições e avistado a coisa em ambas, não conseguimos abrir caminho através do mangue profundo em que vivia. Só posso dizer que parecia ser maior que uma vaca e tinha um estranho odor almiscarado.

Contarei também do pássaro enorme que um dia perseguiu Challenger até o abrigo nas rochas – uma grande ave corredora, mais alta que um avestruz, com um pescoço de urubu e uma cabeça cruel que fazia dela a morte sobre patas. Conforme Challenger escalava para chegar ao abrigo, um golpe daquele bico curvo selvagem arrancou o salto de sua bota como se tivesse sido talhado por um cinzel. Dessa vez, ao menos, as armas modernas prevaleceram, e a grande criatura, com mais de três metros dos pés à cabeça – forusracos[92] é seu nome, de acordo com nosso ofegante, porém exultante professor –, foi abatida pelo rifle de lorde Roxton numa lufada de penas esvoaçantes e pernas estrebuchantes, com dois implacáveis olhos amarelos brilhando no meio de tudo. Possa eu viver para ver aquele crânio achatado e cruel ocupando um nicho entre seus troféus no Albany. Por fim, certamente farei algum relato sobre o toxodonte,[93] a capivara gigante de três metros, com dentes salientes de flecha, que abatemos quando bebia água no lago ao alvorecer.

Escreverei sobre isso tudo um dia num relato completo, e entre essas jornadas mais emocionantes, incluirei esboços gentis de adoráveis entardeceres de verão, quando deitávamos em grande camaradagem na grama alta na orla da floresta, com o azul profundo do céu acima de nós, e nos maravilhávamos com os estranhos pássaros que passavam voando, e as criaturas esquisitas que se arrastavam para fora das tocas para nos observar, enquanto os ramos dos arbustos pendiam sobre nós, pesados de frutas suculentas, e abaixo estranhas e adoráveis flores nos espiavam por entre as folhagens; ou aquelas longas noites de luar em que nos deitávamos contemplando a superfície brilhante da grande lagoa, e assistíamos com assombro e temor grandes círculos ondulando pelo súbito emergir de um monstro fantástico; ou o brilho esverdeado, bem lá no fundo da água, de alguma estranha criatura nos confins da escuridão. Essas são as cenas que minha mente e minha pena se dedicarão a descrever em cada detalhe em um dia futuro.

Mas o senhor me perguntará o porquê dessas experiências e dessa demora, quando eu e meus colegas deveríamos nos ocupar dia e noite em conceber um meio de voltar ao mundo exterior? Minha resposta é que não havia um de nós que não estivesse trabalhando para esse fim, mas que nosso trabalho vinha sendo em vão. Um fato descobrimos bem rápido: os índios não fariam nada para ajudar. Em qualquer outro aspecto, eram nossos amigos – talvez até nossos escravos devotos –, mas quando sugeríamos que deveriam cortar e carregar uma prancha para nos ajudar a atravessar o vão, ou quando pedíamos que nos dessem tiras de couro ou de lianas para fazermos cordas, éramos recebidos com uma recusa bem-humorada, porém intransponível. Eles sorriam, piscavam os olhos, balançavam a cabeça, e era isso. Até o velho cacique nos recebeu com a mesma recusa obstinada; somente Maretas, o jovem que havíamos salvado, nos olhava melancolicamente e dizia, por meio de gestos, que lamentava por nossos desejos frustrados. Desde a coroação de seu triunfo sobre os homens-macacos, os índios nos olhavam como sobre-humanos, que trouxeram a vitória nos tubos de estranhas armas; e acreditavam que enquanto ficássemos com eles, teriam boa sorte. Foram oferecidas a cada um de nós, de livre e espontânea vontade, uma esposinha de pele vermelha e uma caverna própria, caso aceitássemos esquecer nosso povo e viver no platô para sempre. Até então, eles tinham sido só gentileza, por mais diferentes que nossos desejos fossem; mas estávamos convencidos de que nossos planos reais de descer deveriam ser mantidos em segredo, pois havia motivos para temer que, em último caso, eles tentassem nos deter à força.

Apesar do perigo dos dinossauros (que não é grande, exceto à noite, pois, como já devo ter dito, a maioria tinha hábitos noturnos), eu estivera por duas vezes no velho acampamento nas últimas três semanas para ver nosso negro, que ainda se mantinha de guarda e vigilante no desfiladeiro abaixo. Meus olhos apertavam-se ansiosos ao longo da grande planície, na esperança de ver à distância a ajuda pela qual vínhamos rezando. Mas as longas linhas de cactos, que se espalhavam até a distante orla de bambus, seguiam vazias e nuas.

— Eles chegarão logo, Mr. Malone. Antes da próxima semana, os índios voltam trazendo cordas e descem vocês – eram os gritos de encorajamento de nosso excelente Zambo.

Tive uma experiência estranha quando voltava dessa segunda visita, e acabei por ficar uma noite longe de meus companheiros. Estava voltando pela rota conhecida, e havia alcançado um ponto a dois quilômetros do pântano dos pterodáctilos, quando vi algo extraordinário se aproximando de mim. Era um homem que caminhava dentro de uma armação de bambus dobrados, uma gaiola em forma de sino que o protegia de todos os lados. Quando me aproximei, fiquei ainda mais impressionado ao ver que era lorde John Roxton. Quando me viu, ele saiu de debaixo da curiosa proteção e veio até mim rindo e, como notei, mostrando certa confusão em seus modos.

— Bem, meu jovem - disse ele -, quem teria pensado em encontrá-lo aqui em cima?

— O que raios você está fazendo? - perguntei.

— Visitando meus amigos, os pterodáctilos - disse ele.

— Mas por quê?

— Animais interessantes, não acha? Mas tão antissociais! Têm modos muito maus com estranhos, como deve lembrar. Então enjambrei esta gaiola, que evita que peguem pesado comigo.

— Mas o que você quer no pântano?

Ele me encarou com um olhar meio intrigado, e notei a hesitação em sua face.

— Não lhe ocorre que outras pessoas além dos professores queiram saber coisas? - ele disse, enfim. — Estou estudando os queridões. Isso deve bastar para você.

— Não quis ofender.

Seu bom humor voltou e ele riu.

— Não me leve a mal, meu jovem. Eu vou pegar um franguinho diabólico para o Challenger. Esta é uma das minhas missões. Não, não quero sua companhia. Estou seguro nesta gaiola, e você não. Até logo, estarei de volta ao acampamento ao anoitecer.

Ele me deu as costas e o deixei vagando floresta adentro em sua gaiola extraordinária.

Se o comportamento de lorde John na ocasião foi estranho, o de Challenger seria mais ainda. Devo dizer que ele parecia exercer uma fascinação extraordinária sobre as mulheres índias, e sempre levava consigo um grande galho frondoso de palmeira, com o qual as afastava como se fossem moscas, quando a admiração delas se tornava excessiva. Vê-lo andar feito um sultão de ópera-bufa, com esse emblema de autoridade em mãos, a barba negra projetando-se à frente, os pés chutando a cada passo, e uma trilha de índias de olhos arregalados atrás dele, envoltas em roupas finas tecidas com cascas de árvores, é uma das imagens mais grotescas entre todas que levarei de volta comigo. Quanto a Summerlee, estava absorto com a variedade de aves e insetos do platô, e passava o tempo todo (exceto aquela porção considerável que devotava a insultar Challenger por não nos livrar de nossas dificuldades) limpando e organizando seus espécimes.

Challenger tinha o hábito de caminhar sozinho toda manhã e voltar de tempos em tempos com ares de uma solenidade portentosa, como quem carrega todo o peso de uma grande empreitada sobre os ombros. Um dia, com a folha de palmeira em mãos, e seu público de adoradoras devotas atrás dele, nos conduziu até sua oficina secreta e nos inteirou de seus segredos e planos.

O lugar era uma pequena clareira no centro de um capão de palmeiras. Havia nela um daqueles gêiseres de lama borbulhante que já descrevi. Ao longo das bordas espalhava-se um bom número de correias de couro cortadas da pele de iguanodontes, e uma grande membrana contraída que nada mais era que o estômago seco e reaproveitado de um dos grandes peixes-lagartos do lago. Esse grande saco fora costurado de um lado, e apenas um pequeno orifício fora deixado do outro. Nessa abertura, haviam sido inseridas diversas canas de bambu, e, na outra ponta, elas foram ligadas a funis cônicos de barro, que coletavam o gás borbulhante da lama do gêiser. Logo o órgão flácido começou lentamente a se expandir e a mostrar tal tendência a subir e flutuar que Challenger prendeu suas correias nos troncos das árvores ao redor. Em meia hora uma bolsa de gás de bom tamanho havia se formado, e seus sacolejos e puxões nas correias mostravam que suportaria suspender um peso considerável. Como um pai orgulhoso na presença do primogênito, Challenger ficou parado em silêncio, sorrindo e cofiando a barba, satisfeito consigo mesmo, enquanto olhava para a criação de seu cérebro. Summerlee foi o primeiro a quebrar o silêncio.

— Você não espera que a gente suba nessa coisa, Challenger - disse numa voz ácida.

— Eu espero, meu caro Summerlee, dar-lhes tamanha demonstração de seu poder que, após vê-lo, tenho certeza de que não terão nenhuma hesitação em confiarem-se a ele.

— Pode tirar isso da cabeça agora mesmo, de uma vez - disse Summerlee decidido. — Nada na Terra vai me convencer a ceder a essa tolice. Lorde John, confio que não aprovará uma loucura dessas.

— Duplamente engenhoso, eu digo - falou nosso par. — Gostaria de ver como funciona.

— Assim será - disse Challenger. — Há alguns dias, tenho dedicado todo meu poder mental à questão de nossa descida pelos penhascos. Já nos certificamos de que não dá para descer escalando e de que não há túnel. Também somos incapazes de construir qualquer tipo de ponte que possa nos levar de volta ao pináculo por onde viemos. Como encontrarei um meio de nos levar, então? Há algum tempo, eu havia demonstrado para nosso jovem amigo aqui que o gêiser produzia hidrogênio livre. A ideia de um balão veio naturalmente. Eu estava, admito, de certo modo desconcertado com a dificuldade de descobrir um invólucro que contivesse o gás, mas a observação das imensas entranhas desses répteis me trouxe a solução do problema. Contemplem o resultado!

Ele colocou uma das mãos à frente da jaqueta esfarrapada e apontou orgulhoso com a outra.

A essa altura, a bolsa de gás havia se inflado numa bela circunferência, puxando com força suas amarras.

— Loucuras de verão! - grunhiu Summerlee.

Lorde John estava deliciado com a ideia toda.

— Não é esperto, o queridão? - murmurou para mim, e então, mais alto, para Challenger. — E quanto a um cesto?

— O cesto será minha próxima preocupação. Já planejei como será feito e afixado. Enquanto isso, vou simplesmente demonstrar para vocês que meu aparato é capaz de suportar o peso de cada um de nós.

— Todos nós, tem certeza?

— Não, é parte do meu plano que desçamos um de cada vez, como num paraquedas, e o balão suba de volta por meios que não terei dificuldade em aperfeiçoar. Se aguentar o peso de um, e conseguir descê-lo gentilmente, terá feito tudo o que queremos dele. Agora, mostrarei sua capacidade nesse sentido.

Ele trouxe um pedaço de basalto de tamanho considerável, trabalhado de modo que uma corda pudesse facilmente ser presa no centro. Essa corda era a que havíamos trazido conosco para o platô após a usarmos para escalar o pináculo. Tinha mais de trinta metros e, apesar de fina, era bastante forte. Ele preparara uma espécie de coleira de couro com muitas tiras pendendo dela. Essa coleira foi posicionada na parte superior do balão, e as tiras pendentes, amarradas embaixo, de modo que a pressão de qualquer peso fosse dispersada sobre uma grande superfície. Então o pedaço de basalto foi amarrado às tiras, e uma ponta da corda, presa nele, enquanto a outra foi enrolada três vezes no braço do professor.

— Agora – disse Challenger com um sorriso de expectativa satisfeita –, demonstrarei a força do meu balão – e, conforme disse isso, cortou com a faca as várias amarras que o prendiam.

Nunca nossa expedição esteve em perigo tão iminente de aniquilação completa. A membrana inflada disparou no ar com uma velocidade assustadora. Num instante, Challenger foi levantado do chão e arrastado. Só tive tempo de me atirar com os braços ao redor da cintura dele, quando eu mesmo fui elevado no ar. Lorde John me agarrou pelas pernas como uma ratoeira, mas senti que também ele estava sendo içado do chão. Por um momento, tive a visão de quatro aventureiros flutuando como uma tripa de linguiça sobre a terra que haviam explorado. Mas, felizmente, havia limites à tensão que a corda podia suportar, ainda que aparentemente não se possa dizer o mesmo do poder de flutuação daquela máquina infernal. Houve um baque agudo, e em seguida estávamos amontoados no chão, cobertos pelas cordas enroscadas. Quando conseguimos nos colocar de pé, vimos lá adiante, no profundo céu azul, um ponto negro, o pedaço de basalto, que seguia rápido seu caminho.

— Esplêndido! – exclamou o destemido Challenger, esfregando o braço machucado. — Uma demonstração muito satisfatória e minuciosa! Eu não poderia ter antecipado tanto sucesso. Dentro de uma semana, cavalheiros, prometo que um segundo balão estará preparado, e vocês podem confiar que serão levados em segurança e conforto ao primeiro estágio de nossa jornada de volta.

Até aqui tenho descrito cada evento conforme eles ocorram. Agora concluo minha narrativa no antigo acampamento, onde Zambo nos esperou por tanto tempo; todas as dificuldades e perigos já ficaram para trás, feito um sonho, sobre os cumes daqueles penhascos vermelhos que se impõem acima de nossas cabeças. Descemos em segurança, ainda que de um modo deveras inesperado, e tudo está bem conosco. Devemos chegar a Londres em seis semanas ou dois meses, e é possível que esta carta não chegue ao senhor muito antes de nós próprios. Já agora nossos corações anseiam e nossos espíritos voam na direção da grande cidade-mãe, que guarda tanto do que nos é tão estimado.

Foi na mesma noite de nossa perigosa aventura com o balão caseiro de Challenger que nossa sorte mudou mais uma vez. Eu já havia dito que a única pessoa que mostrava sinais de simpatia pelas nossas tentativas de ir embora era o jovem cacique que havíamos resgatado. Ele mesmo não tinha a menor vontade de nos manter numa terra estranha à nossa revelia. Dera a entender isso pela expressiva linguagem de sinais que usava. Naquela noite, após o crepúsculo, ele desceu até nosso pequeno acampamento e estendeu para mim (por alguma razão, sempre havia voltado sua atenção para mim, talvez porque eu fosse o mais próximo dele em idade) um pequeno rolo de casca de árvore, e então, apontando solenemente para cima, para a sequência de cavernas, pôs o dedo em frente aos lábios em sinal de segredo, e voltou novamente para sua gente.

Levei a tira de casca à luz do fogo, e a examinamos juntos. Tinha cerca de trinta centímetros, e na face interna havia um arranjo singular de linhas, que reproduzo aqui:

Eram linhas bem desenhadas com carvão sobre a superfície branca, e à primeira vista me pareceram uma espécie rudimentar de pauta musical.

— O que quer que seja, posso jurar que é importante para nós - eu disse. — Dava para ler isso em seu rosto quando ele me entregou.

— A não ser que tenhamos encontrado um piadista primitivo - Summerlee sugeriu. — O que, devo imaginar, deve ter sido um dos passos mais iniciais do homem.

— É claramente algum tipo de inscrição - disse Challenger.

— Me parece um jogo de enigmas - observou lorde John, esticando o pescoço para dar uma olhada. Então de súbito estendeu a mão e pegou o enigma.

— Meu São Jorge! - exclamou. — Acho que entendi. O garoto estava certo desde o começo. Vejam aqui! Quantas marcas há no papel? Dezoito. Bem, se vocês pararem para pensar, há dezoito aberturas de cavernas acima de nós.

— Ele apontou para as cavernas quando me entregou isto - falei.

— Bem, isso confirma. É um mapa das cavernas. Dezoito delas lado a lado, algumas curtas, algumas fundas, algumas bifurcadas, como as vemos. É um mapa, e aqui temos uma cruz. Para que serve a cruz? Está posicionada para marcar uma caverna que é mais profunda do que as outras.

— Uma que atravessa... - gritei.

— Acredito que nosso jovem amigo acaba de decifrar o enigma - disse Challenger. — Se a caverna não atravessa o penhasco, então não entendo por que essa pessoa, que tem todos os motivos para nos querer bem, teria chamado nossa atenção para isso. Mas se ela *de fato* atravessa a rocha e sai no ponto correspondente do outro lado, não teremos que descer mais do que trinta metros.

— Trinta metros! - grunhiu Summerlee.

— Bem, nossa corda tem mais de trinta metros de comprimento - eu disse. — Certamente conseguiremos descer.

— E quanto aos índios na caverna? - Summerlee objetou.

— Não há nenhum índio em nenhuma das cavernas acima de nós - eu disse. — Elas são todas usadas como celeiros e depósitos. Por que não vamos dar uma olhada no lugar de uma vez?

Há uma madeira betuminosa seca no platô - uma espécie de araucária, de acordo com nossos botânicos - que é sempre usada pelos índios para fazer tochas. Cada um de nós pegou um feixe dessas, e seguimos caminho acima, por degraus cobertos de heras, até a caverna específica que fora marcada no desenho. Ela estava vazia, como eu havia dito, exceto por um grande número de morcegos enormes, que passavam voando por nossas cabeças conforme avançávamos. Como não tínhamos vontade nenhuma de chamar a atenção dos índios para nosso plano, tropeçamos pelo caminho no escuro até passarmos por várias curvas e termos penetrado uma distância considerável dentro da caverna. Então, enfim, acendemos as tochas. Era um belíssimo túnel seco, com paredes de um cinza suave cobertas de símbolos nativos, um teto curvo que se arqueava sobre nossas cabeças e uma reluzente areia branca sob nossos pés. Andamos apressados ao longo dele até que, com um grande suspiro de desapontamento, chegamos a um obstáculo. Uma parede de rocha sólida apresentou-se à nossa frente, sem sequer uma fenda por onde um camundongo pudesse passar. Não havia saída para nós ali.

Ficamos parados, encarando com os corações amargurados aquele obstáculo inesperado. Não era o resultado de uma convulsão, como no caso do túnel ascendente. A parede final era exatamente como as laterais. Era, como sempre fora, um beco sem saída.

— Deixem para lá, meus amigos - disse o indômito Challenger. — Vocês ainda têm minha firme promessa de um balão.

Summerlee grunhiu.

— Não estaríamos na caverna errada? - eu sugeri.

— É inútil, meu jovem – disse lorde John com o dedo sobre o mapa. — A décima sétima da direita para esquerda, a segunda à esquerda. Esta é a caverna, com certeza.

Olhei para a marca que seu dedo apontava e dei um súbito grito de alegria.

— Acho que entendi! Sigam-me! Sigam-me!

Voltei apressado, com a tocha em mãos, pelo caminho por onde tínhamos vindo.

— Aqui – eu disse, apontando alguns fósforos sobre o chão. — Foi onde acendemos as tochas.

— Exato.

— Bem, o mapa mostra que a caverna é bifurcada, e nós passamos pela bifurcação na escuridão, antes que as tochas fossem acesas. Conforme nos afastarmos do lado direito, devemos encontrar o braço mais longo.

Foi como eu disse. Não havíamos andando nem trinta metros, e uma grande abertura negra surgiu na parede. Entramos nela para descobrir que estávamos numa passagem muito maior do que antes. Ao longo dela, nos apressamos num fôlego impaciente por muitas centenas de metros. Então, de súbito, na escuridão negra do arco à frente, vimos o brilho de uma luz vermelho-escura. Nós a encaramos embasbacados. Uma cortina de chamas contínuas parecia cruzar o caminho e barrar a passagem. Nos apressamos naquela direção. Nenhum som, nenhum calor, nenhum movimento veio dela, mas ainda assim a grande cortina luminosa brilhava à nossa frente, prateando toda a caverna e fazendo a areia brilhar como joias pulverizadas, até que, ao chegarmos mais perto, descobrimos uma borda circular.

— A lua, meu São Jorge! – exclamou lorde John. — Nós atravessamos, rapazes! Nós atravessamos.

Era de fato a lua cheia que brilhava diretamente pela abertura sobre os penhascos. Era uma fenda pequena, não mais larga do que uma janela, mas grande o suficiente para os nossos propósitos. Conforme esticamos o pescoço através dela, vimos que a descida não era das mais difíceis, e que o nível do chão não estava muito longe. Não era de estranhar que, lá de baixo, não tivéssemos notado este lugar, já que o penhasco se curvava para cima, e a subida naquele ponto teria parecido difícil o bastante para desencorajar uma inspeção mais atenta. Dando-nos por satisfeitos de descobrir que, com o auxílio da corda, conseguiríamos chegar lá embaixo, voltamos exultantes ao acampamento para fazer os preparativos para a noite seguinte.

Fizemos o que tínhamos que fazer rápido e em segredo, já que os índios poderiam nos deter até mesmo na última hora. Deixaríamos nossa bagagem para trás, exceto pelas armas e munições. Mas Challenger tinha uma coisa complicada que queria ardentemente levar, e havia um pacote em particular, do qual não posso falar, que nos deu mais trabalho do que qualquer outra coisa. O dia passou devagar, mas, quando a escuridão caiu, estávamos prontos para a partida. Com muito trabalho, levamos nossos pertences degraus acima, e então, olhando para trás, demos uma última e longa olhada naquela terra estranha, que temo ser logo vulgarizada pelas mãos de caçadores e empreiteiros, mas que para cada um de nós era uma terra de sonhos, de encantamento e romance, uma terra onde havíamos ousado muito, sofrido muito e aprendido muito – a *nossa* terra, como carinhosamente a chamaremos sempre. À esquerda, as cavernas vizinhas lançavam cada uma sua luz vermelha e calorosa contra as trevas. Da encosta abaixo, elevavam-se as vozes dos índios, que riam e cantavam. Mais além, estendiam-se as florestas e, no centro, brilhando vagamente através da escuridão, estava a grande lagoa, mãe de estranhos monstros. Enquanto contemplávamos, o chamado de um animal esquisito, um relincho alto, soou límpido vindo da escuridão. Era a voz da própria Terra de Maple

White nos dando adeus. Viramo-nos e entramos na caverna que nos levaria para casa.

Duas horas depois, estávamos aos pés do penhasco com nossos pacotes e tudo o que possuíamos. Salvo pela bagagem de Challenger, não houve grande dificuldade. Deixamos tudo no ponto em que descemos e partimos direto para o acampamento de Zambo. De manhã cedo nos aproximamos dele, apenas para descobrir, para nossa surpresa, não uma fogueira, mas uma dúzia delas. A equipe de resgate havia chegado. Havia vinte índios do rio, com estacas, cordas e tudo o que poderia ser útil para atravessar o abismo. Ao menos não teremos dificuldade alguma para carregar nossa bagagem amanhã, quando retornarmos ao Amazonas.

E assim, com um humilde espírito de gratidão, encerro este relato. Nossos olhos viram grandes maravilhas e nossas almas saíram purificadas do que passamos. Cada um, a seu modo, é hoje um homem melhor e mais sábio. Pode ser que, quando chegarmos a Belém do Pará, façamos uma parada para nos reequipar. Se assim for, esta carta seguirá na frente com os correios. Se não, alcançará Londres no mesmo dia que nós. Em todo caso, meu caro sr. McArdle, espero muito em breve poder cumprimentá-lo com um aperto de mão.

16.
Uma procissão! Uma procissão!

Desejo registrar aqui nossa gratidão a todos os amigos do Amazonas pela enorme gentileza e hospitalidade que demonstraram durante nossa jornada de volta. Em particular, gostaria de agradecer ao sr. Penalosa e outros oficiais do governo brasileiro pelos arranjos especiais que nos ajudaram no trajeto, e ao sr. Pereira, de Belém do Pará, a cuja previdência devemos os trajes, que encontramos à nossa espera ao chegar na cidade, para fazer uma aparição decente no mundo civilizado. Parece-me uma retribuição pobre a toda cortesia que recebemos ter desapontado nossos anfitriões e benfeitores, mas nas circunstâncias realmente não tínhamos alternativa, e digo agora que, se tentarem seguir pelo mesmo caminho, apenas irão perder seu tempo e dinheiro. Até os nomes foram alterados neste relato, e tenho certeza absoluta de que ninguém, nem o mais cuidadoso estudioso deste texto, conseguirá chegar nem a mil quilômetros de nossa terra desconhecida.

Imaginávamos que fosse exclusivamente local a empolgação que causamos nas partes da América do Sul que atravessamos, e posso garantir aos amigos na Inglaterra que não tínhamos noção do furor que o mero rumor de nossas experiências causava na Europa. Não foi senão quando o *Invernia* já estava a oitocentos quilômetros de Southampton, que mensagens via telégrafo de jornal após jornal e agência após agência, oferecendo enormes quantias por uma curta mensagem sobre nossos resultados, nos mostraram o quanto a atenção não só do mundo científico, mas do público em geral, estava fixa em nós. Foi acordado entre nós, contudo, que nenhuma declaração definitiva seria feita à imprensa antes que tivéssemos encontrado os membros do Instituto Zoológico, uma vez que, na qualidade de delegados, era nossa obrigação dar o primeiro reporte ao corpo acadêmico do qual havíamos recebido a comissão de investigação. De modo que, embora tenhamos encontrado Southampton cheia de jornalistas, nos recusamos terminantemente a dar qualquer informação, o que teve o efeito natural de focar a atenção pública no encontro que estava programado para a noite de 7 de novembro. Para esse encontro, o Saguão Zoológico, que fora cenário da origem de nossa missão, mostrava-se pequeno demais, e foi somente no Queen's Hall da rua Regent[94] que se encontraram acomodações adequadas. Hoje, já é de conhecimento público que os produtores poderiam ter se aventurado até mesmo no Albert Hall, e ainda assim o espaço seria pequeno.

O grande encontro foi marcado para a segunda noite após nossa chegada. Antes, cada um de nós tinha, sem dúvida, seus próprios assuntos pessoais a tratar. Do meu, ainda não consigo falar. Pode ser que, conforme o tempo passe, eu consiga pensar, e até mesmo falar dele com menos emoção. Eu havia mostrado ao leitor, no começo desta narrativa, onde repousava a fonte de minhas ações. Seria correto, talvez, que eu continuasse a história e mostrasse também o resultado. E, ainda assim, talvez chegue o dia em que eu não prefira que as coisas tivessem sido diferentes. Ao menos fui motivado a tomar parte em uma aventura maravilhosa, e só posso ser grato pela força que me conduziu.

Então, retorno ao último e supremo momento repleto de acontecimentos dessa aventura. Enquanto atormentava o cérebro para achar a melhor maneira de descrevê-lo, me deparei com o meu próprio jornal da manhã de 8 de novembro, com um excelente e completo relato do amigo e colega Macdona. O que posso fazer que seja melhor do que transcrever sua narrativa com manchete e tudo? Reconheço que o jornal foi exuberante no assunto, cheio de elogios à própria empreitada de mandar um correspondente, mas os outros grandes diários dificilmente teriam sido menos pomposos em seus relatos. É isso, então, que o amigo Mac diz na reportagem:

O NOVO MUNDO
GRANDE ENCONTRO NO QUEEN'S HALL
CENAS DE FUROR!
INCIDENTE EXTRAORDINÁRIO!
O QUE FOI AQUILO?
BADERNA NOTURNA EM REGENT STREET
(especial)

O encontro muito comentado do Instituto Zoológico, marcado para apresentar o relatório do Comitê de Investigação que foi enviado ano passado à América do Sul para verificar afirmações feitas pelo professor Challenger acerca da continuidade da existência de vida pré-histórica no continente, realizou-se na noite passada no grandioso Queen's Hall, e é seguro dizer que, talvez, seja uma data para entrar nos anais da História da Ciência, pois seus pronunciamentos foram de caráter tão notável e sensacional que ninguém dentre os presentes jamais os esquecerá.

(Ah, meu irmão escriba Macdona, que frase de abertura monstruosa!)

Teoricamente, os ingressos eram limitados aos membros e amigos, mas o último termo é elástico, e muito antes das oito da noite, hora marcada para o começo dos eventos, todas as porções do grande salão estavam lotadas. O público em geral, contudo, alimentando uma queixa insensata por ter sido excluído, arrebentou as portas às quinze para as oito, após um prolongado confronto em que várias pessoas saíram feridas, inclusive o inspetor Scoble, da Divisão H, cuja perna infelizmente foi quebrada. Após essa invasão não autorizada, que não apenas ocupou todos os corredores, mas tomou até mesmo o espaço reservado à imprensa, estima-se que cerca de cinco mil pessoas aguardavam a chegada dos viajantes. Quando finalmente eles apareceram, tomaram seus lugares em frente a uma plataforma onde já estavam todas as lideranças científicas, não somente deste país, mas da França e da Alemanha. A Suécia também estava representada na figura do professor Sergius, o famoso zoólogo da Universidade de Uppsala. A entrada dos quatro heróis da ocasião foi o sinal para uma notável demonstração de boas-vindas: a plateia inteira ergueu-se e aplaudiu durante alguns minutos. Um observador atento poderia, contudo, ter detectado alguns sinais de dissensão em meio aos aplausos, e presumir disso que havia chances de os debates se tornarem mais acalorados do que harmônicos. Mas poderia se profetizar com segurança, porém, que ninguém esperava a virada extraordinária que estava por vir.

Quanto à aparência dos quatro errantes, pouco precisa ser dito, uma vez que suas fotografias têm aparecido já há algum tempo em todos os jornais. Eles carregam poucos traços das dificuldades pelas quais dizem ter passado. A barba do professor Challenger talvez esteja mais bagunçada, a postura do professor Summerlee mais ascética, a figura de lorde John Roxton mais magra, e todos os três estão um pouco mais bronzeados do que quando deixaram nossas praias, mas todos aparentam gozar da mais excelente saúde. Quanto ao nosso representante, o conhecido atleta e jogador internacional de rúgbi E. D. Malone, parecia empetecado até o último fio de cabelo, e, enquanto observava a plateia, um sorriso bem-humorado de satisfação passou por seu rosto honesto, porém comum.

(Está certo, Mac, espera até eu te pegar!)

Quando o silêncio foi restaurado e a plateia ocupou os assentos após a ovação aos viajantes, o presidente, o duque de Durham, introduziu o assunto, dizendo que não iria "se colocar por mais que um instante entre aquela grande plateia e a surpresa à sua frente"; que não cabia a ele "antecipar o que o professor Summerlee, porta-voz do comitê, tinha para lhes dizer, mas que era voz corrente que a expedição fora coroada com sucesso extraordinário". Aplausos. "Aparentemente, a Era do Romance não está morta, e há um terreno comum sobre o qual a imaginação selvagem do novelista pode encontrar a investigação científica moderna dos que buscam a verdade." E disse que só queria acrescentar, antes de voltar ao seu assento, que ele se alegrava – que todos eles se alegravam – que os cavalheiros tivessem retornado sãos e salvos de sua difícil e perigosa missão, "pois não se pode negar que qualquer desastre que caísse sobre a expedição teria infligido uma perda irreparável à causa das ciências zoológicas". Houve muitos aplausos, aos quais notou-se que o professor Challenger aderiu.

O levantar do professor Summerlee foi o sinal para outro rompante extraordinário de entusiasmo, que ressurgiria algumas vezes durante seu discurso. Discurso esse que não será reproduzido por inteiro nestas colunas, já que um relato completo das aventuras da expedição, pela pena de nosso próprio enviado especial, será publicado como suplemento. Por ora, algumas indicações gerais bastarão. O professor Summerlee descreveu a gênese da jornada e pagou um belo tributo ao amigo professor Challenger, completado por um pedido de desculpas pela incredulidade com que havia recebido suas afirmações, agora totalmente confirmadas. Ele mostrou o trajeto real da jornada, com o cuidado de excluir qualquer informação que pudesse auxiliar o público em uma tentativa de localizar o notável platô. Descreveu, em termos genéricos, o percurso por muitos rios até o momento em que de fato alcançaram a base do penhasco; encantou os ouvintes com o relato das dificuldades encontradas pela expedição nas repetidas tentativas de escalá-lo, e finalmente descreveu como obtiveram sucesso em seu esforço desesperado, ao custo da vida de dois fiéis criados mestiços.

(Essa leitura surpreendente do assunto resultou do esforço de Summerlee para evitar levantar quaisquer questões sobre o tema durante o evento.)

Após ter conduzido a plateia com extravagância até o topo do penhasco, deixando-a ilhada lá com a queda da ponte, o professor passou a descrever os horrores e as atrações daquela terra notável. De aventuras pessoais ele pouco falou, mas estendeu-se sobre a rica colheita que significaria para a ciência, a observação das feras, aves, insetos e plantas que compõem a maravilhosa vida do platô. Era particularmente rica em coleópteros e lepidópteros, tendo garantido, no curso de poucas semanas, quarenta e seis novas espécies do primeiro e noventa e quatro do segundo. Contudo, era nos animais, especialmente nos maiores e que se supunha há muito extintos, que o interesse da plateia naturalmente se concentrava. Destes, ele foi capaz de fazer uma bela lista, mas tinha pouca dúvida de que será largamente ampliada quando o lugar for investigado mais profundamente. Ele e seus companheiros haviam visto ao menos uma dúzia de criaturas, a maioria delas à distância, que não correspondiam a nada conhecido até hoje pela ciência. Estas seriam prontamente classificadas e examinadas no devido tempo. Citou por exemplo uma cobra cuja muda de pele, de um violeta profundo, tinha quinze metros e meio de comprimento; uma criatura branca, supostamente um mamífero, que irradiava uma acentuada fosforescência na escuridão; e também uma grande mariposa, cuja picada os índios julgavam altamente venenosa. Além dessas formas de vida inteiramente novas, o platô era muito rico em conhecidas formas de vida pré-históricas, datando em alguns casos dos tempos do Jurássico Inferior. Entre estes, mencionou o gigantesco e grotesco estegossauro, visto numa ocasião pelo sr. Malone no bebedouro à beira do lago, e desenhado na caderneta do aventureiro americano que havia penetrado primeiro nesse mundo desconhecido. Descreveu também o iguanodonte e o pterodáctilo – duas das primeiras maravilhas que haviam encontrado. Então emocionou a plateia com um relato dos terríveis dinossauros carnívoros que haviam perseguido membros do grupo em mais de uma ocasião, e que, de todas as criaturas que encontraram, eram as mais formidáveis. Dali passou à ave imensa e feroz, o forusracos, e ao grande veado que ainda vaga por aquelas terras altas. Contudo, foi só quando esboçou os mistérios da lagoa central que o entusiasmo e o interesse da plateia se excitaram completamente. Era preciso se beliscar para ter certeza de estar acordado ao ouvir o professor são e pragmático descrever, em tom frio e comedido, os monstruosos peixes-lagartos de três olhos e as enormes serpentes aquáticas que habitam aqueles lençóis de água encantados. A seguir, ele tocou no assunto dos índios, bem como da extraordinária colônia de macacos antropoides, que podem ser vistos como uma evolução do pitecantropo de Java e que, portanto, se aproximam mais do que qualquer outra forma de vida à criação hipotética do elo perdido. Finalmente ele descreveu, com algum divertimento, a engenhosa porém altamente perigosa invenção aeronáutica do professor Challenger, e arrematou com uma descrição memorável dos métodos pelos quais o comitê, afinal, encontrou seu caminho de volta à civilização.

Esperava-se que os pronunciamentos se encerrassem neste ponto, e que um voto de agradecimento e congratulação, movido pelo professor Sergius da Universidade de Uppsala, seria assegurado e aprovado; mas logo ficou evidente que o curso dos eventos não estava destinado a fluir tão suavemente. Sintomas de oposição ficavam evidentes de tempos em tempos ao longo da noite, e então o dr. James Illingworth, de Edimburgo, ergueu-se no centro do salão e perguntou se não seria possível fazer uma emenda antes da conclusão.

O PRESIDENTE: Sim, meu senhor, caso precise haver uma emenda.

DR. ILLINGWORTH: Sua Graça, deve haver uma emenda.

O PRESIDENTE: Então que a façamos de uma vez.

PROFESSOR SUMMERLEE (pondo-se de pé): Devo explicar, Sua Graça, que este homem é meu inimigo pessoal desde a controvérsia no *Jornal Trimestral de Ciências* acerca da verdadeira natureza do batíbio.[95]

O PRESIDENTE: Temo que não possamos entrar em questões pessoais. Prossiga.

O dr. Illingworth foi escutado imperfeitamente em parte de suas ponderações por conta da estrepitosa oposição dos amigos dos exploradores. Também foram feitas algumas tentativas no sentido de puxá-lo para que se sentasse. Contudo, como era um homem fisicamente enorme e possuidor de uma voz bastante poderosa, ele dominou o tumulto e conseguiu terminar seu discurso. Estava claro, desde o momento em que se levantou, que tinha consigo um bom número de amigos e simpatizantes no salão, ainda que fossem minoria na plateia. A atitude da maior parte do público poderia ser descrita como uma atenciosa neutralidade.

O dr. Illingworth começou as ponderações expressando sua alta estima pelo trabalho científico tanto do professor Challenger quanto do professor Summerlee, e dizendo que lamentava muito que qualquer opinião pessoal fosse lida em suas ponderações, ditadas inteiramente pelo desejo da verdade científica. Sua posição, de fato, era substancialmente a mesma daquela que fora tomada pelo professor Summerlee no encontro anterior. No encontro anterior, o professor Challenger havia feito certas afirmações que foram questionadas pelo colega Summerlee. Agora este mesmo colega fazia as mesmas afirmações, e esperava que não fossem questionadas. Seria isso razoável? Gritos de "sim" e "não", seguidos de uma interrupção prolongada, durante a qual se escutou da sala de imprensa o professor Challenger pedir permissão ao presidente para pôr o dr. Illingworth na rua. "Um ano atrás, um homem disse certas coisas", falou o doutor. "Agora quatro homens dizem outras ainda mais surpreendentes. Será que isso constitui a prova final, quando o assunto em questão é da natureza mais revolucionária e incrível? Tem havido exemplos recentes de viajantes que chegam de lugares desconhecidos com histórias que são aceitas apressadamente. O Instituto Zoológico de Londres quer se colocar nesta posição?" Ele reconhecia que os membros do comitê eram homens de caráter. "Mas a natureza humana é muito complexa. Mesmo professores podem ser desencaminhados pelo desejo de notoriedade. Como mariposas, todos gostamos de borboletear ao redor da luz. Grandes caçadores gostam de estar na posição de ofuscar as histórias de seus rivais, e jornalistas não são avessos a golpes sensacionalistas, até mesmo quando a imaginação precisa acrescentar fatos ao processo. Cada membro do comitê tem motivos próprios para extrair o máximo de seus resultados." Gritos de "vergonha! Vergonha!". O doutor garantiu que não era seu desejo soar ofensivo, e alguém gritou "mas você foi!", e houve uma interrupção. O doutor continuou: "Mas as provas que corroboram essas histórias maravilhosas são das mais fracas. No que resultam? Algumas fotografias. Será possível que, nesta era de manipulações engenhosas, fotografias sejam aceitas como evidência? O que mais? Temos uma história de fuga e uma descida por cordas que impedem a obtenção de espécimes maiores. Foi engenhoso, mas não convincente". Ele disse que sabe-se que lorde John Roxton alega estar em posse de um crânio do forusracos, e que só pode dizer que gostaria de ver esse crânio.

LORDE JOHN ROXTON: Esse camarada está me chamando de mentiroso? (furor)

O PRESIDENTE: Ordem! Ordem! Dr. Illingworth, devo pedir-lhe que leve as observações a uma conclusão e apresente sua emenda.

DR. ILLINGWORTH: Sua Graça, não tenho mais nada a dizer, e me curvo à sua decisão. Proponho então que se agradeça ao professor Summerlee por seu interessante discurso, mas que toda a questão seja considerada "não provada", e remetida de volta a um Comitê de Investigação maior e, possivelmente, mais confiável.

É difícil descrever a confusão causada por essa emenda. Uma grande parte da plateia expressou sua indignação com tamanha calúnia contra os viajantes por meio de manifestações barulhentas de discordância e apelos de "não coloque!", "retire!" e "botem-no para fora!". Por outro lado, os insatisfeitos – e não se pode negar que eles eram bastante numerosos – aplaudiam a emenda, com gritos de "ordem, ordem!" e "jogo limpo!". Uma briga estourou nas poltronas do fundo, e socos foram trocados livremente entre os estudantes de medicina que ocupavam aquela parte do salão. Foi somente a influência moderadora da presença de um grande número de damas que evitou uma baderna absoluta. De repente, porém, houve uma pausa, chiados, e um completo silêncio. O professor Challenger estava de pé. Sua aparência e modos eram peculiarmente cativantes, e no que ergueu a mão pedindo ordem, a plateia inteira acalmou-se na expectativa de escutá-lo.

Deveria estar na memória de muitos dos ali presentes, lembrou o professor Challenger, que tolices e cenas mal-educadas similares marcaram o último encontro no qual pôde se dirigir a eles. Naquela ocasião, era o professor Summerlee o principal ofensor e, apesar de ele ter sido repreendido e estar arrependido, o assunto não poderia ser inteiramente esquecido. "Escutei esta noite sentimentos similares, porém ainda mais ofensivos, de pessoas que acabaram de se sentar, e ainda que seja um esforço consciente de autoflagelação descer ao nível mental desta pessoa, eu me dignarei a fazer isso, com a intenção de afastar qualquer dúvida razoável que possa existir na mente de alguém." Risos e interrupções. "Não preciso lembrar esta plateia que, embora o professor Summerlee, como líder do Comitê de Investigação, tenha sido colocado para falar nesta noite, ainda assim sou eu a verdadeira força motriz neste negócio, e que é principalmente a mim que qualquer resultado positivo deva ser creditado. Em segurança, conduzi esses três cavalheiros ao ponto mencionado, e pude, como vocês escutaram, convencê-los da veracidade de meu relato anterior. Esperávamos que, em nosso retorno, não encontrássemos ninguém tão obtuso a ponto de questionar nossas conclusões conjuntas. Alertado, contudo, por minha experiência prévia, eu não teria voltado sem provas que pudessem convencer um homem razoável. Como o professor Summerlee explicou, nossas câmeras foram destruídas pelos homens-macacos que saquearam o acampamento, e a maioria dos nossos negativos foi arruinada."

Ouviram-se risos, zombarias e gritos de "conta outra!" vindos dos fundos. Challenger continuou: "Mencionei os homens-macacos, e não posso me abster de dizer que alguns dos sons que agora chegam aos meus ouvidos trazem de volta as mais vívidas lembranças de minhas experiências com aquelas interessantes criaturas". Mais risos. "Apesar da destruição de tantos negativos inestimáveis, se mantém ainda em nossa coleção um certo número de fotografias corroborativas, que mostram as condições de vida no platô. Por um acaso, acusam-nos de termos forjado essas fotografias?" Uma voz gritou "sim", e houve uma interrupção considerável, no curso da qual vários homens foram postos para fora do salão. Os negativos foram disponibilizados para a inspeção de peritos. Mas que outras evidências teriam? Nas circunstâncias de sua fuga, seria naturalmente impossível trazer uma grande quantidade de bagagem, mas haviam resgatado a coleção de borboletas e besouros do professor Summerlee, contendo muitas novas espécies. Isso não era uma prova? Diversas vozes gritaram que não. "Quem disse que não?", perguntou Challenger.

DR. ILLINGWORTH (erguendo-se): Nosso ponto é que essa coleção pode ter sido feita em outros lugares, e não no platô pré-histórico (aplausos).

PROFESSOR CHALLENGER: Sem dúvida, senhor, temos que nos curvar à sua autoridade científica, ainda que eu deva admitir que seu nome não me é familiar. Indo além, então, das fotografias e da coleção entomológica, chego às variadas e acuradas informações que trouxemos conosco sobre pontos que nunca haviam sido esclarecidos. Por exemplo, sobre os hábitos domésticos do pterodáctilo (uma voz: "absurdo!", e furor). Eu digo que podemos lançar um jorro de luz sobre os hábitos domésticos do pterodáctilo. Posso mostrar-lhes em meu portfólio uma foto tirada da criatura na natureza que os convencerá de que...

DR. ILLINGWORTH: Nenhuma foto vai nos convencer de nada.

PROFESSOR CHALLENGER: Vocês desejariam ver a coisa em si?

DR. ILLINGWORTH: Sem dúvida.

PROFESSOR CHALLENGER: E vocês aceitariam isso?

DR. ILLINGWORTH (rindo): Sem sombra de dúvida.

Foi nesse ponto que a sensação da noite se ergueu – uma sensação tão dramática que não poderia jamais encontrar um paralelo na história dos encontros científicos. O professor Challenger ergueu a mão no ar em sinal, e, no mesmo instante, nosso colega, o sr. E. D. Malone, foi visto levantando-se e abrindo caminho até a parte de trás do palco. Em seguida, reapareceu em companhia de um negro gigantesco; os dois carregavam um grande caixote quadrado. Era evidentemente muito pesado, e foi lentamente empurrado adiante e posicionado em frente à cadeira do professor. Todo e qualquer ruído silenciou na plateia, e todos ficaram absortos pelo espetáculo à sua frente. O professor Challenger puxou o topo do caixote, que formava uma tampa de correr. Espiou para dentro da caixa, estalou os dedos várias vezes e foi ouvido da cabine de imprensa dizendo "pode vir, vem, vem" numa voz manhosa. No instante seguinte, com um som raspado, de chocalho, uma criatura das mais horríveis e detestáveis apareceu de dentro e se empoleirou na lateral do caixote. Nem mesmo a inesperada queda do duque de Durham no fosso da orquestra, que ocorreu nesse momento, pôde distrair a atenção petrificada da vasta plateia.

O aspecto da criatura era o da gárgula mais feroz que a imaginação de um escultor medieval louco poderia ter concebido. Era maligno, horrível, com dois pequenos olhos vermelhos tão brilhantes quanto brasas de carvão. A longa boca selvagem se mantinha semiaberta, repleta de fileiras duplas de dentes afiados. Os ombros eram corcovados, e ao redor deles enrolava-se o que parecia ser um xale cinza gasto. Era o demônio de nossa infância em pessoa. Houve um tumulto na plateia – alguém gritou, duas damas nas fileiras da frente desmaiaram na poltrona, e houve um movimento geral no palco para acompanhar o presidente no fosso da orquestra. Por um momento, houve risco de pânico generalizado. O professor Challenger ergueu as mãos para conter a comoção, mas o movimento assustou a criatura ao lado. Seu estranho xale subitamente se abriu, espraiou-se e bateu como um par de asas de couro. Seu dono agarrou-o pelas pernas, mas era tarde demais para segurá-lo. Havia saltado do poleiro e circulava devagar ao redor do Queen's Hall com as batidas secas e pesadas de seus três metros de asas, enquanto um odor pútrido e traiçoeiro tomava conta da sala. Os gritos das pessoas nas galerias, alarmadas com a aproximação daqueles olhos brilhantes e do bico mortífero, levaram a criatura a um frenesi. Ela voava mais e mais rápido, debatendo-se contra paredes e lustres num furor cego de alerta. "A janela! Pelo amor de Deus, fechem aquela janela!", o professor vociferou do palco, pulando e retorcendo as mãos na agonia da apreensão. Mas, ai, o alerta foi tarde demais! Num instante a criatura, batendo-se e chocando-se na parede como uma enorme mariposa dentro de um vidro, chegou à abertura, espremeu seu volume horrendo por ela e se foi. O professor Challenger caiu sobre a cadeira com o rosto enterrado nas mãos, enquanto a plateia deu um longo e profundo suspiro de alívio ao perceber que o incidente estava terminado.

Então – ah, como alguém poderia descrever o que ocorreu então –, quando o ímpeto da maioria e a reação da minoria uniram-se na totalidade para formar uma grande onda de entusiasmo, que se originou nos fundos do salão, ganhou volume conforme avançava, passou pelo fosso da orquestra e fez o palco submergir, levando embora os quatro heróis em sua crista?

(Muito bom, Mac!)

Se o auditório não havia lhes feito justiça, certamente fizera uma ampla retratação. Todos estavam de pé. Todos se movimentavam, gritavam, gesticulavam. Uma densa multidão de homens entusiasmados formou-se ao redor dos quatro viajantes. "Levante-os! Levante-os", gritou uma centena de vozes. Num instante, quatro figuras foram elevadas acima da multidão. Em vão tentaram se soltar. Eram mantidos em seus lugares de honra. Seria difícil baixá-los se desejassem, tão densa era a multidão ao redor. "Regent Street! Regent Street", soaram as vozes. Houve um redemoinho no denso ajuntamento, e uma pequena correnteza, levando os quatro nos ombros, se dirigiu às portas. Nas ruas, a cena era extraordinária. Uma aglomeração de não menos que mil pessoas os aguardava. As fileiras cerradas da multidão espalhavam-se do Hotel Langham até Oxford Circus. Um urro de aclamação recebeu os quatro aventureiros quando apareceram, muito acima da cabeça das pessoas, debaixo das vívidas lâmpadas elétricas do lado de fora do salão. "Uma procissão! Uma procissão", era o grito de ordem. Em uma densa falange, que fechou as ruas de um lado a outro, a multidão seguiu seu curso, tomando o caminho de Regent Street, Pall Mall, St. James Street e Piccadilly. Todo o trânsito central de Londres foi bloqueado, e muitos confrontos foram registrados entre os manifestantes de um lado e a polícia e os taxistas do outro. Não foi antes da meia-noite que os quatro viajantes foram finalmente liberados na entrada dos aposentos de lorde John Roxton no Albany, e que a exuberante multidão, após cantar "Eles são bons companheiros" em coro, concluiu sua programação com o hino nacional. Assim terminou a noite mais memorável que Londres vira em muito tempo.

Até breve, amigo Macdona. Pode-se considerar um relato bastante preciso, ainda que com floreios, do ocorrido. Quanto ao incidente principal, foi uma surpresa desconcertante para a plateia, mas não preciso dizer que nem tanto para nós. O leitor se lembrará de como encontrei lorde John Roxton na ocasião em que, com sua armação protetora, ele saía para buscar um "franguinho diabólico", como disse, para o professor Challenger. Eu havia mencionado também os problemas que a bagagem do professor nos dera quando deixamos o platô, e, se tivesse descrito a viagem, teria que ter dito um bocado sobre os problemas que tivemos para satisfazer o apetite por peixes podres de nosso imundo companheiro. Se não disse muito a respeito antes, foi, é claro, pelo mais sincero desejo do professor Challenger de que não se permitisse que rumor algum sobre a questão inenarrável vazasse antes de chegar o momento de refutar seus inimigos.

Uma palavrinha quanto ao destino do pterodáctilo em Londres. Nada pode ser dado como certo até o momento. Há evidências, vindas de duas mulheres apavoradas, de que se empoleirou no telhado do Queen's Hall e que lá ficou por algumas horas como uma estátua diabólica. No dia seguinte, saiu nos jornais vespertinos que o soldado Miles, do corpo de guarda de Coldstream, que estava a serviço no lado de fora de Marlborough House, desertara de seu posto sem autorização e por isso seria levado à corte marcial. A alegação do soldado, de que largara o rifle e dera no pé rua abaixo porque, ao olhar para cima, vira o diabo passar contra a lua, não fora aceita pela corte, mas pode ter relação direta com nosso assunto. A única outra evidência que posso acrescentar é do diário de bordo do *SS Friesland*, um navio de cruzeiro neerlandês-americano, registrando que às nove horas da manhã seguinte, o ponto de partida sendo, naquele momento, de dezesseis quilômetros a um quarto de estibordo, foram ultrapassados por algo entre um bode voador e um morcego monstruoso, que voava numa velocidade prodigiosa para sudoeste. Se seus instintos de regresso o levaram na direção certa, não haverá dúvida de que, em algum lugar nos confins do Atlântico, o último pterodáctilo europeu encontrou seu fim.

Quanto a Gladys – ah, minha Gladys! –, a Gladys da lagoa mística, que agora será renomeada Central, pois não serei eu a imortalizá-la. Eu não vira sempre uma certa dureza em sua índole? Não sentia, mesmo à época em que me orgulhava de seguir seus comandos, que certamente só um amor pífio seria capaz de conduzir seu objeto à morte ou à iminência dela? Não teria eu, em meus pensamentos mais verdadeiros, sempre recorrentes e sempre ignorados, enxergado além da beleza de seu rosto, dentro de sua alma, e discernido a sombra gêmea do egoísmo e da inconstância brilhando por trás de tudo? Será que ela amava o heroico e o espetacular por seu próprio valor, ou seria pela glória que poderia, sem esforço ou sacrifício, refletir-se nela? Ou seriam esses pensamentos apenas a vã sabedoria que surge depois do acontecido? Foi o maior choque da minha vida. Por um momento, fez de mim um cínico. Mas, enquanto escrevo, uma semana já se passou, e já tínhamos tido nossa entrevista decisiva com lorde John Roxton e... bem, talvez as coisas pudessem ser piores.

Deixe-me contar em poucas palavras. Nenhuma carta ou telegrama chegara para mim em Southampton, e alcancei a pequena *villa* em Streatham perto das dez horas daquela noite num estado de alerta febril. Estaria ela viva ou morta? Onde estavam meus sonhos noturnos de braços abertos e rostos sorridentes, as palavras elogiosas ao homem que arriscara a vida para agradá-la? Eu já havia descido dos altos picos e tinha os pés firmes na terra. Ainda assim, um bom motivo poderia me fazer subir às nuvens outra vez. Atravessei apressado a trilha do jardim, bati à porta, escutei a voz de Gladys lá dentro, passei pela criada aturdida e irrompi na sala de estar. Ela estava sentada em um banco baixo ao piano, sob a luz do abajur. Em três passos, percorri a sala e tinha as mãos dela nas minhas.

— Gladys! - exclamei. — Gladys!

Ela olhou para cima com espanto no rosto. Estava mudada de um modo sutil. A expressão em seus olhos, o olhar duro, o franzir dos lábios, eram novos para mim. Ela puxou de volta as mãos.

— O que você quer dizer? - ela falou.

— Gladys! - exclamei. — O que houve? Você é a minha Gladys, não é... a pequena Gladys Hungerton?

— Não - ela disse. — Eu sou Gladys Potts. Deixe-me lhe apresentar meu marido.

Que absurda é a vida! Vi a mim mesmo me curvando mecanicamente e apertando a mão de um ruivinho, encolhido na poltrona antes consagrada ao meu próprio uso. Saudamo-nos e sorrimos.

— Meu pai nos deixou ficar aqui. Estamos reformando nossa casa - disse Gladys.

— Ah, sim - eu disse.

— Você não recebeu minha carta em Belém do Pará, então?

— Não. Nenhuma carta.

— Ah, que pena! Teria deixado tudo mais claro.

— *Já está* bem claro - respondi.

— Eu contei para William tudo sobre você – ela disse. — Nós não temos segredos. Eu sinto muito, mas não tinha como ser muito profundo, tinha? Se você partiu para o outro lado do mundo e me deixou aqui sozinha... Você não está zangado, não é?

— Não, não, de modo algum. Acho que já vou indo.

— Beba alguma coisa – disse o homenzinho, e acrescentou, de um modo confiante: — É sempre assim, não é? E deverá ser a menos que se aceite a poligamia, mas, se não se aceita, se é que me entende – ele gargalhou feito um idiota, enquanto eu procurava a porta.

Eu já estava de saída, quando fui acometido por um impulso súbito e fantástico, e voltei para o meu rival bem-sucedido, que observou meu comportamento nervoso.

— Você responderia uma pergunta?

— Bem, se for razoável – disse ele.

— Como você fez? Você encontrou um tesouro escondido, descobriu um polo, passou um tempo entre os piratas, sobrevoou o canal da Mancha ou o quê? Onde está o encantamento do romance? Onde o conseguiu?

Ele me encarou numa expressão desenxabida com seu rostinho vazio, insignificante e bonachão.

— Não acha que isso tudo é um tanto pessoal? – ele perguntou.

— Bem, é só uma pergunta – exclamei. — O que você faz? Qual sua profissão?

— Sou escrivão de um advogado – disse. — O segundo homem na Johnson & Merivale, Chancery Lane, número 41.

— Boa noite! – eu disse e desapareci na escuridão, como todo herói desconsolado e de coração partido, com pesar e raiva e risos fervendo dentro de mim como numa panela de pressão.

Uma pequena cena mais e encerrarei. Na noite passada, todos jantamos no apartamento de lorde John Roxton, e, após o jantar, fumamos em boa camaradagem, conversando sobre nossas aventuras. Era estranho, nesse cenário diferente, ver seus velhos e conhecidos rostos e figuras. Ali estava Challenger, com o sorriso condescendente, as pálpebras caídas, os olhos inflexíveis, a barba agressiva, o peito imenso arfando e bufando enquanto passava sermões em Summerlee. E Summerlee também estava lá, com seu cachimbinho entre o bigode fino e o cavanhaque grisalho, o rosto gasto projetado em ávidos debates, conforme questionava todas as proposições de Challenger. Por fim, nosso anfitrião, com seu robusto rosto de águia, com olhos azuis de frieza glacial e um lampejo de humor e maldade permanente nas profundezas lá dentro. Esta é a última imagem deles que levei comigo.

Foi após o jantar, em seu próprio retiro - a sala de brilho rosado e inúmeros troféus -, que lorde John Roxton declarou ter algo a nos dizer. De uma estante, trouxe uma velha charuteira e a pôs sobre a mesa.

— Há uma coisa - disse ele - que eu talvez devesse ter mencionado antes, mas queria entender um pouco mais do que se tratava. Não há por que levantar expectativas apenas para vê-las caírem depois. Mas são fatos, e não esperanças, o que temos agora. Vocês devem lembrar daquele dia em que encontramos o viveiro de pterodáctilos no pântano, não? Bem, algo na disposição do terreno chamou minha atenção. Talvez tenha lhes escapado, então vou lhes contar. Era uma cratera vulcânica cheia de argila azul.

Os professores assentiram.

— Bem, no mundo todo, eu só conheci um lugar com uma cratera vulcânica de argila azul. Era a grande mina de diamantes de Beers, em Kimberley, hein? Então, vejam vocês, fiquei com diamantes na cabeça. Enjambrei uma gambiarra para segurar os animais fedorentos e passei um dia feliz lá com minha pazinha. Eis o que encontrei.

Ele abriu a charuteira e, ao virá-la, derramou sobre a mesa cerca de vinte ou trinta pedras brutas, de tamanhos variando entre feijões e castanhas.

— Talvez vocês achem que eu devia ter lhes contado na ocasião. Bem, eu deveria, mas sei que há um monte de armadilhas para os incautos, e essas pedras poderiam ser de qualquer tamanho e ainda assim ter pouco valor, se fossem desprovidas de cor ou consistência. Portanto, eu as trouxe, e, no primeiro dia em Londres, as levei à Spink[96] e pedi que fossem lapidadas e avaliadas.

Ele pegou uma caixa de comprimidos do bolso e tirou dela um brilhante e belíssimo diamante, uma das pedras mais belas que jamais vi.

— Eis o resultado - disse. — Eles avaliaram o lote em no mínimo duzentas mil libras. É claro que será dividido igualmente entre nós, não quero nem ouvir nada. Bem, Challenger, o que você fará com seus cinquenta mil?

— Se realmente insiste em sua generosa oferta - disse o professor -, fundarei um museu privado, algo que é meu sonho há muito tempo.

— E você, Summerlee?

— Vou me aposentar da docência, e assim encontrar tempo para finalizar minha classificação dos fósseis calcários.

— Eu usarei minha parte - disse lorde John Roxton - para montar uma expedição bem equipada e dar mais uma olhada no nosso velho e querido platô. E quanto a você, meu jovem, você, é claro, usará sua parte para se casar.

— Ainda não, por enquanto - eu disse com um sorriso pesaroso. — Acho que, se aceitar minha companhia, eu preferiria ir com você.

Lorde Roxton nada disse, apenas estendeu-me a mão morena por sobre a mesa.

Notas

Todas as notas são do tradutor.

1. Doutrina que propunha o uso de ouro e prata como lastro da economia, estabelecendo um valor universal para a taxa de troca entre ambos em relação ao papel-moeda. Caiu em desuso após a adoção do ouro como padrão no final do século XIX, e em 1912 já era considerado um assunto superado.
2. Segundo Ian Duncan (*The Lost World*, Oxford World Classics, 2008), sociedades de abstêmios e vegetarianos eram populares desde o século XIX; o termo "aeronauta" se referia essencialmente a balonistas e passava a ser aplicado aos pilotos de avião; a Sociedade Teosófica, fundada por Madame Blavatsky em 1875, para buscar a harmonia universal da humanidade através de doutrinas esotéricas, estava então no auge de sua popularidade; já o "super-homem" referido não era, naturalmente, o personagem de quadrinhos, que só seria criado dali a vinte anos, e sim o conceito do *Übermensch* de Nietzsche, que se tornava popular na Inglaterra com a peça *Homem e Super-Homem* (1903), de George Bernard Shaw.
3. Sir Richard Francis Burton (1821-90), aventureiro polímata inglês, fluente em 29 línguas e perito em disfarces. Entre seus feitos, se infiltrou na cidade sagrada de Meca disfarçado de peregrino, descobriu o lago Tanganica na África, serviu como cônsul britânico em Santos (SP) e traduziu o *Kama Sutra* para o inglês, chocando a sociedade vitoriana.
4. Sir Henry Morton Stanley (1841-1904), jornalista que se tornou conhecido por encontrar o explorador escocês David Livingstone, que desaparecera na África em busca da fonte do rio Nilo. Sua participação posterior na criação do Estado Livre do Congo, somada a acusações já em sua época de racismo e violência, com o tempo tornaram sua memória infame.
5. Referência indireta ao conde Henry de La Vaulx (1870-1930), balonista francês que, em 9 de outubro de 1900, em uma corrida patrocinada pelo Aéro-Club de France, bateu o recorde de viagem num balão, percorrendo em torno de 2 mil quilômetros em 36 horas, de Vincennes, na França, até as cercanias de Kiev, na Ucrânia – onde foi preso pelas autoridades, que pensaram que fosse um espião.

6. Major-general Robert Clive (1725-74), chamado Clive da Índia, corsário inglês responsável por estabelecer o domínio britânico sobre o sul da Ásia, ao derrotar o Império Maratha quando a serviço da Companhia Britânica das Índias Orientais.
7. As duas regiões, na época da publicação de *O mundo perdido* ainda controladas pelo Império Otomano, eram foco de interesses ocidentais às vésperas da Primeira Guerra Mundial.
8. O Barão de Münchausen, personagem fictício criado por Rudolf Erich Raspe, em 1785, em *As aventuras do Barão de Münchausen*, que narra feitos impossíveis e aventuras surreais.
9. Os calmuques, ou calmucos, são um povo nômade originário da Mongólia, de tradição budista, que vivem na região russa a norte do mar Cáspio. O estudo de crânios dos calmuques citado aqui se insere no contexto da popularização da pseudociência da frenologia, no início do século XX.
10. Teoria sobre princípios orgânicos de hereditariedade do biólogo alemão Friedrich Leopold August Weissmann (1834-1914), considerado o evolucionista mais notável depois de Charles Darwin.
11. McArdle faz uma piada, já que a lei em questão aplicava-se somente a trabalhadores manuais.
12. Clube de cavalheiros fundado em Londres em 1857, para homens ligados à literatura e às artes; teve entre seus membros Charles Chaplin, Rafael Sabatini e P. G. Wodehouse.
13. A grande discussão científica da época acerca da teoria da evolução opunha dois grupos, um alinhado a Charles Darwin e outro a August Weissmann. A hipótese da pangênese, formulada por Darwin, defendia que as características que um organismo adquirisse na vida poderiam ser transmitidas a seus descendentes através de partículas chamadas "gêmulas", que passariam das células reprodutivas às demais células do corpo. Isso significava um retorno à teoria da hereditariedade de características adquiridas formulada por Lamarck, anteriores à sua teoria da evolução e que o próprio Darwin havia rejeitado no início da carreira. Weissmann se opôs a ele, defendendo a inviolabilidade e a continuidade genética do plasma germinal. A prevalência da opinião de Weissmann levou ao declínio da influência das teorias de hereditariedade de Lamarck e, consequentemente, à redescoberta do trabalho de Gregor Mendel, que se tornaria a base da genética clássica.
14. Remédios para tratar feridas.
15. Roda giratória de fogos de artifícios.
16. *Os Dois Macs* era um número cômico de comédia pastelão criado por Mike MacCabe e Jack MacNally no final do século XIX em Londres. Com o tempo, o número passou a ser usado por outros artistas nos

teatros de variedades ingleses, inspirando um novo tipo de humor físico que revelaria nomes como Charles Chaplin.

17. A hostilidade histórica entre ingleses e irlandeses levava a preconceitos, na cultura inglesa popular, contra pessoas de cabelos ruivos, identificadas com o invasor celta. Malone é um irlandês moreno, o que faria dele "menos selvagem" nessa visão. Ao longo do livro, Conan Doyle, que era de descendência irlandesa, brinca de modo irônico com a simbologia do "ancestral selvagem" associada à cor vermelha.
18. Os naturalistas Alfred Russel Wallace (1823-1913) e Henry Walter Bates (1825-92) viajaram juntos pela Amazônia na metade do século XIX. Ambos publicaram livros que se tornariam as principais fontes de informações sobre a região para a Inglaterra vitoriana, e de Conan Doyle para a pesquisa de *O mundo perdido*. Wallace publicou *Viagens pelo Amazonas e Rio Negro* em 1853, enquanto Bates lançou *Um naturalista no rio Amazonas* em 1863.
19. Os cocamas, *kokama* ou *kocama*, vivem no alto do rio Solimões, descendentes do contato entre índios tupinambás vindos do litoral brasileiro e povos pré-colombianos do interior do Peru.
20. O conceito de "raças humanas" se desenvolveu na Europa durante o início do período moderno em paralelo ao colonialismo, como forma de estabelecer uma superioridade hierárquica do europeu, em relação aos povos dos demais continentes, que justificasse o comércio de escravos. À época de Conan Doyle, o nacionalismo passou a associar "raça" com "povo" de modo a justificar as expansões imperialistas europeias, com base em noções de "superioridade" e "inferioridade". Ao colocar Challenger igualando os índios cocamas aos londrinos enquanto "raça degradada", ele ironiza a noção de superioridade racial da Europa, que ainda não havia testemunhado os genocídios das duas guerras mundiais. Cientificamente, o termo "raça" não possui sentido, pois todos os seres humanos vivos pertencem à mesma espécie, o *Homo sapiens*, e todas as diferenças entre realizações de diferentes povos são explicadas por fatores geográficos, históricos, políticos, econômicos, sociais e culturais.
21. Livro fictício.
22. Casaco de lã grossa usado por marinheiros.
23. *Extinct Animals*, de Sir Edwin Ray Lankester (1847-1929), publicado em 1905, foi o livro que Conan Doyle usou como base para sua pesquisa. As descrições dos animais pré-históricos de *O mundo perdido* acompanham as do livro de Lankester, zoólogo inglês conhecido por seu tamanho imponente e modos enérgicos – ainda que Conan Doyle tenha apontado William Rutherford, um de seus professores na Faculdade de Medicina, em Edimburgo, como a inspiração para o professor Challenger.

24. Estegossauro, do grego "lagarto com cobertura". Período: Jurássico Superior (156 milhões-144 milhões de anos atrás). Alimentação: herbívoro. História: foi um dos primeiros dinossauros descobertos por Othniel Marsh durante a Guerra dos Ossos do final do século XIX, surgida de sua inimizade competitiva com o paleontólogo rival Edward Drinker Cope. Características: quadrúpede, se destaca pelas placas largas ao longo do dorso e espigões na cauda, tinha cerca de nove metros de comprimento (o equivalente a duas kombis enfileiradas). Nota: acredita-se hoje que as duas fileiras de placas do estegossauro não fossem alinhadas, mas alternadas. Sulcos indicando vasos sanguíneos sugerem que tinham a função de regular a temperatura do corpo.
25. O Museu de História Natural de Londres fica no bairro de South Kensington.
26. O dimorfodonte foi descoberto em 1828, mas, como se fazia com todos os fósseis de pterossauros na época, foi classificado como pertencente ao gênero *Pterodactylus*. Somente em 1870 passou a pertencer a uma família separada, os *Dimorphodontidae*. O livro de Lankester ainda o descrevia como um pterodáctilo.
27. O Instituto Zoológico é a divisão de pesquisa da Sociedade Zoológica de Londres (em inglês, Zoological Society of London, ou ZSL), organização sem fins lucrativos fundada em 1826.
28. Populares no início do século XX, os carros elétricos em estilo *brougham* eram cupês de duas portas com um assento externo para o motorista, anteriores à dominação comercial dos motores à base de petróleo.
29. Duas regiões conhecidas por abrigar fósseis em excepcional estado de preservação: a formação de Wealden, no sul da Inglaterra, rica em fósseis do período Cretáceo, e a lagoa de Solnhofen, na Baviera, cujas placas de calcário são ricas em fósseis do período Jurássico.
30. O Albany é um casarão de três andares do século XVIII, em Piccadilly, que no início do século XIX foi reformado e convertido em 69 apartamentos de luxo, tornando-se o mais famoso e prestigiado endereço exclusivo para solteiros de Londres. É citado como o endereço dos personagens de *A importância de ser prudente*, de Oscar Wilde, e do ladrão de casaca Raffles, nas histórias policiais de E. W. Hornung.
31. O clube de regatas da Universidade de Oxford (remo azul) e o Leander (rosa-cereja), um dos clubes de remo mais antigos do mundo, fundado em 1818.
32. Território do Congo Belga onde hoje se situa o Sudão do Sul. O rinoceronte-branco do norte (*Ceratotherium simum cottoni*) se encontra extinto. Em 2018, morreu o último macho vivo da espécie.

33. Booth Steamer Ship Company, companhia de navegação inglesa que desde 1866 operava no comércio de borracha entre o norte do Brasil e a Inglaterra e mantinha uma linha de passageiros entre Belém e Southampton.
34. O termo "expresso" designava na época uma arma ou munição própria para caça, por atingir velocidade maior no disparo; cordite é uma variedade de pólvora sem fumaça.
35. Adam Lindsay Gordon (1833-70), poeta australiano.
36. Roger Casement, explorador, diplomata e nacionalista irlandês, foi cônsul britânico no Brasil entre 1906 e 1911, liderando uma expedição pelo rio Putumayo até o Peru, onde produziu um relatório denunciando os abusos cometidos na exploração da borracha pela Peruvian Amazon Rubber Company, empresa de capital inglês de propriedade dos irmãos Arana, contra a população local, incluindo trabalho escravo mantido com dívidas, tortura e estupros. Conan Doyle, que era amigo pessoal de Casement e baseou o personagem de John Roxton nele, ajudou a chamar a atenção da opinião pública para o escândalo. A questão culminou na liquidação da empresa no ano anterior à publicação de *O mundo perdido*, e estava fresca na memória do público. Quatro anos depois, o envolvimento de Casement na guerra de independência da Irlanda, somado à revelação pública de sua homossexualidade, levariam à sua condenação à morte por traição. Apesar dos apelos por clemência feitos por Conan Doyle e pelo senado norte-americano, Casement acabou sendo executado em 1916. Sua vida foi ficcionalizada por Mario Vargas Llosa em *O sonho do celta*.
37. Os relatórios feitos para o Parlamento inglês são encadernados em livros de capa azul.
38. As sugestões de localização da Terra de Maple White foram feitas a Conan Doyle pelo coronel Percy Fawcett, que três anos antes mapeara a região do atual Parque Estadual da Serra de Ricardo Franco, no Mato Grosso. Já "o canto onde três países se encontram" é a tríplice fronteira entre Brasil, Venezuela e Guiana, onde fica o monte Roraima – um platô de quatrocentos metros de altura com 31 quilômetros quadrados de área delimitada por falésias. Em 1925, treze anos após a publicação de *O mundo perdido*, Fawcett voltaria ao Brasil em busca de uma cidade perdida que chamava de "Z", e desapareceria no Mato Grosso.
39. Profissional que presta auxílio aos navegantes em áreas de tráfego, como portos e canais.
40. Tipo de gabardine emborrachada, à prova d'água.
41. A bandeira papa, azul com um retângulo branco no centro, indica que um navio está prestes a partir.
42. Como baseou suas descrições do Pará e do Amazonas nos relatos de Wallace e Bates, que os visitaram sessenta anos antes, Conan Doyle ignorava

que, na sua época, tanto Manaus quanto Belém eram já grandes metrópoles no auge do ciclo da borracha, com ruas inteiramente iluminadas por energia elétrica, arquitetura de inspiração parisiense e duas casas de ópera suntuosas (o Theatro da Paz, em Belém, e o Teatro Amazonas, em Manaus), que recebiam as maiores produções da época.

43. Até 1908, o Estado Livre do Congo foi um reino privado, gerido pelo rei Leopoldo II da Bélgica através de uma empresa de fachada. Em 1904, o mesmo Roger Casement que inspirara Roxton reportou as atrocidades cometidas no país contra a população local. Conan Doyle, que o conheceu nessa época, teve participação ativa na campanha pública contra a exploração do Congo, publicando o panfleto *The Crime of Congo* em 1909, além de inúmeras cartas na imprensa. Os horrores cometidos sob ordens do rei Leopoldo, que incluíram trabalhos forçados, mutilações e violência extrema, foram responsáveis pela morte de cerca de 15 milhões de congoleses e são hoje considerados crimes de genocídio. Inspirado nisso, Joseph Conrad escreveria *O coração das trevas*.
44. Santa María la Antigua del Darién, cidade fundada pelos conquistadores espanhóis na América, onde hoje se localiza o Panamá.
45. Ao contrário do que afirma Conan Doyle, a língua geral – surgida no período colonial pela fusão do português com línguas indígenas nativas, como o tupi e o guarani – já estava praticamente extinta no começo do século XX, salvo nos mais afastados rincões do interior.
46. Na realidade, foi no Uruguai, visitado por Darwin em 1833 em meio à luta por independência. Com o *Beagle* ancorado em Montevidéu, ele cavalgou até a região do rio Negro. Sobre os gaúchos, registrou em *A viagem do Beagle*: "o grupo mais selvagem e pitoresco que já vi [...]. Sua educação é excessiva, mas enquanto fazem uma mesura muito graciosa, parecem prontos, caso surja a ocasião, para cortar sua garganta".
47. Não confundir com a Real Sociedade de Londres. O Royal Society Club era um clube de cavalheiros que se reunia regularmente para jantares num casarão em St. James Street, do século XIX até o início do século XX.
48. Segundo Von Martius, que explorou a região amazônica entre 1819 e 1820, os índios miranhas tinham o costume de comer inimigos mortos em guerra, mas já no século XIX estavam trocando a prática pela venda de prisioneiros para a extração de borracha e, no início do século XX, foram quase exterminados pela empresa dos irmãos Arana, a mesma denunciada posteriormente no relatório de Roger Casement sobre a extração de borracha no Peru. Já os amahuacas praticavam apenas o endocanibalismo, ou seja, comiam ritualmente os mortos de sua própria tribo (fonte: Priscila Faulhaber, Museu Paraense Emílio Goeldi, site Povos Indígenas do Brasil, mantido pelo Instituto Socioambiental).

49. Línguas em que as palavras são compostas por uma série de morfemas, ou seja, uma ideia completa é expressa pela união desses morfemas numa única palavra (como nos troncos linguísticos tupi-guarani e macro-jê), em vez de compor uma frase, como no português.
50. Challenger refere-se à teoria, até hoje controversa, de que os povos nativos americanos descendem de imigrantes asiáticos vindos pelo estreito de Bering.
51. Barômetro usado para medir a pressão atmosférica sem mercúrio.
52. Referência à *Eneida*, poema épico de Virgílio, quando o herói Eneias e seus homens são atacados pelas harpias durante o jantar.
53. Pterodáctilo, do grego *pterodaktulus*, significa "dedos com asas". Período: Jurássico Superior (150 milhões de anos atrás). Alimentação: carnívora, possivelmente peixes. História: répteis alados; marítimos e terrestres constituem ordens distintas, o que faz do pterodáctilo um pterossauro, não um dinossauro. Apesar do *Pterodactylus antiquus* ser um dos primeiros fósseis de pterossauro encontrados, ainda na segunda metade do século XVIII, foi somente em 1812 que passou a ser classificado assim. Características: acredita-se que as asas de um pterodáctilo adulto não possuíam mais que um metro de envergadura, e que seu tamanho médio era próximo ao de um corvo. No Brasil: curiosamente, a descrição do animal feita por Conan Doyle parece sugerir, no tamanho e na aparência, o cearadáctilo (*Cearadatylus atrox*), cujos fósseis só seriam descobertos em 1983, na chapada do Araripe, Ceará.
54. Por muito tempo, acreditava-se no mito de que a jararaca ataca e persegue sem ser provocada. Nenhuma cobra faz isso, venenosa ou não.
55. Dos quatro pedestais, ou plintos, ao redor da Trafalgar Square, em Londres, três são ocupados por estátuas de figuras célebres e um permaneceu vago por 150 anos. Desde 1999, diferentes obras se revezam sobre ele.
56. "As pegadas não retornam", máxima extraída das *Epístolas* de Horácio, que cita por sua vez a fábula de Esopo, "A raposa e o leão": quando convidada para entrar na toca do leão, a raposa percebe que as pegadas sempre se dirigem para o interior dela, mas nunca para fora.
57. Marca alemã de água mineral gasosa, muito popular na época. Atualmente pertence à Coca-Cola.
58. O avião ainda era uma invenção recente. Santos Dumont voara com o 14-Bis apenas seis anos antes da publicação de *O mundo perdido*.
59. Nome que se dá, na região do Sudão, a acampamentos ou currais feitos de espinheiros.
60. Termo indiano para "caçador".
61. Gideon Mantell (1790-1852), obstetra e geólogo britânico, pioneiro da paleontologia, que descobriu e identificou os primeiros fósseis do

iguanodonte. A formação geológica de Wealden, rica em fósseis de dinossauros, fica na região de Sussex, no sul da Inglaterra, onde o próprio Conan Doyle vivia.

62. Iguanodonte, cujo nome significa "dente de iguana". Período: Cretáceo Inferior (146 milhões a 100 milhões de anos atrás). Alimentação: herbívora. História: nomeado por Gideon Mantell em 1825, o iguanodonte foi um dos três primeiros espécimes, junto do megalossauro e do hylaeossauro, a ser classificado em 1842 no ramo *Dinosauria*. Características: seu comprimento variava de nove a doze metros, próximo ao tamanho de um ônibus, e pesava cerca de quatro toneladas, o equivalente ao peso de um hipopótamo adulto. A pata dianteira com cinco dedos possui um esporão no polegar, que se acredita ter sido usado para defesa. No Brasil: diversos registros de suas pegadas foram encontrados no município de Souza, no Alto Sertão da Paraíba, em 1897, região hoje conhecida como Vale dos Dinossauros, que abriga cerca de 21 sítios arqueológicos.
63. Por muito tempo durante os anos 1900, pensava-se que a cauda do iguanodonte serviria como suporte para seu peso, mantendo o corpo ereto, motivo pelo qual era frequentemente reconstituído na postura de um canguru. Na década de 1980, percebeu-se que esse equilíbrio seria impossível, e hoje se sabe que a cauda do iguanodonte era mantida reta ao longo do corpo, como contrapeso, possibilitando ao animal andar em quatro ou duas patas.
64. A descrição da inteligência do iguanodonte feita por Conan Doyle é condizente com sua época, que ainda via os dinossauros como animais grandes e estúpidos, mas hoje essa ideia está defasada. Uma análise do crânio do iguanodonte sugere grandes lóbulos, indicando olfato e visão apurados, e um animal ativo e coordenado.
65. Primeiras palavras do cântico de Simeão em Lucas 19,20, "agora, Senhor, podes despedir em paz o teu servo, segundo a tua palavra, porque meus olhos viram tua salvação". Summerlee quer dizer que, após ter visto os dinossauros, já pode morrer em paz.
66. Dimorfodonte, do grego "dente de duas formas". Período: Jurássico Inferior (200 milhões a 174 milhões de anos atrás). Alimentação: carnívoro, possivelmente insetívoro. História: foi descoberto pela paleontóloga amadora Mary Anning em 1828, quando procurava fósseis nas praias da região inglesa hoje chamada de Costa Jurássica, mas classificado apenas em 1859. Características: de tamanho pequeno, tem em média 1 metro de comprimento, com asas de 1,5 metro de envergadura. Destaca-se pela cabeça grande e bojuda, com dois tipos de dentes: presas compridas na ponta e outras menores ao longo da mandíbula.

67. Alossauro, do grego "lagarto estranho". Período: Jurássico Superior (156 milhões a 144 milhões de anos atrás). Alimentação: carnívoro. História: descoberto por Othniel Marsh em 1877, em Utah, nos Estados Unidos. A grande quantidade de fósseis do alossauro encontrada, alguns deles quase completos, fez com que se saiba mais sobre seus hábitos, aparência e anatomia do que sobre qualquer outro predador carnívoro do mesmo período. Características: tinha em média nove metros de comprimento (o tamanho de um ônibus) e quatro metros de altura. Bípede, se distingue pelas saliências ósseas bem à frente de cada olho. Nota: sendo um dinossauro amplamente encontrado nos Estados Unidos e muito presente nos museus americanos, sua popularidade em filmes e seriados só perde para a do tiranossauro.
68. Megalossauro, do grego "grande lagarto". Período: Jurássico Médio (166 milhões de anos atrás). Alimentação: carnívora. História: os primeiros fósseis foram encontrados em 1676, sendo considerados na época ossos de gigantes bíblicos ou de elefantes de guerra romanos. O nome foi adotado oficialmente no começo do século XIX e por muito tempo aplicado a todo e qualquer dinossauro carnívoro encontrado. Características: bípede, de pescoço curto e forte.
69. Desde sua primeira adaptação para o cinema em 1925 – e pela tendência de Challenger estar sempre certo em relação a Summerlee –, prevalece na iconografia de *O mundo perdido* a interpretação de que o predador em questão fosse um alossauro.
70. Professor substituto.
71. O conceito de um "elo perdido" entre humanos e macacos é de natureza religiosa e não científica. Baseado numa visão linear da evolução, havia voltado à moda no século XIX. Logo após a publicação de *O mundo perdido* em 1912, o arqueólogo amador Charles Dawson alegou ter encontrado os fósseis do "elo perdido". Apesar de recebida com ceticismo pela comunidade científica desde o começo, somente quarenta anos depois, em 1953, a farsa foi totalmente exposta. O episódio ficou conhecido como o "Homem de Piltdown", e há quem acredite até hoje no envolvimento do próprio Conan Doyle em sua fabricação.
72. Na época da publicação de *O mundo perdido*, a última "grande guerra" britânica fora a Segunda Guerra dos Bôeres, na África do Sul, encerrada em 1902. Ainda faltavam dois anos para o início da Primeira Guerra Mundial, mas o clima político europeu já a tornava iminente.
73. Gliptodonte, "dente de pedra". Período: Pleistoceno (de 2 milhões a 11.700 anos atrás). Alimentação: herbívoro. Características: com pouco mais de 3 metros de comprimento e 1,5 metro de altura, teria o tamanho e o peso de um fusca. Nota: ancestral do tatu, seus fósseis são encontrados da Argentina ao interior da Bahia.

74. Megaloceros, "hastes gigantes". Período: Pleistoceno (de 2 milhões a 11.700 anos atrás). Alimentação: herbívoro. Características: tinha cerca de dois metros à altura de suas espáduas, e sua galhada podia alcançar a largura de até três metros, pesando cerca de quarenta quilos. Nota: também é chamado de alce-gigante ou alce-irlandês, apesar de não ser um alce.
75. Marca inglesa de palitos de fósforo feitos com cera, precursores do palito de madeira.
76. Segundo Jim Hopson, da Universidade de Chicago, citado por Norman, a visão prevalecente no início do século XX, dos dinossauros como animais pouco inteligentes, seria um tanto equivocada. Comparando o volume do cérebro e do corpo de diversos animais, Hopson constatou que a maioria dos dinossauros tinha, de fato, cérebros cuja proporção de tamanho era tipicamente reptiliana, mas que alguns eram mais privilegiados, em especial os terópodes bípedes com alto nível de atividade, como o alossauro.
77. A extinção dos dinossauros ocorreu num período entre o final do Cretáceo e o início do Terciário, sendo por isso conhecido como Evento K-T. Há diversas teorias para explicá-la, e por muito tempo predominou a de que mudanças climáticas fossem a causa principal, mas é provável que tenha sido a soma de vários fatores. Em 1980, o time de astrônomos mexicanos composto por Luis e Walter Alvarez, pai e filho, descobriu uma alta incidência de destroços cósmicos acumulados em sedimentos desse período geológico, que poderia ser explicada pela queda e vaporização de um meteorito gigantesco, com pelo menos dez quilômetros de extensão. A colisão de um objeto desse tamanho levantaria uma camada de vapor d'água e poeira suficiente para cobrir a Terra por até dois anos. Em 1991 descobriu-se, por meio de radares, uma cratera de impacto de meteoro que coincidia com a camada geológica do período K-T. Localizada na península de Yucatán, no México, ela tem cerca de duzentos quilômetros de diâmetro.
78. Moeda britânica de ouro, com valor de face de uma libra.
79. Philip Stanhope, 4º Conde de Chesterfield (1694-1773), político e ensaísta inglês que se tornou sinônimo de educação e cavalheirismo entre os ingleses.
80. Referência ao título do capítulo 14 de *As minas do rei Salomão*, de H. R. Haggard.
81. No caso, o próprio Conan Doyle, citando a si mesmo no seu poema "Corporal Dick's Promotion".
82. Versos do poema "In Memoriam", de Alfred Tennyson, musicados no final do século XIX.

83. O driopiteco foi um gênero extinto de macacos do período Mioceno. Já o pitecantropo, ou "Homem de Java", refere-se a fósseis de ancestrais humanos do período Plioceno, encontrados na ilha de Java em 1891, então considerados como pertencentes a um "elo perdido". O nome *pithecanthropus* significa, literalmente, "homem-macaco". Desde a década de 1950, após comparações com outros fósseis, como o do "Homem de Pequim", foi reclassificado como um *Homo erectus*, e, desde os anos 1970, como uma subespécie deste, o *Homem erectus*. É aceito hoje que tenha sido o hominídeo que primeiro dominou o fogo.
84. Alfred Shrubb (1879-1964), corredor e maratonista inglês.
85. Caneleiras de couro que se amarravam às botas, usadas pelos soldados imperiais britânicos.
86. Escamas de formato rombudo, típicas de peixes mais primitivos, como o esturjão.
87. Plesiossauros, "quase lagartos". Período: toda a Era Mesozoica (252 milhões a 65 milhões de anos atrás). Alimentação: peixes e belemnites, moluscos extintos semelhantes às lulas. História: por ser um dos primeiros "répteis antediluvianos" encontrados na Inglaterra vitoriana, em 1823, o *Plesiosaurus dolichodeirus* deu seu nome à ordem Plesiosauria, classificados entre plesiossauros (pescoço longo) e pliossauros (pescoço curto). Assim como outras ordens de répteis marinhos, como os ictiossaurídeos e os mosassaurídeos, não pertencem à mesma ordem que os dinossauros. Características: seu comprimento podia variar de 1,5 metro até 15 metros, no caso do elasmossauro. Mas, ao contrário do que é descrito por Doyle, descobertas posteriores indicam que seu pescoço era mais rígido, impossibilitando o movimento de "graciosas ondulações de um cisne". Nota: com o tempo, os plesiossauros tornaram-se comumente associados a frequentes lendas de "monstros do lago", sendo a mais conhecida a do Monstro do Lago Ness, na Escócia. "Nessie", o suposto plesiossauro que habitaria o lago, foi "avistado" oficialmente pela primeira vez em 1933.
88. Sobre o modo de caça do alossauro, não é possível determinar se ele derrubava as vítimas após longa perseguição ou se atacava de surpresa. Ainda que, quase certamente, não pulasse feito um sapo como descrito por Doyle. Através de reconstituições computadorizadas de seu crânio, levando em consideração a densidade do osso, concluiu-se que tinha a cabeça incrivelmente resistente e a mandíbula frágil. Essa resistência a impactos, incomum mesmo entre os dinossauros, sugere que o próprio crânio fosse usado como arma de ataque. Saltando sobre a presa com a mandíbula aberta, com dentes serrilhados como faca de carne, o resultado seria um golpe devastador "como um cutelo", segundo David Norman. Há indícios também de que os alossauros caçavam aos pares.

89. Designação comum de trepadeiras típicas da África, cuja toxina, a estrofantina, é usada pelos zulus como veneno para flechas, ou, em medicina, como cardiotônico.
90. Ictiossauros, "peixes lagartos". Período: toda a Era Mesozoica (de 252 milhões a 65 milhões de anos atrás). Alimentação: carnívoro. Características: seu aspecto lembra o de peixes e golfinhos modernos. Seu tamanho médio variava de dois a quatro metros, mas algumas espécies dessa ordem, como o xonissauro, podiam chegar a quinze metros, o tamanho de uma baleia.
91. O "terceiro olho", ou olho parietal, é parte do epitálamo presente no cérebro de diversas espécies de peixes e lagartos. É fotossensível e tem a função de regular o tempo de exposição do animal à luz ou ao calor.
92. Forusracos ou *phorusrhacos*, "portador de rugas". Período: Mioceno (de 23 milhões a 5 milhões de anos atrás). Alimentação: carnívora. Características: uma das espécies de aves extintas chamadas "aves do terror", não voadora e podendo passar de três metros de altura. Natural da Patagônia argentina e ancestral da seriema, seu crânio tinha sessenta centímetros de comprimento e um bico em forma de gancho, próprios para destrinchar carne.
93. Toxodonte, "dente de flecha". Período: final do Mioceno a final do Plioceno (de 11,6 milhões a 16 mil anos atrás). Alimentação: herbívoro. Características: mamífero com cerca de três metros de comprimento, encontrado na região ao redor do Rio da Prata. Nota: vários fósseis foram achados junto de pontas de flechas, indicando causas humanas para sua extinção.
94. O Queen's Hall foi uma sala de concertos de Londres fundada em 1893 e destruída em 1941, pelos bombardeios alemães durante a Blitz.
95. Substância gelatinosa encontrada no fundo do oceano em 1868 pelo biólogo inglês T. H. Huxley, que defendia ser uma matéria-prima de toda forma de vida orgânica; depois, provou-se apenas o resultado da precipitação de produtos químicos. A polêmica opôs os criacionistas, aliados a Huxley, e os evolucionistas, que o acusaram de fraude deliberada.
96. Spink & Son, numismática e filatélica londrina, no ramo desde 1666.

Grandes, assustadores e extintos

Por Samir Machado de Machado

Se você está lendo isto, é de supor que goste de dinossauros. Afinal, quem em sã consciência não gosta deles? São maiores do que qualquer animal terrestre já visto, a aparência é assustadora, os dentes são do tamanho de facas de cozinha, os nomes complicados criam alusões divertidas e – para nossa sorte enquanto espécie – estão extintos há mais tempo do que toda a humanidade já viveu sobre a Terra. Em última instância, a causa essencial do fascínio que provocam em nós é esta: sua existência é um fato científico, mas, para serem reconstruídos em nossas mentes, se faz necessário um esforço de imaginação que exige, no mínimo, uma reavaliação de nosso senso de escala. Dinossauros são, em essência, um apelo universal à capacidade criativa e narrativa de cada um de nós. E não pode ser coincidência, como observa o paleontólogo britânico David Norman, que o momento de nossa vida em que os dinossauros causam maior impacto seja, justamente, a infância – o período mais importante do desenvolvimento intelectual e cultural de cada indivíduo. Qualquer um que já tenha visto a reação de crianças num museu frente aos imensos esqueletos de animais pré-históricos, ou mesmo diante dos áudio-animatrônicos dos parques de diversões e shopping centers, pode testemunhar isso. Ora, qualquer adulto que não esteja anestesiado demais pela vida pode sentir o mesmo.

Imagine então um viajante na Antiguidade, há mais de 2 mil anos, percorrendo com sua caravana as antigas rotas da seda da Europa até a China. No caminho, ele cruza com mineradores de ouro das montanhas de Altai, na Mongólia. Os mineradores falam de criaturas do tamanho de lobos, com bicos de ave, estranhas asas e quatro patas com garras como as de leões, cujos ossos são encontrados o tempo todo enquanto se escava em busca de ouro. E, no caminho de volta, ele repassa a história desses seres fabulosos, encontrados sempre no entorno de grandes quantidades de ouro: nasciam os grifos, que, na Idade Média, evoluiriam para imensos dragões, proporcionais ao tamanho dos ossos ocasionalmente encontrados ao longo do tempo.

Agora, avancemos para o século XX, de volta à mesma Mongólia, onde, em 1922, uma expedição americana no deserto de Gobi encontra os primeiros fósseis de *Protoceratops*: do tamanho de um lobo, bico de ave, quatro patas com garras e uma crista na cabeça que, pela curvatura provocada pelo rigor mortis, bem poderia ser mal interpretada como pertencendo a uma asa. Ali, no caminho percorrido pelos antigos viajantes da Antiguidade.

A ligação dos dinossauros com a mitologia não é aleatória. Ao longo da Idade Média e da Renascença, seus fósseis foram atribuídos a dragões e gigantes bíblicos, ou considerados apenas pedras que, por *coincidência*, eram semelhantes a ossos – afinal, a origem da vida por geração espontânea era, então, um fator inquestionável. Isso duraria até o século XVIII, quando o pensamento iluminista deu origem à arqueologia, à geologia, à anatomia comparada, à botânica e à zoologia – em resumo, quando a ciência passou a prevalecer sobre a superstição.

A isso se juntaram duas outras revoluções: a teoria da evolução, proposta por Darwin em seu *A origem das espécies*, e a publicação de *Princípios da geologia*, em que Charles Lyell concluía que a Terra era muito mais antiga do que os 6 mil anos bíblicos. Em conjunto, essas descobertas científicas levariam o anatomista britânico Richard Owen, em 1842, a batizar uma nova ordem biológica – uma ordem composta de animais extintos não no dilúvio bíblico, mas muito antes do advento da humanidade: a ordem Dinosauria.

Anos depois, em 1851, o escultor Benjamin Hawkins criaria, sob orientação do próprio Owen, as primeiras esculturas em tamanho natural de dinossauros, expostas ao público na Grande Exposição do Palácio de Cristal, no Hyde Park, em Londres. Elas podiam não ser precisas – o esporão da pata dianteira do iguanodonte foi colocado como um chifre –, mas serviram ao seu propósito: capturar a imaginação do público.

Mundo encontrado

Em janeiro de 1911, uma manchete sensacionalista estampava a capa do *New York Herald*: "Monstros pré-históricos na selva amazônica". De acordo com a reportagem, um alemão chamado Franz Herrmann Schmidt teria deparado com um "monstro à prova de balas" semelhante a um plesiossauro. Na mesma época, na Inglaterra, o colecionador de animais exóticos Carl Hagenbeck, também alemão, disse aos jornais ter visto um animal "meio elefante, meio dragão" nos pântanos da África Central. Quem se arriscaria a acusá-lo de fraude se, poucos anos antes, havia se anunciado a descoberta de enormes répteis carnívoros, de quase três metros de comprimento, vivendo nas selvas primitivas de uma ilha do Pacífico chamada Komodo?

Assim, fazia sentido que Arthur Conan Doyle, quando se pôs a trabalhar em seu novo livro, tenha buscado agregar ao texto materiais diversos que visavam dar ao leitor a impressão de estar lendo um relato verídico. A possibilidade estava logo ali, e, ao contrário do que o personagem Ed Malone escuta de seu editor no romance, ainda havia alguns pontos obscuros no mapa a serem preenchidos. O livro trazia mapas, ilustrações e fotomontagens – numa delas, o autor e amigos vestiram-se como os personagens, o próprio Doyle caracterizado como o professor Challenger – que eram complementados por citações sobre o trabalho escravo praticado pelos barões da borracha na Amazônia, por discussões científicas do momento ou pela novidade dos aviões. Ainda não havia irrompido a Primeira Guerra Mundial, e Doyle podia se dar ao luxo de manter algum otimismo em relação à modernidade. Esse era o mundo que, em 1912, recebeu *O mundo perdido*, primeiro na *Philadelphia Sunday Press*, em 24 de março e 21 de julho de 1912, depois na inglesa *The Strand Magazine*, entre abril e novembro de 1912 (volumes 43 e 44), e por fim num único volume, em 15 de outubro daquele ano, pela Hodder & Stoughton.

Descontadas as brincadeiras metalinguísticas, Doyle também contara com a ajuda de especialistas. O primeiro foi o oficial irlandês Roger Casement, que estava de partida para a Amazônia para investigar crimes cometidos contra o povo local por barões da borracha. Doyle deu-lhe as linhas gerais do livro que planejava e pediu que enviasse notícias de qualquer fenômeno estranho que encontrasse. Também recebeu dicas do carismático e temperamental paleontólogo Edward Lankester, cujas descrições de animais pré-históricos no livro *Extinct Animals* aparecem praticamente iguais no texto de Doyle. Consultou o notório coronel Percy Fawcett, que vinha explorando a Amazônia em sucessivas expedições. Após entrar em contato com o *Manuscrito 512*, documento guardado até hoje na Biblioteca Nacional, no Rio de Janeiro, no qual um bandeirante descreve a existência de uma cidade perdida no interior do Brasil, Fawcett se tornara obcecado por encontrá-la, vindo a desaparecer no interior do Mato Grosso na década de 1920. Mas, antes disso, a crença do coronel Fawcett na existência de uma cidade perdida na Amazônia agitou a imaginação de Doyle, que recebeu do coronel descrições da selva, de fósseis que teria encontrado nela e do monte Roraima, na fronteira com o Peru, que viria a inspirar o platô da Terra de Maple White.

"Minha ambição é a de fazer pelos 'livros para garotos' o que Sherlock Holmes fez pelas histórias de detetives", teria dito Doyle ao seu editor. Ele sabia que chegava tarde a um gênero bastante específico. Os "livros para garotos" foram uma literatura típica do período vitoriano e eduardiano, herdeiros das *Voyages Extraordinaries* de Jules Verne e adaptados à cultura imperialista do Reino Unido. Eram periódicos e voltados essencialmente para meninos e jovens adultos, com o objetivo de estimular a leitura, entreter e "formar o caráter" aos padrões da época. Seu espírito aventuresco e instrutivo servia tanto para relatos de aventuras reais quanto para histórias de ficção. Ajudaram a moldar as noções de heroísmo de cada época, mas também carregaram século XX adentro – *The Boy's Own Paper*, na Inglaterra, e *Adventure*, nos Estados Unidos, foram publicadas até as décadas de 1960 e 1970, respectivamente – muitos preconceitos raciais e estereótipos de gênero que se mantêm até hoje.

A trama de *O mundo perdido*, aliás, é recheada de referências aos símbolos de virilidade da época: rúgbi, remo, alpinismo, pugilismo e caçadas na África. Mas Doyle, que era bastante progressista para um homem de sua geração, já o faz com um olhar levemente crítico, um viés de caricatura em que o comportamento dos personagens é o tempo todo comparado ao de animais – professores "chilreiam" como pássaros, o possível sogro de Malone assemelha-se a uma pomposa cacatua, o negro Zambo é "tão solícito quanto um cavalo", os empregados mulatos são "ágeis e rijos como panteras" – e brigas a socos remetem ao teatro cômico pastelão. Nota-se até um irônico levantar de sobrancelha para a masculinidade vitoriana de lorde Roxton, cujo exagero beira o homoerotismo.

Contudo, Doyle era homem de seu tempo, e, ainda que fosse abolicionista e tenha promovido campanhas contra a exploração de trabalho escravo no Congo Belga, sua linguagem é fruto de sua época – bem como o são os estereótipos e noções raciais que por vezes surgem no texto.

O livro de Doyle também vem coroar e batizar um gênero ainda mais específico da literatura de aventura – o das narrativas de "mundos perdidos", inaugurado por H. Rider Haggard com *As minas do Rei Salomão* (1882) e aperfeiçoado em romances subsequentes como *Ela* (1886), do próprio Haggard, e *O homem que queria ser rei* (1888), de Rudyard Kipling. Ao trocar a busca por cidades perdidas de misticismo bíblico por uma busca científica pelo pré-histórico, Doyle capturou o zeitgeist de sua época.

Estamos falando, claro, dos dinossauros.

Jules Verne já havia colocado animais pré-históricos no seu *Viagem ao centro da Terra*, em 1864 (ainda que o plesiossauro e o ictiossauro, criaturas marinhas, não sejam dinossauros). Jack London, Ambrose Bierce e H. G. Wells, além do próprio Doyle,[1] vinham imaginando o encontro de humanos com animais extintos. A soma de todas essas influências – mundos perdidos, animais pré-históricos e aventuras para garotos – parecia inevitável. Mas, como Michael Crichton apontou décadas depois, "uma coisa é você conjurar um detetive

1 Respectivamente, o romance *Antes de Adão* (1909), de London, os contos "For the Akhoond" (1909), de Bierce, "A ilha do epiórnis" (1895) e "Uma estória da Idade da Pedra" (1897), de Wells, e "O monstro da gruta" (1910), de Doyle. Todos traziam animais pré-históricos como tigres-dentes-de-sabre, pássaros do terror e ursos gigantes. Menos conhecidos hoje, o romance de Frank Mackenzie Savile, *Beyond the Great South Wall* (1901), tinha no seu clímax o encontro com um solitário brontossauro, no Ártico, e o escritor britânico C. J. Cutcliffe Hyne sugeria lagartos pré-históricos gigantes tanto no seu conto "The Lizard" (1898) quanto em sua popular narrativa sobre a queda de Atlântida, *The Lost Continent* (1899).

numa Londres que já existe, outra bem diferente é criar um mundo do zero, enchê-lo de dinossauros e homens-macacos e torná-lo realista".

Doyle já era imensamente popular em 1912 graças ao detetive londrino, e o impacto de *O mundo perdido* pode ser medido pela recorrência com que sua estrutura narrativa vem sendo apropriada desde então. O cientista desacreditado, o herói atlético e irônico, uma terra oculta onde animais de diferentes períodos sobreviveram juntos, o elo perdido entre o homem e o macaco e, principalmente, o clímax em que a criatura pré-histórica é trazida para a metrópole – todos esses elementos se repetem até hoje em livros e filmes de aventura.

Logo após a publicação do livro, anunciou-se na Inglaterra a descoberta do chamado Homem de Piltdown, o "elo perdido" entre humanos e macacos. Uma das grandes farsas científicas do século XX, foi recebida com descrédito já na sua época, mas levou algum tempo até ser completamente refutada. Contudo, dada a coincidência, muito se desconfiou (mas nada se provou) da participação de Doyle no embuste.

A dicotomia essencial de Doyle foi que, se na ficção tornara-se notório por seus personagens racionais e científicos, na vida pessoal era adepto do espiritismo e envolveu-se na defesa de um notório caso de fraude fotográfica envolvendo a existência de fadas. E ele próprio alegava ter visto, numa viagem pelo Mediterrâneo, um ictiossauro a nadar rente a seu barco, afirmando: "Talvez o velho mundo ainda guarde alguns segredos".[2]

2 O que Doyle viu foi provavelmente uma toninha, cetáceo parente dos golfinhos.

A influência de *O mundo perdido* foi imediata, capturando a imaginação de outros escritores ao redor do mundo. Na Rússia ainda tsarista (mas por pouco tempo), é inspirado por Doyle e Verne que Vladimir Obruchev publica *Plutônia*, em 1915. No livro, Obruchev aplica seu próprio conhecimento como geólogo para descrever a jornada de uma equipe de pesquisadores rumo ao Ártico, em busca da abertura que os levará ao interior oco da Terra. Como num passeio de museu, conforme avançam Terra adentro as eras geológicas retrocedem em sucessão, tudo isso iluminado pelo "sol interior" que dá título ao livro – no qual a primeira reação ao encontrarem um animal até então considerado extinto é abatê-lo a tiros.

Mas é o americano Edgar Rice Burroughs, o prolífico e imaginativo criador de Tarzan e John Carter de Marte, quem mais intensamente povoa sua obra com dinossauros. A começar por *At the Earth's Core*, de 1914, no qual a dupla formada pelo aventureiro David Innes e o inventor Abner Perry usa de uma moderna perfuratriz para atingir o interior oco do planeta, uma terra batizada de Pellucidar, povoada por dinossauros, hominídeos e vilanescos pterossauros evoluídos e telepáticos, os Mahars. Ao todo, o mundo de Pellucidar seria explorado por Burroughs em seis romances, e uma coletânea póstuma foi publicada.

Em 1918, ele criaria outro mundo perdido com dinossauros, dessa vez a ilha de Caspak (ou Caprona), cenário da trilogia iniciada com *The Land that Time Forgot*. Fora dos mapas e protegida por um paredão rochoso, a ilha só pode ser acessada por um túnel submerso, que os protagonistas cruzam a bordo de um U-boat alemão tomado após uma série de reviravoltas. Lá, dinossauros e tribos de hominídeos de diferentes épocas convivem, dividindo espaços escalonados ao longo da ilha numa ordem evolutiva linear. Com duas continuações publicadas no mesmo ano, *The People that Time Forgot* (em que descreve uma batalha entre aeroplanos e pterodáctilos) e *Out of Time Abyss*, as semelhanças com *O mundo perdido* renderam-lhe a acusação de plágio por parte de alguns leitores – das quais se defendeu alegando nunca ter lido o livro de Doyle.

Mais tarde, em 1921, coloca sua criação maior, o próprio Tarzan, numa terra perdida no interior da África. Em *Tarzan, o terrível*, o herói encontra o elo perdido e luta contra triceratopes que a evolução tornara carnívoros (!). Depois, em *Tarzan no centro da Terra*, de 1930, Burroughs bate tudo no seu liquidificador literário e coloca diversos de seus personagens rumo a Pellucidar num imenso zepelim, onde enfrentam os Mahars e outros dinossauros evoluídos. Em que pese sua tendência a abusar de quantidades extraordinárias de coincidências em seus livros, Burroughs tem seus méritos, em especial o domínio sobre o suspense e uma combinação inventiva de elementos que beira o surreal.[3]

A essa altura, é inevitável que se chegue a *King Kong*, o filme original de 1933. Concebido pelo aviador, explorador e cineasta Merian C. Cooper, é inspirado justamente na descoberta dos dragões-de-komodo, cujos espécimes trazidos ao zoológico de Nova York não teriam sobrevivido ao clima da cidade. A isso, Cooper somou a estrutura de *O mundo perdido*, tanto do livro quanto de sua primeira adaptação para o cinema mudo em 1925, combinando-a com sua paixão por gorilas. O escritor Edgar Wallace chegou a ser contratado para ajudá-lo a desenvolver o conceito geral, mas morreu antes de dar qualquer contribuição significativa, embora seu nome permaneça nos créditos. A novelização do roteiro, escrita por Delos W. Lovelace, foi lançada

3 A influência de Burroughs pode ser percebida em autores como Robert Moore Williams, cujo herói tarzanesco, Jongor, vive num mundo perdido de dinossauros e antigas civilizações de tecnologia avançada, na trilogia iniciada com *Jongor of Lost Land*, de 1940.

antes mesmo da estreia do filme, e o resto é história – não só do cinema, mas dos dinossauros na ficção e na cultura popular.

No Brasil, foi Erico Verissimo que, inspirado por Doyle, publicou em 1939, pela extinta Livraria do Globo, a primeira ficção nacional com dinossauros, o infantojuvenil *Viagem à aurora do mundo*. "Mais tarde ou mais cedo, o homem acaba satisfazendo os caprichos de menino", concluiu Verissimo no prefácio à segunda edição. "Povoavam os meus sonhos de criança plesiossauros, dinossauros, pterodáctilos e outros, e creio que foi Conan Doyle que com seu *O mundo perdido* fez que – sendo eu já adulto – meu interesse por aqueles monstros pré-históricos revivesse." Verissimo narra a história de um escritor que, a convite de um grupo de cientistas, se hospeda em uma antiga mansão na serra fluminense, onde desenvolvem um grande e fantástico aparelho com tela de cristal (o televisor ainda não fora inventado), capaz de projetar visões de diferentes eras pré-históricas. Com o invento, assistem ao desfilar de inúmeros dinossauros – que o leitor acompanha através de vistosas ilustrações a bico de pena feitas pelo teuto-brasileiro Ernst Zeuner – enquanto música clássica é tocada no órgão do casarão.

Curiosamente, apenas dois anos depois, em 1941, Verissimo viajaria aos Estados Unidos como parte da "política de boa vizinhança" norte-americana. E em Los Angeles, ao visitar os estúdios de Walt Disney, é a convite do próprio que assiste em primeira mão à animação *Fantasia*, na qual dinossauros reencenam a pré-história, da origem da vida à extinção, ao som da *Sagração da Primavera* de Stravinsky.[4] Verissimo não

4 Disney contou com o auxílio do excêntrico e popular paleontólogo Barnum Brown para fazer que os dinossauros de *Fantasia* correspondessem às mais atualizadas noções científicas de então. É interessante comparar a evolução na percepção do comportamento dos dinossauros, em relação às descrições de Conan Doyle trinta anos antes.

parece ter percebido essa coincidência, mas, admirado com o filme, prevê – com certa razão – que será um novo marco na história do cinema. Como disse Jules Verne, o que um homem é capaz de imaginar, outro pode realizar.

O dinossauro vai à cidade

Ainda que a ficção literária sobre dinossauros tenha surgido muito antes dos primeiros filmes de dinossauros, não é de estranhar que, enquanto gatilho para a imaginação, ambos estejam desde sempre intimamente ligados. O primeiro longa-metragem com dinossauros foi, justamente, a adaptação de *O mundo perdido*, em 1925, ainda em tempos de cinema mudo. O filme, que em seu corte original inicia com o próprio Doyle recitando o poema que abre o livro, corrige a principal carência narrativa da trama – a ausência de uma protagonista feminina – ao acrescentar a filha de Maple White, criando um triângulo amoroso. O tratamento hollywoodiano também suprime alguns detalhes incômodos como o genocídio do povo primata, acrescenta um macaco treinado como alívio cômico e amplia o clímax ao trocar o pterodáctilo do livro por um brontossauro – inaugurando no cinema o clássico momento de "pânico nas ruas" que tantos outros filmes de dinossauros repetiriam depois.

Falar de dinossauros no cinema, contudo, é falar de efeitos especiais. Para isso, o filme empregou o talento emergente de Willis O'Brien, que ganhara notoriedade dirigindo curtas-metragens como *The Ghost of Slumber Mountain* (1918), em que os primeiros dinossauros do cinema eram animados por meio de bonecos de argila, numa técnica batizada de *stop motion*. Para *O mundo perdido*, O'Brien empregou bonecos esculpidos em borracha sobre estruturas metálicas articuláveis, com bolsas internas que podiam ser infladas, o que dava a impressão de respirarem. O resultado foi tão realista para a época que, durante a produção do filme, Doyle exibiu cenas de teste num jantar para a Sociedade de Mágicos Americanos, em Nova York, recusando-se a dar-lhes qualquer informação sobre sua origem. Na capa do *New York Times* do dia seguinte, 3 de junho de 1922, a manchete anunciava: "DINOSSAUROS SALTAM EM FILME PARA DOYLE – Monstros de outras eras apresentados, alguns lutando, alguns brincando, em sua selva nativa". Impressionado, o jornalista dizia que as imagens eram tão extraordinariamente vívidas que, *se fossem falsas*, seriam obras-primas. Doyle desfez a ilusão no dia seguinte, e logo o *New York Times* fez um esclarecimento com a manchete: "Seu filme de dinossauros é um trote, diz Doyle".

Aquelas 24 horas de dúvida devem ter sido maravilhosas.

A adaptação de *O mundo perdido* estreou em 1925 e se tornou uma das maiores bilheterias do ano. Nos anos seguintes, O'Brien se consagraria como o mestre do *stop motion* ao criar os diversos efeitos de *King Kong* – e a luta do gorila gigante com um tiranossauro é talvez um dos momentos-chave da história dos efeitos especiais. Nos anos 1950, ele passaria o bastão de mestre dos monstros para seu pupilo Ray Harryhausen, que, ao unir-se com seu amigo Ray Bradbury, faria os dinossauros entrarem na era atômica – e cidades adentro.

Foi passeando com a esposa pela praia de Venice, na Califórnia, que Bradbury deparou com os restos de uma montanha-russa que mais lhe parecia uma ossada pré-histórica, e comentou brincando: "O que esse dinossauro veio fazer aqui na praia?". Naquela noite, despertado pela sirene de nevoeiro da baía de Santa Mônica, veio-lhe a resposta: claro, ele tinha sido atraído pelo chamado de outro dinossauro, apenas para descobrir que era um farol.

"Os dinossauros que caíram do penhasco em *O mundo perdido* aterrissaram de prancha sobre mim", disse Bradbury. "Magnificamente esmagado de amor, sem fôlego, fui aos tropeços até minha máquina de escrever e fiquei o resto da vida morrendo daquele amor não correspondido." Nascia "The Beast from 20.000 Fathoms", publicado originalmente em 1951 no *Saturday Evening Post* e depois rebatizado "The Fog Horn" (no Brasil, traduzido como "A sereia do nevoeiro"), sobre um dinossauro que emerge do mar ao confundir a sirene de um farol com um chamado de acasalamento. O conto chamou a atenção dos produtores de um filme já em desenvolvimento, direitos foram adquiridos e o trabalho de Bradbury e de seu amigo de longa data Ray Harryhausen foi unido pela primeira e única vez em uma adaptação de 1953, conhecida no Brasil como *O monstro do mar*. O animal ganhou um nome fictício – o *redhossauro* – e uma motivação: acordado do gelo ártico por um teste nuclear, ruma até seu antigo ninho em Nova York, para pânico de pedestres, policiais imprudentes e militares aturdidos (não sem antes destruir o farol do conto original). A chegada do monstro à cidade, uma releitura ampliada tanto do final de *O mundo perdido* quanto de *King Kong*, tinha seu clímax com o animal entrando num parque de diversões – encurralado, justamente, na montanha-russa.

Para Bradbury, "não foi um grande filme, nem mesmo um bom filme, mas o começo de duas carreiras" – no caso, a dele e a de Harryhausen. O filme inspiraria inúmeros outros monstros a sair do mar, nos anos 1950, o mais notório sendo, claro, o japonês *Godzilla*, lançado nos cinemas pouco mais de um ano depois. Em filmes B, de baixo orçamento, também Londres se viu alvo da destruição em duas produções dirigidas pelo mesmo Eugène Lourié de *O monstro do mar*: primeiro, por um brontossauro radioativo em *O monstro submarino*, de 1959, e em seguida pelo bípede Gorgo e sua mãe Ogra em *Gorgo*, de 1961.

Todavia, se *Godzilla* sempre foi interpretado como metáfora para o trauma japonês da bomba atômica, qual seria a natureza da obsessão ocidental (e americana em particular) em ver suas cidades arrasadas por criaturas pré-históricas gigantes? A dicotomia entre a ancestralidade do dinossauro e a modernidade das cidades se faz presente desde o início de sua assimilação no imaginário popular. Uma das primeiras menções a dinossauros na literatura, o parágrafo inicial de *Bleak House*, de Charles Dickens, já imaginava a justaposição de ambos: "Tanta lama nas ruas que é como se as águas recém tivessem se recolhido da face da Terra, e não seria extraordinário encontrar um megalossauro, ou mais, bamboleando como um lagarto elefantino subindo Holborn Hill".

No pós-guerra, com o medo atômico e a Guerra Fria, a invasão de grandes cidades por dinossauros se populariza ainda mais. A pesquisadora russa Svetlana Boym lembra que, quando o Empire State foi inaugurado em Nova York, logo após a queda da Bolsa de 1929, o gigantismo do edifício na linha do horizonte foi comparado ao de um "dinossauro solitário". E também as reconstruções de dinossauros em tamanho natural para os museus, com suas poderosas estruturas internas de aço, elas próprias feitos de engenharia, eram motivo de orgulho nacional. A tal ponto que, durante a Primeira Guerra Mundial, foram protegidas de possíveis ataques alemães com o mesmo cuidado que se tinha com outros patrimônios nacionais, como a Constituição. A grandiosidade de seus dinossauros tornara-se sinônimo e metáfora da própria grandiosidade americana – como seus arranha-céus. O encontro entre ambos reencena o velho temor de um império em relação ao declínio. Ou, ao menos, uma vingança contra a especulação imobiliária.

Desde H. G. Wells e seu *A máquina do tempo*, viagens temporais já eram um recurso comum na literatura. Alguns pulps exploraram o encontro de homens e dinossauros, principalmente durante a Segunda Guerra Mundial, mas é novamente das mãos de Ray Bradbury que a maioria das histórias de paradoxos temporais deriva até hoje. Em "O som do trovão", conto publicado em 1952, ele imagina um futuro onde as viagens no tempo não somente são possíveis como exploradas comercialmente por uma empresa que oferece serviços de "safáris temporais". Um grupo armado escolta um cliente que deseja caçar um tiranossauro, mas um incidente mínimo – uma borboleta esmagada – provoca uma alteração dramática ao voltarem para o futuro. O conto antecipa em dez anos o conceito de "efeito borboleta", quando a computação começou a ser aplicada à previsão do tempo nos anos 1970, iniciando o campo da teoria do caos.

Inspirado por Bradbury, em 1953 o veterano L. Sprague de Camp cria o guia de caça Reginald Rivers e o coloca para lidar com dinossauros, clientes incautos e paradoxos temporais em *Arma para dinossauros*. Nos quarenta anos seguintes, De Camp escreveria mais aventuras para Rivers e seu sócio Raja, nas quais a maior ameaça parece vir quase sempre da estupidez de seus clientes – as nove histórias seriam reunidas mais tarde na coletânea *Rivers of Time*. E os paradoxos temporais com dinossauros de Bradbury continuariam inspirando autores por décadas a fio.[5]

No cinema, dinossauros passam a merecer orçamentos cada vez menores. Em 1960, quando planejava uma grandiosa

5 Um bom exemplo é David Gerrold, roteirista da série televisiva *Jornada nas Estrelas* e criador dos *sleestaks* da série *O Elo Perdido*, que, em 1978, publicou *Deathbeast*, aventura pulp com ares de *Moby Dick* sobre um grupo de safári temporal perseguido obsessivamente por um tiranossauro.

segunda adaptação de *O mundo perdido*, Irwin Allen teve o orçamento cortado de modo tão drástico que se viu obrigado a abrir mão do *stop motion*. No lugar, usou imagens ampliadas de... lagartos com apliques! Ao menos pôde reaproveitar essas imagens depois em suas séries *Terra de Gigantes* e *O Túnel do Tempo*.

Em 1966, a inglesa Hammer abandona a lógica científica e coloca homens das cavernas para enfrentar dinossauros em *Um milhão de anos antes de Cristo*. O protagonista, um homem das cavernas criado numa feroz comunidade individualista e meritocrática, é expulso e perambula até encontrar uma comunidade praiana igualitária, onde se apaixona. Mas aqui os dinossauros em *stop motion* de Ray Harryhausen – interagindo de modo cada vez mais realista com os atores – terminam ofuscados pela novata Raquel Welch. Ao sair do mar num biquíni de pele ("O primeiro biquíni da humanidade", diria a imprensa), ela se tornou o ícone cultural da década, e seu pôster, um cobiçado item a decorar quartos adolescentes no mundo todo.[6] O sucesso do filme inaugurou um subgênero muito específico de cinema *exploitation*: o filme de "garotas das cavernas". Entre esses, é também digno de nota outra produção da Hammer, *Quando os dinossauros dominavam a terra*, de 1970. Escrito por J. G. Ballard,[7] tinha efeitos especiais de qualidade e a *playmate* Victoria Vetri como heroína das cavernas.

Esse protagonismo feminino já pode ser considerado reflexo de um senso igualitário advindo do movimento hippie, mas, por mais independentes e determinadas que sejam, as personagens

6 Em sua biografia, Welch aponta a ironia de que na época, divorciada e com dois filhos pequenos para criar, motivo que fazia muitas portas serem fechadas para ela, tenha se tornado uma *sex symbol* virginal. 7 Antes de ser conhecido como o autor de *O império do sol* e *Crash*, Ballard publicara em 1962 a ficção científica pós-apocalíptica *The Drowned World*, ambientada numa Londres submersa pelo aquecimento global, onde um processo de "involução" faz a natureza e os animais reverterem ao período Triássico.

são filtradas pela erotização de um olhar masculino que está longe de poder ser chamado de feminista. Como alegoria, é digno de nota que o próprio termo "dinossauro" tenha adquirido um tom pejorativo, como registra o Houaiss, de "pessoa ou instituição considerada ultrapassada, mantida pela força da tradição". E, com frequência, tem sido aplicado à postura machista e misógina de homens que não acompanharam o avanço dos tempos.[8] Aqui, é bom relembrar que as aventuras atuais ainda são herdeiras da ficção vitoriana de aventura, em que mulheres se dividiam entre *femme fatales* e donzelas em perigo,[9] quando não estavam ausentes de todo – consequência do machismo que tendia a vê-las como incompatíveis com o campo científico.

A ironia é que mulheres não só foram responsáveis por algumas das maiores descobertas da paleontologia como estiveram presentes no campo desde o princípio. Ainda no século XIX, Mary Anning percorria as praias inglesas conhecidas como Costa Jurássica coletando e vendendo fósseis. Foi assim a responsável por encontrar o primeiro plesiossauro (um esqueleto completo), o ictiossauro e o dimorfodonte. Por ser mulher, não foi aceita na Real Sociedade Geográfica de Londres nem recebeu em vida o devido crédito por suas descobertas – apenas recentemente sua contribuição passou a ser lembrada. Já a paixão da americana Annie Alexander por fósseis a fez financiar inúmeras expedições, que culminariam na fundação

8 Dinossauros aparecem como metáfora de obsolescência em contos como "During the Jurassic", de John Updike, no qual um encontro social de dinossauros é descrito como uma festinha de classe média suburbana, e também numa das *Cosmicômicas* de Italo Calvino, na qual o narrador descreve sua patética situação como último dinossauro entre os primeiros humanos.

9 No romance de aventura vitoriano, é interessante notar que a descrição da exploração da paisagem cria metáforas com o corpo feminino, como os cumes que lembram seios em *As minas do Rei Salomão*. Em *O mundo perdido*, o feminino na paisagem é associado à plácida lagoa central, banhada pela Lua, que Malone batiza com nome de sua amada Gladys.

do Museu de Paleontologia da Universidade da Califórnia. Em 1938, foi a naturalista sul-africana Marjorie Courtenay-Latimer quem primeiro identificou um espécime ainda vivo do celacanto, peixe pré-histórico que se julgava extinto havia milhões de anos. Mais recentemente, a britânica Emily Rayfield foi pioneira no uso de escaneamentos digitais de crânios de alossauros e tiranossauros, para determinar hábitos alimentares com base em seu funcionamento biomecânico.

Avançando aos poucos: no filme *O vale proibido*, de 1969, caubóis encontram um vale perdido na fronteira com o México. Em meio aos dinossauros em *stop motion* de Ray Harryhausen, a israelense Gila Golan interpreta uma ambiciosa empresária, dona do circo local, que quer colocar um alossauro como atração principal. Já era um passo, mas ainda se estava longe da paleobotânica interpretada por Laura Dern em *Jurassic Park*.

Onde, aliás, todos os dinossauros eram fêmeas.

Apocalípticos, porém integrados

"Quando despertou, o dinossauro ainda estava ali." A frase do escritor guatemalteco Augusto Monterroso, considerada a gênese do microconto,[10] ilustra bem as idas e vindas dos dinossauros no imaginário coletivo a cada década. Se nos anos 1970 a cultura popular os restringiu ao "gueto" da ficção científica, os anos 1980 foram progressivamente tomados por uma nova "dinossauromania" – e ela não surgiu por acaso.

Em 1980, o físico Luis Walter Alvarez e o geólogo Walter Alvarez – pai e filho –, analisando a quantidade de poeira cósmica nas rochas entre o período Cretáceo e o Terciário, lançaram

10 "El Dinossauro" foi publicado pela primeira vez em 1959, no livro *Obras completas* (*Y outros contos*).

a hipótese conhecida então como extinção K-T.[11] A extinção dos dinossauros, a quinta extinção em massa do planeta, teria sido provocada não pela estupidez de seu cérebro pequeno ou a incapacidade de adaptação às mudanças climáticas, mas por um evento súbito e apocalíptico: a queda de um meteoro. A hipótese, contudo, só seria comprovada dez anos depois, com a descoberta da cratera Chicxulub no fundo do golfo do México. Juntou-se a isso novos indícios e descobertas paleontológicas, como as propostas por Robert T. Bakker em seu (então) polêmico *The Dinosaur Heresies*, publicado em 1986, onde sugeria que os dinossauros teriam sangue quente, cuidariam dos filhotes e seriam ágeis e mais próximos das aves que dos répteis. O resultado foi que os dinossauros voltaram a atrair o interesse do grande público, para além dos leitores de ficção científica. E o fizeram numa década como a de 1980, marcada nos Estados Unidos pelo estímulo ao consumo desenfreado, tornando-os uma mitologia altamente comercializável.

Uma mitologia, sim: se o século XX foi um período de avanços científicos sem igual, a representação do dinossauro na cultura popular se consolidou como uma resposta americana aos mitos europeus renascentistas – os dinossauros eram uma mitologia nova, feita não de magia, mas de ciência. Se o mundo europeu antigo tivera dragões, unicórnios e basiliscos nascidos de superstições religiosas e interpretações bíblicas, o mundo moderno tinha triceratopes, tiranossauros e estegossauros, cuja descoberta não só se dava por meio da ciência, como contradizia o dogma religioso medieval. E, quando em 1902 Barnum Brown descobriu os fósseis do maior dinossauro carnívoro e o coroou "rei" dos dinossauros, também não foi coincidência que o *Tyrannosaurus rex* (ou T-Rex para os íntimos), até então só encontrado nos Estados Unidos, tenha se

11 Atualmente conhecida como extinção K-P, de Cretáceo-Paleógeno.

tornado o favorito da literatura e do cinema norte-americanos – a dominação cultural também chega aos animais pré-históricos.[12] O interesse renovado por dinossauros nos anos 1980 os multiplicou em brinquedos e desenhos animados infantis, em figurinhas encartadas nas barras de chocolate Surpresa, em músicas pop chiclete como "Walk the Dinosaur". Os dinossauros se tornaram ícones da cultura pop. Símbolo disso, e emblemático no apelo kitsch, foi a popularidade da pintura *Dinosaurier auf der Autobahn*, do suíço Giuseppe Reichmuth, em que um brontossauro calmamente atravessa uma autoestrada provocando acidentes de trânsito.

Na literatura, em 1983, Ray Bradbury tem suas histórias seminais reunidas na coletânea *Contos de dinossauros*, incluindo-se aí "Tiranossauro Rex", uma homenagem a Ray Harryhausen, sobre um técnico em efeitos especiais que, após ser humilhado pelo produtor do filme, decide dar as feições do chefe abusivo ao dinossauro da produção. Já o escritor Harry Harrison imagina, em *A oeste do Éden*, de 1984, uma Terra alternativa onde o fatídico asteroide nunca teria caído, os dinossauros evoluíram para uma civilização sofisticada e, ao chegar à América, descobriram que era habitada por humanos na Idade da Pedra.

Mas os anos 1980 também trazem uma novidade tecnológica: o videocassete. Com isso, não só os clássicos ganham nova vida ao serem redescobertos, como faz sucesso a produção *Em busca do Vale Encantado*, de 1988. Produzido por Steven Spielberg e George Lucas, o longa-metragem de animação de Don Bluth, inspirado nos dinossauros de *Fantasia* e no conceito de *Bambi*, antropomorfizava seus dinossauros à moda Disney, e os colocava num mundo pré-histórico atualizado

12 Atualmente fósseis de tiranossauro também são encontrados em abundância na China.

com as descobertas científicas de então. O sucesso comercial do filme o prolongaria em inúmeras continuações feitas direto para o *home video*, e selaria o casamento entre dinossauros e cultura popular infantil.

Uma velha piada diz que, se o plástico é feito de petróleo, e o petróleo é feito de restos de dinossauros, então o dinossauro de plástico seria feito de dinossauros reais. Nada disso é verdade, claro: como bem coloca Svetlana Boym, se o dinossauro de brinquedo é o arauto da cultura pop norte-americana, símbolo de sua modernidade mítica, o plástico de que é feito é a própria substância progressiva do futuro: um fruto do avanço industrial moderno, flexível e virtualmente indestrutível.

A realidade maior que o real

A junção de tecnologia e dinossauros no final dos anos 1980 conduz, naturalmente, a *Jurassic Park*. Seu autor, Michael Crichton, já era um bem-sucedido autor de ficção científica e cineasta consolidado quando decidiu escrever uma ficção com dinossauros.[13] Não querendo repetir recursos narrativos já exaustivamente explorados, como mundos perdidos e viagens no tempo, buscou uma ideia que começava a surgir em outros romances, a da manipulação genética. Nesse sentido, seu livro está mais próximo de H. G. Wells em *A ilha do dr. Moreau* e Mary Shelley em *Frankenstein* do que de Doyle. Mas os anos 1980 estão longe da época em que somente o interesse científico justificaria uma trama assim. Na busca por realismo, Crichton concluiu que a empreitada dispendiosa

13 Um de seus livros anteriores, *Congo*, lançado em 1980, já fazia uma releitura de *O mundo perdido* de Doyle, sem dinossauros, mas mantendo o conceito de uma cidade perdida repleta de primatas.

de clonar dinossauros só seria viável se justificada como entretenimento. Resgatou um conceito criado por ele no filme *Westworld: Onde ninguém tem alma* (1973) – o parque de diversões tecnológico que foge ao controle – e, quando *O Parque dos Dinossauros* (título da primeira edição brasileira) foi lançado em 1990, Steven Spielberg já estava com os direitos adquiridos para o cinema.

Tanto o filme quanto o livro incorporam ciência e tecnologia num discurso que por vezes assume tons antitecnológicos, quase ludditas; são uma crítica ao consumismo que busca patentear e comercializar antes mesmo de compreender, mas livro e filme foram também poderosos produtos de marketing, vendendo brinquedos, doces e materiais escolares.

Em termos estéticos, o *Jurassic Park* de Spielberg é a primeira incursão dos dinossauros na linguagem pós-moderna, com suas pequenas citações visuais a um século de representações acumuladas em outros filmes, quadrinhos, livros etc. Spielberg enquadra seus dinossauros ciente do senso de deslumbramento que sempre provocaram no público. Mas são os efeitos especiais digitais usados para reviver os dinossauros que trazem algo inédito até então: pela primeira vez, o público os vê não como monstros claudicantes, e sim como animais vivos, tão reais quanto os de um zoológico. O uso de uma combinação entre complexos bonecos animatrônicos e efeitos em CGI (do inglês, *computer-generated imagery*) deu ao filme um impacto só comparável ao do primeiro *King Kong* – e pode-se dizer que seu realismo extinguiu o *stop motion* tão rápido quanto a queda de um meteoro.[14] Desde então, dinossauros digitais tornaram-se um elemento constante do

14 Uma extinção que não ocorreu sem certo espernear. O cineasta Arnaldo Jabor, em crítica da época, lamentou o realismo do filme: "O efeito especial careta é isso: quer nos enlouquecer pelo excesso de realismo. Como é medíocre a tecnologia que transforma o que é estranho em familiar".

audiovisual, seu realismo oscilando em diferentes níveis de qualidade conforme o orçamento e escopo de cada produção, no cinema ou na TV.

"O dinossauro é o unicórnio americano", diz Svetlana Boym. "Europeus e asiáticos têm seus dragões, e os Estados Unidos têm seus contos de fadas científicos, que em geral envolvem o amor e a morte de algum monstro pré-histórico." E nosso desejo de nos ver lado a lado com criaturas extintas cria uma dicotomia irônica: a tecnologia do futuro, cada vez mais, é usada para recriar o passado. Essa dicotomia se expande abrangendo desde os dinossauros áudio-animatrônicos dos parques de diversões até a realidade virtual dos jogos de videogame.

Nós, os dinossauros

Nos anos 1990, o já citado paleontólogo Robert T. Bakker era conhecido o suficiente tanto para servir de inspiração para o personagem Alan Grant no livro de Crichton como para ser consultor no filme de Spielberg.[15] O sucesso de *Jurassic Park* não consagrava somente o onipresente *Tyrannosaurus rex*, mas também um pequeno predador até então pouco conhecido: o *Velociraptor*. E Bakker, um especialista no comportamento dos dromeossauros (a família à qual os raptors pertencem), viu na ficção um caminho para explorar suas ideias acerca do comportamento social e do funcionamento desses animais. Em 1995, com um espírito que remete aos

15 Bakker sempre defendeu que o tiranossauro fosse um predador, enquanto seu rival Jack Horner acreditava que fosse um comedor de carniça. Na continuação do filme lançada em 1997, em favor de Horner, Spielberg fez um personagem inspirado em Bakker ser devorado pelo tiranossauro. Em sua biografia, Bakker conta que, ao ver isso, teria enviado um bilhete ao rival dizendo: "Viu? Eu falei que o T. Rex era um predador".

livros de Jack London, publica *Raptor Red*, uma jornada pela natureza selvagem pré-histórica narrada do ponto de vista de uma velocirraptor.

Colocar-se no lugar do dinossauro é um fenômeno que surge também fora da literatura, resultante tanto do avanço tecnológico quanto de uma nova visão ambiental: ao não serem mais retratados como monstros e sim como animais, conquistam nossa empatia – deixam de ser "eles" para serem "nós", num período em que a ecologia passa de uma preocupação periférica a uma discussão central do cotidiano. Na TV, documentários como a produção da BBC *Caminhando com dinossauros* aplicam a estrutura dos registros de vida selvagem para nos mostrar dinossauros no que seria um habitat pré-histórico natural. No cinema, a animação *Dinossauro*, produzida pela Disney, retoma a perspectiva de *Em busca do Vale Encantado*, atualizando-se em tecnologia e paleontologia.

Se a preocupação ecológica traz a ideia de convivência harmônica entre homem e natureza, em 1992 o ilustrador James Gurney propõe o mundo de Dinotopia em *Dinotopia: A Land Apart from Time*. Expandindo-se por livros ilustrados, narrativas infantojuvenis e uma série de TV, a obra imagina uma ilha onde humanos e dinossauros sencientes convivem em paz, numa sociedade de toques renascentistas. Em tempos mais recentes, o norte-americano Victor Milan colocou dinossauros e cavaleiros medievais povoando o mundo fantástico de *Os senhores dos dinossauros*, em 2015.[16]

A preocupação ecológica também é o que permeia a continuação de Michael Crichton de seu maior sucesso, escrita mais

16 A essas alturas é de perguntar: e a literatura brasileira? Após Erico Verissimo, os dinossauros aparecem sobretudo em contos, distribuídos por coletâneas e antologias entre as quais merecem destaque *Dinossauria Tropicalia*, organizada por Roberto de Sousa Causo, em 1994, e *Dinossauros*, organizada por Gerson Lodi-Ribeiro, em 2016.

por pressão comercial que por inspiração. Assumindo a referência, batiza sua obra como *O mundo perdido*. Mas Crichton não está mais interessado em questões de engenharia genética, e volta o olhar para o desequilíbrio ecológico no funcionamento de ecossistemas onde os recursos são limitados – e para uma nova extinção iminente. Outra vez adaptado por Spielberg, também o filme muda o tom, indo do otimismo inicial para um clima soturno de humor negro.

Com o livro de Crichton se mostrando escasso em elementos dramáticos, Spielberg acabou buscando inspiração direto na fonte, tanto no livro de Doyle quanto na sua versão para o cinema de 1925 – a equipe de resgate em busca do cientista desaparecido, o ataque noturno ao acampamento, o navio desgovernado que leva em seu interior um dinossauro para a cidade. Por ironia ou intenção, *O mundo perdido* de Spielberg parece fechar um ciclo, numa fusão pós-moderna de todas as obras homônimas anteriores.

Quando os dinossauros dominarem a terra

Ao longo do século XX, dinossauros se tornaram metáforas bastante adaptáveis a diversas questões humanas. Mas, em última instância, é bom lembrar que seu apelo maior será sempre emocional: o de serem animais grandes, assustadores e extintos, como disse o paleontólogo Stephen Jay Gould. E a perspectiva de que um dia possamos encará-los é o que tem despertado nosso senso de deslumbramento desde que Arthur Conan Doyle escreveu *O mundo perdido* tentando nos convencer de que essa possibilidade talvez fosse real.

Talvez? Em tempos de aquecimento global, vivemos no que cientistas já consideram um sexto fenômeno de extinção em massa das espécies do planeta – desta vez provocado não por um meteoro, mas pela própria ação humana.[17] O que aconteceria se, de repente, descobríssemos que os dinossauros ainda existem? Que vários deles estão não só no interior da selva amazônica, mas em todos os continentes, inclusive na Antártida? Que não foram extintos, mas se adaptaram diminuindo de tamanho? E se lhe dissessem que você escuta o canto deles todo dia, que estão empoleirados nas árvores do seu bairro, e talvez até que você tenha um deles na gaiola? E que você come os ovos deles o tempo todo?

Faça este exercício: abra a janela e olhe para fora.

E então lembre que aquilo que os paleontólogos chamam de "dinossauros avianos" – e que nós chamamos de "pássaros" – já sobreviveu à maior catástrofe natural que o planeta viu nos últimos 65 milhões de anos. Que evoluiu para mais de 18 mil espécies, superando em variedade a nós, mamíferos, na proporção de três para um. Pense nisso, e você se fará duas perguntas: qual das espécies corre o maior risco de extinção? Quem aqui deveria ser sinônimo de obsolescência e incapacidade de adaptação?

Como na natureza, os dinossauros da ficção têm se adaptado continuamente, e servem agora para nos lembrar que, se já estavam aqui antes de nossa chegada, ainda estão aqui no presente e talvez continuem aqui muito depois de nosso tempo. E teremos sempre mais a aprender com eles do que eles jamais precisarão aprender conosco.

17 Nos anos 1980, cientistas identificaram cinco grandes extinções em massa no planeta Terra nos últimos 420 milhões de anos, sendo a extinção dos dinossauros a quinta e derradeira. O desaparecimento cada vez maior de espécies durante o século XX pela ação do homem os levou à conclusão de que a Terra passa atualmente por um sexto evento, chamado de evento de extinção em massa do Holoceno.

Bibliografia

BOYM, Svetlana. "The dinosaurs: nostalgia and popular culture". Em: *The Future of Nostalgia*. Nova York: Basic Books, 2002.

BRUSATTE, Steve. *The Rise and Fall of the Dinosaurs: a new History of a lost world*. Nova York: William Morrow, 2018.

CRICHTON, Michael. *Introduction to Arthur Conan Doyle's The Lost World*. Disponível em www.michaelcrichton.com. Acessado em 15 de novembro de 2017.

DEBUS, Allen A. *Dinosaurs in Fantastic Fiction: A Thematic Survey*. Jefferson: McFarland, 2013.

DUNCAN, Ian. "Introduction". Em *The Lost World*. Oxford: Oxford University Press, 2008.

GRANN, David. *Z: A Cidade Perdida*. São Paulo: Companhia das Letras, 2009.

IWAI, Márcia. *O romance de aventura europeu e a construção do outro em O mundo perdido de Arthur Conan Doyle*. São Paulo: FASEP, 2012.

LACOVARA, Kenneth. *Why Dinosaurs Matters?*. Nova York: Simon & Schuster, 2017.

NORMAN, David. *Dinossauros*. Porto Alegre: L&PM, 2011.

PILOT, Roy e RODIN, Alvin. *The Annotated Lost World*. Indianapolis: Wessex Press, 1996.

SHAY, Don e DUNCAN, Jody. *The Making of Jurassic Park*. Nova York: Ballantine Books, 1993.

ARTHUR IGNATIUS CONAN DOYLE nasceu em Edimburgo, na Escócia, em 22 de maio de 1859. Após estudar medicina na Universidade de Edimburgo, navegou pelo Ártico e pela África Ocidental como cirurgião de bordo. Ao se estabelecer em Londres, passou a escrever histórias para periódicos como forma de complementar sua renda. Em 1888, publicou *Um estudo em vermelho*, a primeira aventura de Sherlock Holmes, detetive cujas capacidades de dedução foram inspiradas num de seus professores. Ele se tornaria popular a partir de 1891 com a publicação de mais histórias do personagem na *Strand Magazine*, o que fez de Doyle um dos escritores mais bem pagos de seu tempo. Escrevendo em diversos gêneros, das aventuras de capa-e-espada à ficção científica, e apesar do sucesso de Sherlock Holmes, Doyle sempre afirmou que seus romances históricos eram seus melhores trabalhos. Eminente também na vida pública, se envolveu em causas célebres contra a exploração do trabalho escravo no Congo Belga, e a defesa de pessoas erroneamente acusadas pela justiça. Seu trabalho como médico voluntário na Segunda Guerra dos Boêres lhe valeu o título de cavalheiro do Império Britânico em 1902. Com a eclosão da Primeira Guerra Mundial, que vitimou seu filho e seu irmão, aprofundou seu interesse pelo sobrenatural, tornando-se ferrenho defensor do espiritualismo. Morreu em 7 de julho de 1930.

SAMIR MACHADO DE MACHADO nasceu em Porto Alegre, em 1981. É escritor, roteirista, designer gráfico e um dos criadores da Não Editora. É autor de *O professor de botânica*, *Quatro soldados* e *Homens elegantes*, este último vencedor do prêmio Açorianos de melhor romance. Dele, a Todavia publicou *Tupinilândia*.

Grafia atualizada segundo o Acordo Ortográfico da Língua Portuguesa de 1990, que entrou em vigor no Brasil em 2009.

capa
Pedro inoue
mapa
DW Ribatski
preparação
Mariana Donner
Teté Martinho
revisão
Huendel Viana
Ana Alvares

3ª reimpressão, 2024

Dados Internacionais de Catalogação na Publicação (CIP)

——

Conan Doyle, Arthur (1859-1930)
O mundo perdido: relato das maravilhosas aventuras recentes do professor George E. Challenger, lorde John Roxton, professor Summerlee e do sr. E. D. Malone da *Daily Gazette*: Arthur Conan Doyle
Título original: *The lost world*
Tradução: Samir Machado de Machado
São Paulo: Todavia, 1ª ed., 2018
296 páginas

ISBN 978-85-93828-76-8

1. Literatura inglesa 2. Romance
I. Machado de Machado, Samir II. Título

CDD 823

——

Índice para catálogo sistemático:
1. Literatura inglesa: Romance 823

todavia
Rua Luís Anhaia, 44
05433.020 São Paulo SP
T. 55 11. 3094 0500
www.todavialivros.com.br

fonte
Register*
papel
Off White 80 g/m²
impressão
Forma Certa

FSC
www.fsc.org
MISTO
Papel | Apoiando
o manejo florestal
responsável
FSC® C111076